Jürgen Heimbach

Vorboten

Jürgen Heimbach

Vorboten

Kriminalroman

Unionsverlag

Im Internet
Aktuelle Informationen, Dokumente und Materialien
zu Jürgen Heimbach und diesem Buch
www.unionsverlag.com

Neptunstrasse 20, CH-8032 Zürich
Telefon +41 44 283 20 00
mail@unionsverlag.ch

Umschlagfoto: Jack Carey (Alamy Stock Foto)
Umschlaggestaltung: Sven Schrape
Umschlaginnenseite: Historische Karte des besetzten Rheinlands,
ca. 1919, Artokoloro (Alamy Stock Foto)
Lektorat: Susanne Gretter
Satz: Greiner & Reichel, Köln
Druck und Bindung: GGP Media GmbH, Pößneck
ISBN 978-3-293-00567-9

Der Unionsverlag wird vom Bundesamt für Kultur mit einem
Verlagsförderungs-Strukturbeitrag für die Jahre 2021–2024 unterstützt.

Auch als E-Book erhältlich

Für Charly
Unvergessen

Wer seinen Hund ertränken will,
bezichtigt ihn der Tollwut.
Französisches Sprichwort

Wer den letzten Krieg vergisst,
bereitet schon den nächsten vor.
Lukas Bärfuss, Rede zum Georg-Büchner-Preis 2019

Die Stimme des Mädchens

Ich weiß schon seit einer Woche, dass er kommen wird. Und jetzt steht er da, wie in meinem Traum. Er steht auf der Straße und blickt zum Fenster hoch. Trotzdem bin ich erschrocken und schnell zurückgewichen. So schnell ich konnte. Und ungeschickt, wie ich bin, habe ich natürlich den Vorhang berührt. Er hat bestimmt bemerkt, wie er sich bewegt hat.

Wovon er wohl träumt? Vom Krieg?

Von seiner Mutter? Ob ihm jemand gesagt hat, dass sie tot ist?

In meinen Träumen ist *er* oft gestorben.

Ich habe ihn sofort erkannt. Trotz des Bartes, trotz seiner dünnen Gestalt, trotz der schmutzigen, zerrissenen Kleidung. Wie eine Vogelscheuche sieht er aus. Der verlorene Blick, die Unsicherheit, als frage er sich, ob er umkehren oder weitergehen soll. Sieben Jahre ist er fort gewesen. Sieben Jahre wurde er vergessen. Niemand hat etwas von ihm gehört. Gefallen, hieß es schon in den ersten Kriegstagen. Dann, dass er verwundet in einem Lazarett liege, blind vom Gas. Einer von den Gueules cassées sei er, einer von denen mit den zerschlagenen Fressen. Andere wollten wissen, dass er sich gedrückt und in der Etappe vergnügt habe, während seine Kameraden starben, verwundet und zu Krüppeln geschossen wurden. Wieder andere behaupteten, er sei mit den Freikorps gegangen. Seltsam. Ausgerechnet er. Zu seinem Bruder Wolfgang hätte das gepasst. Ihr Vater, der Dorflehrer, kam aus der Stadt. Niemand im Dorf hätte seine Söhne Wolfgang und Wieland genannt. Wolfgang hat sich oft geprügelt, ist früh den Mädchen nach, war immer einer von den Lauten. Wieland war anders. Schmal, verletzlich, ist in der

Stadt zur Schule gegangen. Und dann in den Krieg. Freiwillig, wie es hieß. Aber genau wusste das niemand. Er war ja schon ein Jahr vor dem Krieg fortgegangen aus dem Dorf. Keiner hat verstanden, warum. Es gab nur Gerüchte. Wolfgang ging auch, aber das war so klar wie das Amen in der Kirche. Und jetzt? Wolfgang ist als Krüppel zurückgekehrt, vom Krieg zerschossen. Nicht nur am Bein, das ihn zum Hinken zwingt, wurde er getroffen. Vor allem im Kopf. Oder in seiner Seele, wie der Herr Pfarrer sagt. Ein Kriegszitterer. Wegen all den Granaten, die auf ihn geschossen wurden. Und verschüttet war er zweimal. Wieland sieht gesund aus. Oder fast. Seine rechte Schulter hängt ein wenig. Warum ist er jetzt gekommen? Hat er vielleicht doch erfahren, dass seine Mutter tot ist? Es ist schon drei Jahre her, dass Wolfgang sie gefunden hat. In dem alten Schulraum hing sie an einem Strick. Ganz kalt und steif war sie. Der Arzt aus der Stadt hat gesagt, dass sie schon mindestens drei Tage dort hing. Ihr Mann, sein Vater, der Dorfschullehrer, der lag oben in seinem Zimmer, hinter den Vorhängen, die schon seit Jahren nicht mehr aufgezogen worden waren. Lag da oben, und sie hing da unten. Manchmal hört einer, der am Haus vorbeigeht, die Schreie von seinen Schmerzen. Keiner im Dorf hat geglaubt, dass er so lange leben, dass er so lange durchhalten würde.

Wieland steht da unten, wie in meinem Traum, der mich in dieses Haus, hinter dieses Fenster geführt hat, nur Flügel und Schwert fehlen, und das Feuer. Müde sein Blick. Das erkenne ich trotz der Entfernung.

In meinem Traum ist er mit dem Schwert durchs Dorf gerast. Um wieder Ordnung herzustellen. Eine andere Ordnung als die, die sich einige hier wünschen. Ich weiß, dass meine Träume wahr sind. Auch wenn alle denken, dass ich verrückt bin. Schriftsteller sind Verrückte.

Früher hat Wieland Stimmen gehört. Das weiß kaum einer. Einmal habe ich ihn mit seiner Mutter auf einem Hügel sitzen sehen. Wenn sie bei ihm war, haben die Jungen aus dem Dorf nicht gewagt, ihn zu schlagen oder zu bespucken. Sie nahm ihm die Angst, wenn er die Stimmen hörte. Von den Tieren. Vom Rauschen des Windes in den Ästen. Von den Liedern der Frauen auf den Feldern bei der Ernte. Vom Gebrüll der Toten auf dem Friedhof. Oder auch nur die Stimmen all der Geschöpfe in den Büchern, die er immer bei sich trug und las, während die anderen spielten, sich prügelten, Streiche ausheckten, den Mädchen imponieren wollten.

Seine Mutter war eine schöne Frau. Ich habe nie verstanden, warum sie in das Dorf zurückgekommen ist. Mit dem Lehrer. Sie hätte in der Stadt bleiben sollen. Einen Professor heiraten. Sie war eine Stadtfrau. Schön und groß und stolz. Und schlau. Wie Wieland, das hat er von ihr. Der Pfarrer hat gesagt, sie sei *zu* schlau. Dass es nicht gut sei, wenn Frauen schlau sind. Sie ging immer aufrecht. Sie hatte einen strengen Blick. Viele machten einen Bogen um sie. Mir gefiel das. Im Sommer ging sie mit dem Korb unterm Arm raus, um Beeren zu sammeln. Und manchmal nahm sie den kleinen Koffer, in dem sie ihre Nähsachen aufbewahrte, und brach zum Grafen auf. Ich habe einmal gesehen, wie der Graf sie in seiner Kutsche zurück ins Dorf gefahren hat. Er selbst saß auf dem Kutschbock, sie neben ihm, ein Stück weggerückt. Und als er das Pferd zum Halten gebracht hatte, ist sie heruntergesprungen und mit dem Fuß umgeknickt. Trotzdem ist sie schnell weggehinkt. Ohne Schmerzen zu zeigen. Der Graf hat ihr etwas nachgerufen. Aber sie hat sich nicht einmal umgedreht. Ist einfach in den Ort hinein und der Graf ihr nicht nach. Wieland, der hinter einem Baum stand, hat alles beobachtet.

Jetzt steht er wieder da unten, schaut die Dorfstraße entlang. Bestimmt steigt ihm der Gestank aus den schmalen Abwasserrinnen in die Nase. Er sieht noch einmal kurz zu meinem Fenster herauf, dann dreht er sich um, blickt zu dem kleinen Hügel hinter dem Dorf, auf dem der Friedhof liegt.

I

Wieland Göth blickte von der Anhöhe hinunter in das Tal, durch das in seinem breiten Bett der Rhein floss. Im Norden konnte er die Türme der Kirchen sehen, die die Dächer der Häuser von Mainz überragten. Schon zweimal hatte er die Stadt besucht, aber das war früher, als er im Begriff war, zum Mann zu werden. Das erste Mal war er mit seinem Vater dort, der sich auf eine Stelle an einem Gymnasium beworben hatte. Sie waren aus dem Dorf im rheinhessischen Hinterland angereist, in dem er aufgewachsen war. Beim zweiten Mal hatte er seinen älteren Bruder Wolfgang zur Musterungskommission für das Deutsche Heer begleitet. Sein Vater hatte darauf bestanden, weil er hoffte, dass seine so unterschiedlichen Söhne sich dabei näherkommen würden. Es war ein Desaster, Wieland brach die Reise ab und kehrte Tage vor seinem Bruder zurück ins Elternhaus. Die Stadt hatte keinen großen Eindruck bei ihm hinterlassen, und in das Dorf seiner Kindheit, in dem er die ersten achtzehn Jahre seines Lebens verbracht hatte, wollte er nicht mehr zurückkehren. Doch nun, nach sieben Jahren und einem Krieg, der ihn weit fortgeführt hatte, hatte er seinen Vorsatz verworfen. Er kehrte zurück mit dem Ziel, einen Mann zu töten.

2

Müde?«, knurrte der Mann auf dem Kutschbock. Mit einem Schlag aus dem Handgelenk ließ er die Peitsche auf das Maultier vor ihm niedergehen, das unbeeindruckt die Geschwindigkeit hielt. Der Kutscher kaute auf dem Rest eines kalten Stumpens.

Mühsam quälte sich das Fuhrwerk über den vom Regen aufgeweichten Boden.

Wieland Göth, der neben ihm saß, gab ein ebenso lakonisches »Ja!« von sich. Seine Kleidung war feucht und schlammbespritzt, seine Augen lagen in tiefen Höhlen. Zwischen seinen Füßen stand ein vor Dreck starrender Rucksack. Bei jedem Holpern des Fuhrwerks drückte er seine Beine zusammen, damit das Gepäckstück nicht vom Bock rutschte.

»Von weit her?« Mit den Worten wehte ihn kalter Zigarrenatem an.

»Süden«, log Wieland und schaute auf ein Feld zu seiner Rechten, wo ein Bauer hinter seinem Pflug herlief, der von einem ausgemergelten Ochsen gezogen wurde. Ein Kind, nicht älter als fünf oder sechs, wieselte um das Tier herum und trieb es mit einem dünnen Ästchen an.

»Und wohin?«, wollte der Kutscher wissen.

Wieland wartete mit der Antwort, bis der Kutscher das Fuhrwerk um ein tiefes, mit Regenwasser gefülltes Loch gelenkt hatte.

»Rombelsheim«, sagte er schließlich.

»Zum Grafen?«

Der Kutscher zog jetzt seinen grauen Hut tiefer in die Stirn, und Wieland sah weiter vor sich hin. »Wieso zum Grafen?«, fragte er zurück.

»Nur so.« Der Kutscher kaute vernehmlich auf seiner Zigarre. »Bekommt im Moment öfters Besuch, der Graf. Aus der Stadt.«

Wieder vergingen einige Sekunden, bis Wieland reagierte. »Und was für Leute sind das?«

»Woher soll ich das wissen? Aus der Stadt eben. Sieht man.«

»Was machen die beim Grafen?«

»Warum wollen Sie das wissen?« Etwas Lauerndes lag in der Frage des Kutschers. Er ließ die Peitsche durch die Luft zischen. Das Tier zeigte wieder keine Reaktion.

»Reden«, antwortete er schließlich. Er nahm den Stumpen aus dem Mund, spuckte aus, wischte sich den Nieselregen aus dem Gesicht. »Was man halt machen kann.«

»Was machen?« Wieland versuchte, desinteressiert zu klingen.

Der Kutscher blickte den Mann neben sich an, als habe er einen Idioten vor sich. »Gegen die Franzosen. Gegen die Verräter. Sind Sie doch auch gegen, oder? Sonst können Sie gleich runter vom Bock.«

»Verräter«, wiederholte Wieland nur, aber das schien dem Mann zu genügen.

»Mehr weiß ich auch nicht.« Wieder sah er zu Wieland hinüber. »Sie sehen aus, als kämen Sie gerade aus dem Feld.«

»Der Krieg ist nie zu Ende.«

Der Kutscher gab ein zustimmendes Knurren von sich, darin etwas wie »Unbesiegt«, kurz darauf brachte er das Fuhrwerk an einer Abzweigung zum Stehen. »Da lang!« Er deutete mit seiner Peitsche geradeaus.

Wieland griff seinen Rucksack und kletterte vom Bock.

»Wenn Sie sich was verdienen wollen …« Der Kutscher verschluckte ein Lachen und wies mit der Peitsche zu den zwei einsam am Wegesrand stehenden Bäumen. An einem hing ein Plakat, von der Feuchtigkeit mitgenommen, die Ecken eingerollt. Wieland trat näher heran. Zwei Gesichter waren darauf abgebildet, Zeichnungen, die Konturen noch zu erkennen. Darunter die Aufforderung, den Mann, den Mörder des neben seinem Konterfei abgebildeten Mädchens, zu melden. Trotz des schnellen und nicht sehr gekonnten Strichs war zu erkennen, dass er ein junger hübscher Bursche war. Wie auch das Mädchen. Wieland sah den Ernst in ihren Augen, die Entschlossenheit, die sie schon als kleines Mädchen gezeigt hatte, eine Unnachgiebigkeit, für die sie mit vielen Schmerzen hatte bezahlen müssen.

»Dreihundert Reichsmark«, rief ihm der Kutscher zu. »Hat der Graf gespendet.«

Wieland betrachtete noch immer die Zeichnung, während er hinter sich das Zischen der Peitsche hörte, dann rumpelte das Fuhrwerk los.

Er marschierte in die Richtung, die ihm der Kutscher angezeigt hatte.

3

Es war kaum drei Wochen her, da waren sie in das Krankenzimmer gekommen und schnurstracks auf sein Bett zugelaufen. Sie hatten ihn lange angesehen, einander zugenickt, ihn wieder ins Visier genommen.

Ins Visier, genau so hatte er das wahrgenommen.

Ein Mann und eine Frau. Sie war eine der Krankenschwestern, und ihr Gesicht war ihm bekannt vorgekommen, er überlegte, wo er ihr schon einmal begegnet war. Erst später war es ihm eingefallen. Ihr Blick war ernst und durchdringend. Als wollte sie einen Gedanken in seinen Kopf pflanzen.

Der Mann an ihrer Seite war älter. Nicht groß, dafür korpulent. Das Sprechen überließ er ihr. Aber die Vertrautheit zwischen den beiden war deutlich spürbar. Nicht die Vertrautheit von Verliebten. Eher die von Verschworenen. Dann waren sie gegangen, und er hatte seinen Entschluss gefasst.

Schon Tage vor dem Auftauchen der beiden kursierten in der Hauptstadt Gerüchte, dass ein Putsch nationalistischer Offiziere bevorstünde. Sie hatten auch Wieland Göth in seinem Zimmer im zweiten Stock des Berliner Lazaretts erreicht. Er wollte nicht riskieren, in den Wirren von Straßenkämpfen aufgehalten zu werden. Deshalb hatte er am Tag nach dem Besuch der beiden ein paar Medikamente eingesteckt und das Krankenhaus gegen die Anweisung des Arztes früh am Morgen verlassen.

In einem Zugabteil der dritten Klasse erfuhr er, wenige Kilometer hinter Berlin, dass aus dem Gerücht eine historische Tatsache geworden war. Unter der Führung eines Generals von Lüttwitz hatten sich Teile der Reichswehr und ehemalige

Angehörige der alten Armee und Marine gegen die demokratisch gewählte Regierung erhoben. Wenig später endete für Wieland die Zugfahrt. Ein Generalstreik legte fast den gesamten Bahnverkehr im Reich lahm, und er war gezwungen, einen großen Teil seines Wegs zu Fuß zurückzulegen.

Hin und wieder zeigte ein Bauer oder ein fliegender Händler Erbarmen und nahm ihn für eine kurze Strecke auf seinem Fuhrwerk mit. Als Tage später der Bahnverkehr wieder aufgenommen wurde, lag die Hauptstadt schon sehr weit hinter ihm.

Nun blickte er zurück zu dem Posten mit dem geschulterten Gewehr und dem Adrian-Helm, den er gerade passiert hatte, um Zutritt in das besetzte Rheinland zu erhalten. Drei Stunden hatte der französische Feldwebel ihn warten lassen, seine Papiere wieder und wieder geprüft, Rücksprache gehalten, Fragen gestellt. Wieland hatte verschwiegen, dass er aus der Hauptstadt kam, erklärt, was nicht gelogen war, seine Eltern besuchen zu wollen. Verschwiegen hatte er aber auch, dass er seit Jahren nicht mehr in Rombelsheim gewesen war.

Auf der sich kräuselnden Oberfläche des Rheins flimmerten die letzten Sonnenstrahlen dieses Tages. Um fünf Uhr hatte der Posten ihn endlich durchgewunken. Und ihn darauf hingewiesen, dass um sechs Uhr am Abend die Sperrstunde begann.

Müde schleppte er sich in die Stadt, schlurfte durch die engen, stinkenden Gassen, sprang zur Seite, als eine Straßenbahn, die er nicht beachtet hatte, hinter ihm laut bimmelte. Überall französische Soldaten, zu denen die Stadtbewohner gebührend Abstand hielten. An einem Brunnen wusch er sich sein Gesicht, trank ein paar Schlucke Wasser, biss in das letzte Stück Brot, das er noch bei sich trug, da tippte ihm jemand von hinten auf die Schulter. Erschrocken fuhr er herum und blickte in das ausgezehrte Gesicht einer alten Frau, die ihn kurz musterte und ihm dann mit dünner Stimme empfahl, bald von der Straße zu verschwinden. Der Franzose verstünde keinen Spaß. Besonders, nachdem vor ein paar Tagen ein Separatist umgebracht worden war. Mit einem Bajonett erstochen, fügte sie noch an. Dann war sie auch schon weg. Er sah sie noch auf ein Plakat spucken, das den Besuch des Marschalls Pétain in der Stadt und einen Aufmarsch der französischen Truppen für den 23. Mai ankündigte. Dann waren die Schritte schwerer Stiefel zu hören. Wieland nahm seinen Rucksack und schlich davon, hielt Ausschau nach einem Schlafplatz. In einer schmalen Gasse, nahe einer Kohlehandlung, lief ihm eine Katze über die Füße, hielt kurz inne, sah vorwurfsvoll zu ihm auf, um dann unter einer Treppe zu verschwinden. Wieland, noch immer die Geräusche der Stiefel im Ohr, hatte sich gebückt und war dem Tier unter die Treppe gefolgt. Leidlich windgeschützt unter einer zerschlissenen Armeedecke hatte er den letzten Schluck Wein aus der Flasche getrunken, die ihm ein Winzer unterwegs zugesteckt hatte. In der rechten Hand hielt er sein Messer, wie in jeder Nacht, seit er wieder in Deutschland war. In Bremerhaven war er wegen einem Stück Brot überfallen und an der Schulter verletzt worden, eine Wunde, die er in Berlin hatte behandeln lassen müssen.

Er war von einem Geräusch geweckt worden, nicht mehr als das Schaben eines ungeschickt bewegten Fußes, vielleicht ein oder zwei Meter von ihm entfernt. Doch bevor er sich aus der Decke herausschälen konnte, war schon jemand über ihm gewesen, und eine Hand drückte seine Kehle zu, eine andere versuchte, ihm das Messer zu entwenden.

»Das ist mein Platz!«, zischte ihm jemand mit Alkoholfahne ins Gesicht. »Mein Platz! Ich bring dich um!«

In dem Moment war die Katze zwischen die beiden Männer gesprungen. Wieland hatte die kurze Verwirrung des Angreifers genutzt, nach seiner leeren Weinflasche gegriffen und sie dem Mann auf den Schädel geschlagen. Das Glas zerbrach, der Mann taumelte, zischte ihm ein wütendes »Ich bring … dich … um!« entgegen. Wieland hatte ihm den abgeschlagenen Flaschenhals ins Gesicht gerammt. In Erwartung eines neuen Angriffs hatte er schon nach seinem Messer gegriffen, um im richtigen Moment zustechen zu können. Doch der Angreifer hatte nur »Mein Auge! Mein Auge!« gewimmert.

Langsam beruhigte sich Wielands Atem. Er packte seine Sachen zusammen und kroch unter der Treppe hervor, sah sich um, trat, als er sicher war, dass niemand in der Nähe war, auf die Straße und lief im Schutz der Hauswände die Gassen entlang durch die Stadt in die Nähe des Bahnhofs, ohne einem patrouillierenden französischen Soldaten zu begegnen.

Am nächsten Morgen hatte er sich von dem wenigen Geld, das er noch besaß, ein Billett nach Bad Kreuznach gekauft. Im Abteil war er sogleich in einen Dämmerschlaf gefallen, bis ein Schaffner ihn rüde anstieß, um seine Fahrkarte zu kontrollieren, und ihn dabei mit unverhohlener Abscheu anstarrte. Er war gleich wieder eingeschlafen und hätte um ein Haar den Halt in der Kurstadt an der Nahe verpasst. Beim Sprung aus dem schon abfahrenden Zug stolperte er mit seiner verletzten Schulter gegen einen Lichtmast und stöhnte auf.

Er wartete, bis der Schmerz nachließ. Ein Stück hinter der Stadt hatte ihn dann der Kutscher mitgenommen, der jetzt hinter einer Biegung verschwand.

4

Das Gehen auf dem aufgeweichten Boden fiel ihm schwer. Immer wieder musste er Pausen einlegen, bis er schließlich den kleinen Friedhof oberhalb des Dorfes erreichte, das versteckt in einer Senke lag. Nur die Kirchturmspitze, die sich gegen den grauen Mittagshimmel abhob, verriet den Ort.

Wieland blieb einen Meter vor dem hüfthohen Holztor stehen. Vorsichtig nahm er seinen Rucksack von der Schulter, stellte ihn auf den Boden und ließ seinen Blick über die Gräber des kleinen Friedhofs wandern. In der Mitte der Anlage stand einsam ein dürrer Baum, an dem ein Plakat befestigt war. Nur wenige Meter von ihm entfernt hockte eine alte Frau in einer grauen Strickjacke und einem ebenso farblosen Tuch um den Kopf vor einem Grab. Sie hatte ihm den Rücken zugewandt. Wieland beobachtete ihre gleichmäßigen Bewegungen mit der Harke, bis sie ihren Kopf zu ihm drehte und ihn einige Sekunden musterte. Dann schaute sie ihm so direkt ins Gesicht, dass es fast an Schamlosigkeit grenzte. Sie verzog keine Miene, gab nicht zu erkennen, ob sie ihn erkannt hatte, was auch nicht einfach war angesichts seiner verschmutzten Kleidung, des verfilzten Bartes und der Mütze, die er tief ins Gesicht gezogen hatte. Er erwiderte ihren Blick ebenso ungerührt, bis sie sich mit ihrer freien Hand vom Boden abstützte, aufstand und auf ihn zukam. Hinter der Mauer blieb sie stehen und musterte ihn wieder, als versuche sie, die Gesichtszüge unter seinem Bart freizulegen.

»Warum bist du zurückgekommen?«, fragte sie schließlich. »Hier gibt es nur Hunger und Tod.«

Dann drehte sie sich abrupt um und trippelte, ohne noch

einmal zu ihm herüberzublicken, an dem dürren Baum vorbei und zu der dem Dorf zugewandten Seite des kleinen Friedhofs hinüber, wo sie ihn durch einen schmalen Gang verließ. Wieland blickte ihr nach, bis sie die Senke erreicht hatte.

Er packte seinen Rucksack, stieß mit einem Fußtritt das Holztor auf und lief langsam an den Gräbern vorbei, las dabei die Inschriften. Das Plakat an dem Baum war das gleiche, das er schon an der Weggabelung gesehen hatte. In einem Mauerwinkel, etwas abseits, fand er, wonach er gesucht hatte. Verwundert betrachtete er den glatt polierten, marmornen Grabstein, der so auffällig anders als die anderen hier war. Drei Rosen lagen auf der frisch geharkten Erde, wie ein Fächer drapiert, die Blüten dem Grabstein zugewandt, auf dem in schnörkelloser Schrift der Name Hella Göth eingraviert war, darunter das Jahr ihrer Geburt und das ihres Todes. 1868 und 1917. Göth betrachtete die Rosen, rot und so frisch, als seien sie gerade erst erblüht.

Er kniete sich nieder, nahm eine der Blumen, roch an der Blüte. Richtete sich mühsam wieder auf, spürte die langen Tage und die kalten Nächte, in denen er von Berlin hierher unterwegs war, nach Rombelsheim, dem Dorf im Westen Rheinhessens, an der Grenze zur Pfalz, in dem er aufgewachsen war.

Er verließ den kleinen Friedhof durch den schmalen Gang, durch den schon die Alte gegangen war, ohne noch einmal einen Blick auf das Grab seiner Mutter zu werfen.

Bis zum frühen Nachmittag blieb er vor dem Friedhof unter einem Busch sitzen, dann machte er sich auf zum Dorf. Vor dem ersten Haus im Ort blieb er auf der unbefestigten Straße stehen. Rechts und links begrenzten schmale, in Stein gefasste Kanäle den Weg, in denen das Abwasser schwappte. Der Geruch hatte sich in den Jahren, in denen er fort gewesen war, nicht verändert.

Wieland blickte die Straße entlang, dann schaute er hoch zum Fenster in der oberen Etage. Der Vorhang bewegte sich ein wenig.

Noch konnte er umkehren, das Dorf hinter sich lassen. Dieses Mal für immer.

5

Das Dorf Rombelsheim, das bei Kriegsbeginn knapp fünfhundert Einwohner gezählt hatte, lag an einer langen Straße, an der sich auf beiden Seiten aus groben Steinen gemauerte Häuser reihten, mit den Höfen der Bauern und den Geschäften eines Bäckers, eines Fleischers, einem Laden für Kurzwaren und ein paar Handwerksbetrieben. Zwei Wirtschaften gab es, eine in der Hauptstraße, die andere in einer der wenigen Gassen, die zu den Häusern in der zweiten und dritten Reihe führten, die meist noch kleiner und schiefer waren. In der letzten Reihe, am Dorfrand, duckten sich aus Bauresten zusammengeschusterte Behausungen, in denen die Tagelöhner wohnten, die sich bei den Bauern und kleinen Gewerbetreibenden verdingten. Ziemlich genau in der Mitte beschrieb die Hauptstraße einen lang gezogenen Bogen durch das kleine Dorf. Im Scheitelpunkt des Bogens lag die evangelische Kirche, und dahinter, etwas versetzt, das Pfarrhaus. Auf der anderen Seite des Kirchplatzes, rechts vom Gotteshaus, war in einem Haus mit einem schmalen Balkon über der Eingangstür die Bürgermeisterei untergebracht. Am Rande des Ortes schlängelte sich der Bach entlang, der durch das Tal führte.

Stimmengemurmel riss Wieland aus seinen Gedanken. In einiger Entfernung von ihm hatten sich neun oder zehn Bewohner zusammengefunden, die ebenso neugierig wie misstrauisch zu ihm herübersahen. Zwei Männer darunter, die sich auf Holzkrücken stützten.

Er sah noch einmal nach oben, wo er das Mädchen hinter dem Vorhang wusste, unbeweglich, darauf wartend, dass er endlich ging und sie aus ihrer Starre erlöste.

Er tat ihr den Gefallen, kehrte um und umrundete das Dorf in einem weiten Bogen. Sein Elternhaus, das ehemalige Schulgebäude, lag am anderen Ende des Dorfes, durch einen großen Acker vom letzten Haus, dem Hof des Bauern Neubert, getrennt.

6

Wieland hatte sein Elternhaus schon früh gehasst und gehofft, es nie wieder betreten zu müssen, als er es ein Jahr vor Kriegsausbruch verließ. Auf dem langen Weg von Berlin nach Rombelsheim hatte er genügend Zeit gehabt, sich mit dem Gedanken vertraut zu machen, dass er diesen Vorsatz bald brechen würde. Dennoch überkam ihn ein Gefühl der Beklemmung, als er den Acker hinter dem Schulgebäude hinunterging. Der feuchte, schwere Boden klebte an seinen Stiefeln, und er kam nur langsam voran.

Das Haus war dreigegliedert. Der quadratische Mittelteil beherbergte den Flur und die Küche, auf der linken Seite lag der Trakt mit dem Saal für die Schüler, rechts der Wohnbereich, in dem Stockwerk darüber die Schlafzimmer.

Er ging um das Haus herum zur Vorderseite und schaute hinüber zum Neubert-Hof. Auch hier hatten sich einige Dorfbewohner versammelt. Niemand machte Anstalten, zu ihm zu gehen oder ihn zu sich zu rufen. Kein Zeichen der Begrüßung oder der Ablehnung.

Wieland kannte die meisten Gesichter, und doch waren sie ihm so fremd wie vor sieben Jahren. War er früher schon ein Fremdkörper in diesem Dorf gewesen, so kam er sich jetzt wie ein Aussätziger vor. Einer, der aus der Welt draußen eine Krankheit einschleppt, von der alle fürchten, sich daran anzustecken. Niemand hätte aber genau sagen können, was für eine Krankheit das war. Erinnerung vielleicht? Oder bildete er sich das nur ein?

Die Gruppe rückte langsam ein paar Meter näher, war aber immer noch so weit von ihm entfernt, dass eine Unterhaltung nur durch lautes Rufen möglich gewesen wäre. Wieland zögerte, konnte sich aber auch nicht entschließen, ins Haus zu gehen.

Er suchte in der Gruppe nach Bertram, dem Sohn vom Neubert. Bertram war früher sein Freund und Beschützer gewesen. Ob er aus dem Krieg zurückgekehrt war? Weder ihn noch den Bauern oder dessen Frau konnte er in der Gruppe erkennen. Auch sein Bruder Wolfgang war nicht zu sehen, aber das war ihm nur recht. Dass er nicht gefallen war, wusste er bereits von Regina, der Krankenschwester. Auf dem langen Weg war ihm eingefallen, woher er die Frau kannte, die ihn im Krankenhaus mit dem korpulenten Mann aufgesucht hatte. Sie kam aus einem der Nachbarorte und war die Cousine von Else, dem Mädchen aus Rombelsheim.

Eine Frau in der Gruppe starrte zu ihm herüber. Sie suchte offensichtlich die Deckung der anderen. Er musste genau hinschauen, um sie zu erkennen. Sie trug ein Tuch um den Kopf. Neben ihr stand ein kleines Mädchen. Wieland überlegte, ihr ein Zeichen zu geben, da nahm das Mädchen die Hand der Frau und zog sie mit sich fort.

Während Wieland den beiden nachschaute, löste sich ein alter Mann aus der Gruppe und kam mit kleinen Schritten auf ihn zu. Die Lederschürze, die er um die Hüften gebunden hatte, wippte bei jedem Schritt vor seinen Beinen. Das Gehen bereitete ihm offensichtlich Mühe.

Es war Schubert, der Schuster, ein geachteter Mann im Dorf, der Tod seines einzigen Sohnes, der schon am zweiten Kriegstag gefallen war, hatte ihn tief getroffen.

»Gut, dass noch einer überlebt hat!«, sagte er zur Begrüßung, und trotz der weichen Stimme war seine Verbitterung nicht zu überhören. »Das Dorf kann jeden Mann gebrauchen. Gerade jetzt!«, fügte er hinzu, ergriff mit beiden Händen Wielands Rechte und drückte sie einige Sekunden lang. »Richte dich ein und komm dann ins Dorf!«, sagte er und wandte sich um.

Wieland sah hinter ihm her, bis er die Gruppe wieder erreicht hatte, und wollte sich gerade abwenden, um ins Haus zu gehen, da näherte sich vom Dorf her ein junger Mann mit schnellen Schritten. Er lief an der Gruppe, die sich schon in Auflösung befand, vorbei direkt auf Wieland zu. Er schätzte ihn auf höchstens sechzehn Jahre. Die blauen Augen im scharf geschnittenen Gesicht musterten ihn abschätzig. Er war mit einer alten Arbeitshose und Jacke bekleidet. In der Hand hielt er eine Flasche, die er Wieland entgegenstreckte.

»Vom Grafen«, erklärte er. »Sie sollen sich morgen bei ihm melden. Bald werden wir den Mörder Ihrer Schwester haben, und er wird seine gerechte Strafe bekommen.«

Der Junge grinste und zeigte eine Reihe fauler Zähne. Mit der freien Hand deutete er einen Schnitt durch die Kehle an.

Da Wieland keine Anstalten machte, die Flasche entgegenzunehmen, stellte der Junge sie mit spöttischem Blick vor ihm ab und ging.

Wieland griff nach seinem Rucksack, die Flasche ließ er stehen. Dann stieg er die wenigen Stufen zur Tür des ehemaligen Schulgebäudes empor, die er mit seiner gesunden Schulter aufstieß. Im Türrahmen blieb er kurz stehen, dann trat er ins Innere und stellte im Flur auf den mit Ornamenten verzierten Fliesen seinen Rucksack ab. Rechts war die Holztreppe ins obere Stockwerk. Ein Wimmern war von dort zu hören. Einige Sekunden lauschte er den Geräuschen, dann ging er an der Treppe vorbei in die Küche, ein großer quadratischer Raum, die hellen Fliesen voller Risse, die sich wie eine Flusslandschaft zwischen den Ornamenten hindurchschlängelten. Als Kind hatte Wieland sich vorgestellt, dass diese Risse sich langsam, kaum merklich verbreiterten, bis sie schließlich so groß waren, dass er in ihnen unterging. Das machte ihm keine Angst. Denn es würde ihn aus dieser Welt der Schreie und Prügel befreien. Jetzt starrte er auf einen der Risse zu seinen Füßen. Ihm wurde der Gestank bewusst, der das Haus beherrschte. Schmutz, Schweiß,

Alkohol, Urin. Krankheit. Tod. Als würden die Gerüche aus den Rissen aufsteigen und gegen die Kälte im Haus ankämpfen. Vergeblich.

Die Krankenschwester und ihr korpulenter Begleiter hatten ihm dies anschaulich beschrieben, dennoch übertraf der Geruch seine Vorstellung bei Weitem.

Eine Stimme, nicht verständlich.

Wieland ging zurück zur Treppe.

»Wolfgang?!«

Er bewegte sich nicht.

»Wo treibst du dich wieder rum?«

Jedes Wort transportierte die Anstrengung, die es den Sprecher kostete.

»Wolfgang!«

Wieland ballte die Fäuste.

»Wolfgang! Komm endlich hoch!« Mehr ein Krächzen jetzt. Hilflos und aggressiv zugleich.

Wieland starrte auf einen dunklen Fleck an der Wand. Die Stimme wandelte sich in Musik, eine Stimme, eine dunkle Stimme, fremde Worte. Wie früher, wenn sich sein Kopf mit Musik füllte, um die Schreie nicht hören zu müssen.

Er ging zurück in die Küche. Setzte sich an den Tisch, zögerte das Hinaufgehen hinaus, schaute in den Ofen, in dem die Glut schon lange erloschen war.

»Wolf…?«

Kaum verständlich drang jetzt die Stimme zu ihm herunter.

Unwirklich kam es ihm vor, hier zu sein, in der Küche, auf dem Platz, auf dem er schon als Kind gesessen hatte. Eine klare Ordnung, die nie gestört werden durfte. Er auf diesem Platz an der Längsseite des Holztisches, sein Bruder ihm gegenüber, links die Mutter und rechts, am Kopf des Tisches, von wo er die Tür im Blick hatte, der Vater. Sein Stuhl, größer als die anderen, stand noch immer da. Die kleine Schwester saß an dem Tisch neben dem Fenster. Wenn der Vater einen guten Tag hatte, durfte sie nach dem Mahl auf seinen Schoß. Oft war das nicht.

»Wolf... gang ...?« Ein Flehen jetzt.

Wieland stand auf, ging durch den Flur hinaus in den Hof zum Brunnen hinter dem Haus, schöpfte eine Kelle Wasser.

Dann betrat er den Schulraum. Hier hatten einmal bis zu dreißig Kinder Platz gefunden. Bevor die Schule in einen der Nachbarorte verlegt wurde, weil es zu wenige Kinder im Dorf gab. Der Vater musste nun bei Wind und Wetter mit seinem Fahrrad die fünf Kilometer zur Arbeit fahren.

Nun lag der Raum kalt und leer vor ihm, aber es sah noch genauso aus wie früher. Fünfzehn Tische, zusammengeschoben in einer Ecke, darauf und daneben die kleinen Stühle. Unter dem Fenster ein schmales Bett, die Decke ordentlich ausgebreitet. Die Mutter hatte sich in diesen Raum zurückgezogen, wenn sie es nicht mehr aushielt. In den letzten Jahren war sie fast nur noch hier gewesen. Neben dem Bett die Nähmaschine und der Tisch mit den Nähutensilien der Mutter, die sich hier eine Nähstube eingerichtet hatte. An der Kopfwand, über dem Lehrerschreibtisch, hing noch die sauber geputzte Schiefertafel. Nur die dichte Staubschicht verriet, dass sie schon lange nicht mehr benutzt wurde. An dem Querbalken unter der Decke hing der Rest eines Seils.

Wieland schloss die Tür zum Schulraum und ging in den anderen Gebäudeteil zurück, wo die gute Stube und das Arbeitszimmer seines Vaters lagen. Er atmete einmal tief durch, trat dann vor die Treppe und legte seine linke Hand auf den hölzernen Handlauf, wartete, lauschte auf das Schnaufen und das rasselnde Atmen von oben, gab sich einen Ruck und stieg mit schweren Schritten die Treppe hinauf.

Die Tür ins Schlafzimmer der Eltern stand offen.

»Wolfgang ...« Das Ächzen der Matratze, dann eine Pause. Schließlich: »Wieland ...?« Etwas Ungläubiges lag in der Stimme des Vaters.

Hier war der Gestank aus Urin, Kot, Schweiß, Alkohol noch stärker und ließ Göth zurückweichen. Flach atmend betrat er das Zimmer.

Eine schmächtige Gestalt lag in dem Bett, eine schwere Decke verhüllte den Körper bis unter die Augen, die den Eintretenden fragend und anklagend zugleich anstarrten.

»Was willst du?«, krächzte die Stimme unter der Decke. »Wo ist Wolfgang?«

Keine Begrüßung. Keine Überraschung. Keine Wiedersehensfreude, aber das hatte Wieland sowieso nicht erwartet.

Einen Moment schien es, als würde sein Vater ihn nicht erkennen, doch die Bösartigkeit im Blick, der auch die Todesnähe nichts anhaben konnte, verriet ihm, dass der Mann genau wusste, wen er vor sich hatte.

»Wo ist … Wolfgang!« Trotz des Krächzens klang in der Stimme das Herrische durch.

Wieland starrte seinen Vater weiter an.

»Die … Flasche!«

Neben dem Bett lag eine Batterie von leeren Flaschen. Wieland beugte sich vor, fand eine, in der sich noch ein Rest Flüssigkeit befand. Er zog den Korken heraus, machte einen Schritt zum Bett, hielt sie seinem Vater entgegen, der sie nahm, nicht halten konnte und aufs Bett fallen ließ, wo sich der Inhalt über das verdreckte Laken ergoss. Ungläubig beobachtete der Kranke erst das Schauspiel, rollte sich dann stöhnend zur Seite und drückte seinen Mund auf die Stelle, an der die Flüssigkeit in den Stoff eingedrungen war, und saugte mit lautem Geräusch.

Wieland reagierte nicht auf die Rufe seines Vaters, er wandte sich ab und sah in das Zimmer, das er sich mit seinem Bruder Wolfgang geteilt hatte und in dem sein Bruder der uneingeschränkte Herrscher war. Seine Bücher, in einem Regal, das bis unter die Decke reichte, hatte er verteidigt. Wolfgang drohte sie zu zerreißen und in den Müll zu werfen. Jetzt waren sie tatsächlich weg, das Regal leer.

Wieland vertrieb die Erinnerung an die Qualen und Erniedrigungen, die er in diesem Raum hatte ertragen müssen. Nebenan befand sich das Zimmer seiner Schwester Josepha. Sie war einige Jahre jünger als die Brüder, und er hatte nicht viel von ihr mitbekommen. Sie war schon als kleines Mädchen aufsässig gewesen, hatte dem Vater widersprochen und die Mutter verachtet für das, was diese sich von ihrem Mann antun ließ. Und jetzt soll sie tot sein, umgebracht von einem ehemaligen russischen Kriegsgefangenen, der nach dem Ende des Krieges nicht zurückgekehrt war in das Land, das bei Kriegsbeginn Russland hieß und von einem gottgleichen Zaren regiert worden war.

Wieland stieg die Treppe hinab, verließ das Gebäude, trat auf die Straße und in die inzwischen weit fortgeschrittene Dämmerung, sah zum Nachbarhaus hinüber. Wie schon am Nachmittag wirkte der Hof auch jetzt unbelebt. Er nahm die Flasche, die der Junge auf den Weg gestellt hatte, ging zurück in die Küche und setzte sich an den Tisch. Er entfernte den Korken, roch den scharfen Alkohol, trank einen Schluck und starrte die Wand vor sich an. Starrte lange, dann stand er auf, um sein Messer hinter dem Küchenschrank zu deponieren.

Er war zurück in seinem Heimatdorf. In das er nie mehr zurückkehren wollte.

Er setzte die Flasche an. Trank.

7

Die Schreie einer Kuh weckten Wieland früh am nächsten Morgen. Zunächst ein lang gezogener Schrei, von dem er glaubte, dass er aus einem wirren Traum in die gute Stube gelangt war, wo er auf dem Sofa die Nacht verbracht hatte. Dann weitere, kürzere Schreie. Er fror, und sein Kopf schmerzte vom Alkohol. Sein Blick ging zur Decke. Da droben lag sein Vater. Wieder dieser Schrei. Panisch und angstvoll. Mühsam erhob er sich, schlang sich die Bettdecke um die Schultern und ging in den Hof. Der kühle Morgenwind fuhr ihm übers Gesicht, ein Anflug von Leben machte sich in seinem Körper bemerkbar.

Er verdrängte die Schmerzen im Kopf und folgte den Schreien, die aus Neuberts Gehöft zu kommen schienen. Das Wohnhaus des Bauern lag an der Straße, rechts davon die Zufahrt in den Hof, daneben und auf der rückwärtigen Seite die Scheune und die Ställe.

Er wollte sich mit seinem Besuch eigentlich bis zum Nachmittag Zeit lassen, nicht so früh mit der zu erwartenden schrecklichen Nachricht vom Heldentod seines Freundes Bertram konfrontiert werden.

Er schob den angelehnten Flügel des Tores auf.

»Bauer Neubert!« – so hatte er den Mann auch früher genannt –, rief er und versuchte, das Gebrüll des Tieres zu übertönen, das immer lauter zu werden schien. Er wartete ein paar Sekunden, rief »Bertram!«, und eilte über den Hof, rutschte auf dem vom Morgentau feuchten Boden aus, konnte sich gerade noch fangen und stand dann vor der Tür zum Stall. In dem

Lichtstrahl, der durch die Öffnung drang, tanzten Millionen Staubkörnchen in der Luft.

Einen kurzen Moment lang stellte die Kuh im Stall ihr Brüllen ein, wandte ihren Kopf dem Eindringling zu, um gleich in noch größerer Lautstärke ihren Schmerzen Ausdruck zu verleihen.

Wieland erkannte schnell, dass das Euter der Kuh prallvoll war. Er nahm einen der herumstehenden Eimer, platzierte ihn unter dem Euter und kniete nieder. Die Kopfschmerzen, die er in der Aufregung der letzten Minuten vergessen hatte, machten sich nun mit umso größerer Wucht wieder bemerkbar. Er musste einen Würgereiz unterdrücken, atmete zweimal tief durch, um dann nacheinander die vier Zitzen vorzumelken. Anschließend widmete er sich ausgiebig jeder einzelnen, bis kein Tropfen Milch mehr kam. Er stellte den Eimer zur Seite, strich der Kuh mit der Hand über den Kopf und ging nach draußen, wo er sich erschöpft gegen die Mauer lehnte.

Die Stille hatte etwas Unheimliches, Unwirkliches. Neubert war einer der reichen Bauern in der Umgebung gewesen, auf seinem Hof herrschte immer Betrieb, Fuhrwerke kamen von den Feldern oder fuhren hinaus, Tiere gaben Laute von sich, irgendjemand brüllte, Geräusche aus der Küche zeugten von der Arbeit der Frauen. Irgendein Tier rannte immer herum, ob Hund, Katze, ein aufgescheuchtes Huhn, dazwischen ein Knecht oder eine Feldarbeiterin.

Nichts von alledem jetzt. Hof und Stall machten nicht nur einen heruntergekommenen Eindruck. Der Ort schien menschverlassen zu sein und ohne jedes Leben, wenn er von der Kuh absah.

Wieland überquerte den Hof zum Wohnhaus, wo er mit der Faust gegen die Tür schlug. Als niemand reagierte, drückte er die Klinke nieder, die Tür war nicht verschlossen.

»Bauer Neubert!«, rief er noch einmal, doch wieder erhielt er keine Antwort.

Er schob die Tür auf, wartete, rief noch einmal, betrat dann das Haus. Es war ausgekühlt und auf eine leblose Weise ruhig. Im Flur und in der Küche sah es so aus, wie er es von früher kannte. Einfach eingerichtet, ohne jeden Protz, dabei nicht ungemütlich, doch jetzt fehlte jegliches Zeichen der Anwesenheit von Menschen. Der Ofen war kalt, der Tisch leer. Ein ungutes Gefühl beschlich Wieland, er durcheilte nun alle Zimmer. Sie waren aufgeräumt, die Betten gemacht, die Stühle beigestellt. Aber nirgends ein Mensch.

Er verließ das Haus, lief am Stall vorbei zur Scheuer, in der der Bauer seine Feldvorräte hortete. Das große Holztor war von innen verschlossen, aber von früher kannte er die Zugänge.

Durch einen schmalen Einlass auf der Rückseite betrat er die Scheune. Es dauerte einige Sekunden, bis sich seine Augen an die Dunkelheit gewöhnt hatten. Vor seinem Gesicht baumelten zwei Füße von der Zwischendecke, die eine Hälfte des Raumes überspannte. Der Geruch weckte die Erinnerung an Heinrich, einen Kameraden, mit dem er sich im Lager einen Raum geteilt hatte, ein fröhlicher Mensch, der auch in der miserabelsten Situation noch etwas Positives sah. Wieland fand ihn eines Morgens, schon nach Kriegsende, nicht lange bevor sie erfuhren, dass sie zurück nach Europa fahren würden. Er hing im Gemeinschaftsraum neben der Küche an einem Seil, die Beine weggeknickt. Erst Tage später hatten sie den Brief seiner Frau gefunden, in dem sie ihm mitteilte, dass sie ihn verlassen würde.

Ein Windstoß, der die Tür scheppernd ins Schloss fallen ließ, riss Wieland aus seinen Gedanken. Er lief ins Haus, fand in einem Schränkchen in der Küche ein Messer, rannte zurück, kletterte auf den Zwischenboden, robbte vor bis zur Kante, umfasste mit einer Hand das Seil, an dem der Bauer hing, dann nahm er das Messer in die andere Hand und fing an zu säbeln. Er war zu schwach, um den Leichnam zu halten. Als der Körper nur noch von wenigen Fasern gehalten wurde, rutschte ihm das Seil durch die Hand, und der Körper knallte auf den Scheunenboden.

Langsam schob Wieland sich zurück und kletterte nach unten, beugte sich über den durch den Aufschlag verrenkten Körper und löste das Seil vom Hals des Toten.

Er widerstand dem ersten Impuls, an die frische Luft zu gehen. Stattdessen setzte er sich neben die Leiche. Bauer Neubert war für ihn wie ein Vater gewesen. Von ihm, und auch von Bertram, hatte er viel über die Natur und deren Gesetze erfahren, frühmorgens war er mit den beiden auf die Felder gefahren, hatte gelernt, die Tiere zu versorgen, und zum ersten Mal mit einem Gewehr geschossen.

Der Bauer war nicht abweisend und verschlossen wie sein Vater, Abende im Kreis mit seiner Familie und dem Gesinde waren voller Geselligkeit und Wärme.

Seinen Vater sterben zu sehen, berührte ihn weniger als der Tod des Nachbarn und das Schicksal, das ihn zu diesem Schritt veranlasst haben mochte.

Nach einer Weile erhob sich Wieland und ging nach draußen in den Hof. Ein paar Sonnenstrahlen, die eine Lücke in der Wolkenwand gefunden hatten, blendeten ihn. Er sah sich noch einmal um, als müssten jeden Moment Bertram oder die Frau des Bauern auftauchen, aber der Hof war so leblos wie zuvor.

Im Dorf klopfte er an die Tür des nächstbesten Hauses. Es gehörte dem Schreiner Rudolf Lüning. Er war schon über siebzig und sah Wieland, kaum hatte er die Tür geöffnet, wie einen Fremden aus toten Augen an.

»Tot!«, sagte Wieland. »Der Bauer Neubert ist tot.«

Lüning nickte bedächtig und musterte ihn. »Du bist der Kleine vom Lehrer Göth«, sagte er und rückte mit seinem Kopf so nahe an ihn heran, dass sich ihre Nasen fast berührten.

Wieland war nicht klar, ob der Mann ihm eine Frage gestellt hatte, so ohne jede Betonung, ohne jeden Sinn hatte er die sieben Worte aneinandergereiht. »Ja«, antwortete Wieland leise.

»Du kommst erst jetzt.«
Wieland trat einen Schritt zurück.
»Der Graf braucht Männer wie dich.«
Wieland drehte sich wortlos um und ging.

8

Er eilte zum nächsten Haus. Es gehörte dem Zimmermann Bernward Weishaupt, der offen seine Freude zeigte, dass Wieland lebend und unverletzt aus dem Krieg heimgekehrt war.

»Komm rein, mein Junge!«, sagte er. »Darauf müssen wir einen trinken.« Er verschwand im Haus. Wieland folgte ihm.

Nach dem zweiten Selbstgebrannten erzählte Weishaupt, dass er zwei seiner drei Söhne auf dem Feld der Ehre, wie er spöttisch betonte, gelassen hatte, worüber seine Frau dem Trübsinn verfallen sei und ihre Tage seitdem auf dem Sessel verbringe und das Foto mit dem Bild der drei ohne Unterlass anstarre. Wieland fragte ihn nach Bertram und erfuhr, dass der ebenfalls gefallen war, schon eine Woche, nachdem er an die Front geschickt worden war. Vom Bauer Neubert wusste er zu berichten, dass der immer seltsamer wurde, kaum noch Kontakt im Dorf suchte, seine Tiere und seine Felder vernachlässigte. Der Tod seiner Frau hatte ihn dann vollends aus der Bahn geworfen. Den Rest besorgten die verfallenden Preise im Krieg. Als Wieland sich verabschiedete, sagte der Zimmermann ihm zu, dass er sich um Neuberts Leichnam kümmern würde.

Vor dem Schulhaus wartete sein Bruder Wolfgang auf ihn. In der rechten Hand hielt er einen Wasserkrug, mit der linken stützte er sich auf eine Krücke und ließ den Ankömmling nicht aus den Augen. In seinem Mundwinkel hing eine Zigarette.

Wieland verlangsamte seine Schritte.

Seinem Bruder blieb das nicht verborgen. »Geht das nicht ein bisschen schneller? Kein bisschen verändert. Ich dachte, beim Militär hätten sie einen Mann aus dir gemacht.«

Die gleiche Verachtung, die gleiche Herablassung wie früher. Sollte Wieland geglaubt haben, dass sich sein Bruder in den sieben Jahren verändert hatte, spätestens jetzt war dieser Glaube wie eine Blase zerplatzt. Und die Miene des Bruders ließ noch Ärgeres vermuten.

»Vater liegt in seiner Kotze!«, stieß er mit geballten Fäusten aus, als Wieland sich ihm bis auf zehn oder zwölf Meter genähert hatte.

Wieland versuchte, ruhig zu bleiben.

»Ich war ...«, setzte er zu einer Erklärung an, doch Wolfgang drehte sich wortlos um, zog im Gehen an seiner Zigarette, spuckte sie dann auf den Boden und verschwand ins Haus. Das Aufschlagen der Krücke auf der Treppe war nicht zu überhören.

Wieland zögerte eine Weile, dann trat er in den Flur. Oben hörte er Wolfgang hantieren, begleitet von den Flüchen des Vaters.

»Trink!«, befahl er dem Kranken.

»Willst du mich vergiften!«, war die Replik des alten Göth. Wieland hatte genug gehört und ging in die Küche.

Wenig später erschien sein Bruder dort.

»Wenn du jetzt hier wohnst, kannst du dich um den Alten kümmern!«

Keine Bitte, keine Frage. Ein Befehl.

»Warum bist du zurückgekommen?«

Wieland zog seine Jacke aus, hängte sie über die Stuhllehne und sah an seinem Bruder vorbei. Wie früher fiel es ihm schwer, ihm in die Augen zu schauen. Er wusste auch so um das Grinsen, das sich jetzt in seinem Gesicht zeigte. »Was ist mit Mutter? Warum hat sie so ein Grab?«

Das Grinsen verschwand aus Wolfgangs Gesicht. »So ein Grab?« Er betonte das »so«.

»So groß. So teuer. Aus Marmor. Und Blumen sind darauf. Sind die von dir?« So wie er das sagte, war klar, dass er nicht davon ausging.

»Keine Ahnung«, erwiderte Wolfgang, und Wieland meinte eine leichte Spur von Verunsicherung in seiner Stimme zu hören, die er gleich zu übertünchen versuchte. »Was willst du hier? Niemand hat dich gerufen. Wir kommen hier gut alleine zurecht.«

Wieland schwieg.

Wolfgang nahm aus seiner Hosentasche eine Zigarettenschachtel, stützte seinen Ellenbogen auf die Krücke, nahm eine Zigarette heraus, zündete sie an. »Haben sie dir die Zunge ausgerissen? Dem schlauen Bruder, der früher so gut reden konnte. Alle totgequasselt hat«, fragte er nach dem ersten Zug.

»Was ist mit Josepha? Wo ist sie?«

»Du hast doch die Plakate gesehen! Der Russe hat sie ...«

»Der Russe?«, fragte Wieland zurück.

Wolfgang lachte verächtlich auf. »Der Russe. Oleg. Ein Kriegsgefangener. Musste auf den Feldern arbeiten. Ist nach dem Krieg nicht zurück. Wegen den Kommunisten. Er hat Josepha ...«, er machte mit den Händen eine obszöne Geste, »und dann umgebracht.«

Wieland dachte einen Moment nach. »Wo ist ihre Leiche?«, fragte er betont ruhig.

Wolfgang sah ihn verwundert an. »Vergraben. Wahrscheinlich.«

»Also keine Leiche.«

Wolfgang humpelte einen Schritt auf seinen Bruder zu, ballte wieder seine Fäuste. »Was willst du damit sagen?«

Es fiel Wieland immer noch schwer, ruhig zu bleiben, das Zittern in seiner Stimme zu verbergen. Früher hatte Wolfgang einfach zugeschlagen. Mit oder ohne Grund. Vor allem, wenn er keine Antwort wusste. Oder glaubte, dass sein kleiner Bruder sich im Recht wähnte. »Wenn es keine Leiche gibt, dann weiß niemand, ob Josepha wirklich tot ist. Und dann kann Oleg ...«

Weiter kam er nicht. Wolfgang ließ seine Krücke fallen, machte einen Schritt vorwärts, packte den Bruder am Kragen.

»Oleg ist der Mörder. Und wir werden dieses Tier jagen und fangen. Und dann wird er den Tag verfluchen, an dem ihn seine Mutter auf die Erde geworfen hat. Wäre er nur nach Russland zurück ...«

Von einem Moment auf den andern hatte sich die Miene von Wolfgang völlig verändert. Seine Augen verdrehten sich, er taumelte zurück, fiel auf den Boden und wand sich in krampfhaften Zuckungen.

Wieland sah dem Schauspiel teilnahmslos zu, trat die noch brennende Zigarette aus, die dem Bruder aus dem Mund gefallen war, wartete, bis der Anfall nachließ, nahm dann einen Becher, füllte ihn mit Wasser, gab ihm zu trinken.

Nach einigen Minuten hatte sich Wolfgang so weit beruhigt, dass Wieland ihm auf die Beine helfen konnte, ihm sogar die Krücke reichte. »Verschüttet ...?«, fragte er in Anspielung auf den Anfall.

»Kommt und geht«, versuchte Wolfgang die Sache herunterzuspielen. »Habe ich meist gut im Griff ...« Seine Stimme klang noch schwach. So ganz fest schien er noch nicht auf den Beinen zu sein.

»Und Josephas Leiche ...«

Wieder unterbrach ihn der Bruder. »Willst du das russische Tier verteidigen? Er hat Josepha umgebracht und irgendwo verscharrt. Wie ein Tier.«

»Wenn der Russe ein Tier ist, dann muss er sie tatsächlich wie ein Tier verscharren.«

Den sarkastischen Ton hatte Wieland nicht beabsichtigt. Die Antwort war ein Schlag von Wolfgang. Mit der Faust. Wieland parierte mit einer schnellen Bewegung, packte den Bruder am Handgelenk, sah ihm in die Augen. Der schien von Wielands schneller Reaktion und seiner ungewohnten Kraft sichtlich überrascht zu sein.

Er stieß Wolfgang von sich.

Wütend blickte der ihn an, stellte dann unmissverständlich

fest: »Der Russe ist der Mörder, und dafür wird er büßen.« Nach einem kurzen Moment fügte er hinzu: »Wir haben seine Kette mit dem Kreuz gefunden. In Josephas Zimmer.«

Wieland sah ihn an, sprach langsam und leise. »Wie bei Tadeusz? Da wurde auch eine Kette gefunden. Ein seltsamer Zufall.«

»Was weißt du schon!« Damit wandte sich Wolfgang ab, stieg die Treppe zum Vater hinauf, den er anherrschte, das Maul zu halten.

Wieland blieb noch ein paar Sekunden stehen, dann ging er in den Hof und kühlte sich am Brunnen sein Gesicht.

Einige Minuten später kam Wolfgang auf ihn zu, unterm Arm ein paar Flaschen, die er vor Wieland abstellte. Er lehnte sich mit dem Rücken an den Brunnen, stellte die Krücke neben sich. »Du kümmerst dich jetzt. Ist ja nicht mehr lange. Verreckt sicher bald.«

»Wie ist Mutter gestorben?«

Wolfgang schien über die Frage nachdenken zu müssen. »Sie hat es nicht mehr ausgehalten.« Er deutete mit dem Kopf zum Haus. »In der Schulklasse habe ich sie gefunden. Am Strick.«

»Sie hat ein Grab. Auf dem Friedhof.«

»Wir sind ja keine Unmenschen«, entgegnete Wolfgang.

»Früher wurden die Selbstmörder vor dem Friedhof beigesetzt«, ließ Wieland nicht locker.

Dieses Mal schien der große Bruder sich nicht weiter aufzuregen. Er zuckte lediglich mit den Schultern.

»Und das Grab. Wer hat das …?«

»Sie hat ein Grab. Auf dem Friedhof. Sei doch froh. Frag den Pfaffen halt.«

»Und die Blumen?«

Jetzt wurde Wolfgang ungehalten. »Kümmere dich um deine Sachen. Wo warst du so lange? Der Krieg ist schon seit über einem Jahr vorbei. Hast du mit den Roten gekämpft?«

Wieland kniff die Augen zusammen, sah den Bruder fragend an.

»In Berlin? Oder in München? Wo die Roten Revolution gemacht haben. Mit den Kommunisten. Den Juden«, zischte er verächtlich.

Wieland schwieg.

»Wo warst du?«, wiederholte der Ältere seine Frage, trat einen Schritt vor, aber nicht, um den Bruder zu bedrängen. Vielmehr deutete er auf dessen rechte Schulter. »Verletzung?« Seine Stimme klang ein wenig weicher.

Wieland nickte. »Messer.«

Das schien Wolfgang zu reichen. »Was hast du im Krieg gemacht?« Er klang nun fast versöhnlich. Wieland war auf der Hut.

»Geschossen.«

Wolfgang grübelte kurz, ob er ihm die Frechheit durchgehen lassen sollte. »Die Leute sagen, dass du bei den Freikorps warst.«

Wieland massierte sich mit den Daumen die Schläfen. »Dann wäre ich wohl kaum ein Roter.«

»Hast du?«

»Der Krieg ist vorbei. Ist doch egal, wo ich gekämpft habe.«

»Der Krieg ist nie vorbei. Ich trage ihn immer mit mir rum.« Er zeigte mit einer Hand auf sein kaputtes Bein. »Und es ist auch nicht egal, wo einer steht. Der Krieg beginnt erst.«

Wieland schwieg einen Moment. »Was ist mit dem Bauern Neubert?«, fragte er schließlich. »Da ist nur eine Kuh, und die war nicht gemolken.«

Er bekam keine Antwort.

»Und Bertram?«

»Der Ochse?« Es klang verächtlich aus Wolfgangs Mund.

»Ochse« war der Spitzname von Bertram, wegen seiner kräftigen Statur hatte man ihm diesen Namen gegeben. Alle fürchteten sich vor ihm, sogar Wolfgang. Wenn Wieland mit Bertram zusammen war, wagte sich niemand an ihn heran.

Wolfgang grinste. »Neubert. Der …« Er machte eine Pause. »Seine Kühe sind ihm verreckt. Hat das meiste Land verkauft. Und Bertram ist gefallen.«

Wieland sah ihn fragend an. »Ich weiß. Aber warum musste der ins Feld? Als Sohn des Bauern.«

»Was weiß ich. Schon richtig, dass der verreckt ist. War ein Roter. Wie sein Vater.«

»Neubert?«, fragte Wieland ungläubig.

»Sozialdemokrat. Ist doch dasselbe. Hat ständig von Arbeiter- und Bauernrat gefaselt. Und den Juden verteidigt. Hats vielleicht auch mit den Separatisten gehalten. Spinner. Der Dickkopf.« Er machte eine Pause, sprach weiter, als er den fragenden Blick des Bruders bemerkte. »Wollte immer mit dem Kopf durch die Wand. Mit dem konnte man nicht reden.«

»Worüber?«

Auf die Frage blieb Wolfgang die Antwort schuldig.

»Und Oswald?«

Oswald war der zweite Freund, den Wieland früher im Dorf hatte, der Sohn des Schmieds, der die Werkstatt seines Vaters schon früh übernommen hatte, nachdem der plötzlich tot umgefallen war, ohne Vorwarnung.

»Gefallen. In Flandern. 1917.«

Wieland nickte stumm. »Und …«

»Freya?«, ergänzte Wolfgang und konnte sich ein hämisches Grinsen nicht verkneifen. »Ist wieder zu haben. Bist du noch scharf auf sie?«

»Lebt sie noch in der Mühle?«

»Mit Kind. Ohne Mann. Vielleicht kriegst du sie jetzt. Mit einem Balg …« Er grinste noch immer.

»Und du?«, fragte Wieland. »Keine Frau?«

Wolfgang machte eine wegwerfende Handbewegung.

»Meine Bücher?«, fragte Wieland unvermittelt. »Sie sind nicht im Regal?«

Wolfgang lachte boshaft auf. »Bücher? Braucht keiner. Hab

sie verbrannt. Waren so zu was nutze.« Er sah sich um. »Es ist kalt hier im Haus. Du musst Holz hacken.« Wieder klang es wie ein Befehl. »Und rasier dich mal!«

Dann ging er davon, ließ den jüngeren Bruder am Brunnen stehen. Erst an der Hintertür zum Haus wandte er sich um. »Und denk daran, dass der Graf dich sehen will.«

9

In einem Schrank im Badezimmer fand Wieland das Rasiermesser, das sein Vater ihm zum sechzehnten Geburtstag geschenkt hatte. Damals hatte er es nur einmal in der Woche benutzen müssen, bei seinem Weggang hatte er vergessen, es einzustecken. Er schäumte sich mit einem kleinen Stück Seife ein und rasierte sich. Dann nahm er ein paar alte Kleidungsstücke aus seinem ehemaligen Schrank und zog sie an. Er kam sich fast wie ein neuer Mensch vor. Zumindest, solange er sich nur oberflächlich im Spiegel betrachtete und über die eingefallenen Backen und die spitzen Wangenknochen hinwegsah.

In einer Dose auf dem schmalen Regal in der Küche fand er den Rest von gemahlenen Bucheckern. Mit den paar wenigen Holzscheiten, die in der Küche lagen, zündete er den Herd an und stellte einen Topf mit Wasser darauf.

Das kochende Wasser schüttete er über das Bucheckernmehl. Das heiße Getränk belebte ihn, und er ging nach draußen, um Holz zu hacken und zu stapeln.

In der Küche füllte er den Becher mit dem Ersatzkaffee und ging zu seinem Vater hoch, der lag zusammengekrümmt auf dem Bett und starrte ihn finster an. Der Gestank im Zimmer war immer noch unerträglich. Wieland ging zum Fenster und öffnete es.

Ein kalter Wind wehte durch den Raum.

»Mach zu!«, raunzte ihn der Alte an, aber Wieland ließ sich nicht davon beeindrucken, blieb weiter am Fenster stehen, dann schloss er es und schaute zu seinem Vater hinüber. Der zeigte keine Reaktion. Schließlich setzte sich Wieland neben ihn, griff unter seinen Kopf, hob ihn an und flößte dem todkranken Mann langsam von dem warmen Getränk ein.

Der bedachte ihn mit einem misstrauischen Blick und der unausgesprochenen Frage, ob auf das gute Werk des scheinbaren Samariters nicht doch noch eine Gemeinheit folgte. Als Wieland den Kopf des Vaters vorsichtig wieder auf das Kissen zurücksinken ließ und sich erhob, entspannte sich der Kranke.

»Noch etwas?«, wollte Wieland wissen. Die Frage klang schroff, und doch war er seinem Vater seit vielen Jahren nicht mehr so zugewandt gewesen.

»Wo warst du?« Die Stimme des alten Göth war matt, kaum verständlich. Immerhin waren seine Augen klarer als am Vortag.

»Krieg!«, war Wielands lakonische Antwort, wieder schroff.

»Hast du Hunger?«, fragte er nach kurzer Pause.

Ein leichtes Nicken war die Antwort, und Wieland verschwand in Richtung Keller, wo seine Eltern eine Vorratskammer angelegt hatten, ein kleiner Raum mit Holzregalen an den Wänden. Darin standen wie früher schon die Gläser mit dem Eingemachten: akribisch und ordentlich aufgestellt, wie Soldaten in der Schlachtreihe, jetzt allerdings mit Lücken. Das hätte es früher nicht gegeben. Auf dem Boden lag ein zerbrochenes Glas, darum verteilt der Inhalt.

Wieland bückte sich nach ein paar Kartoffeln, als ihn ein Windstoß traf. Das schmale Fenster unter der Decke stand einen Spalt weit offen. Er stellte sich auf die Holzkiste unter dem Fenster, verriegelte es und ging anschließend nach oben, wo er Holz im Ofen nachlegte und einen Topf mit Wasser aufsetzte, in dem er die Kartoffeln kochte.

Er schob sich einen Stuhl vor den Herd und beobachtete, wie das kochende Wasser den Deckel auf dem Topfrand tanzen ließ. Anschließend schälte er drei der weich gekochten Kartoffeln, zerstampfte sie auf einem Teller, fand in einem Steintopf Salz, das er darüberstreute, und brachte die karge Mahlzeit nach oben, wo sein Vater auf dem Rücken liegend apathisch die

Decke anstarrte. Er brauchte eine Weile, bis er realisiert hatte, dass sein Sohn im Zimmer stand.

Der wartete, dann setzte er sich wieder neben seinen Vater auf die Matratze, stellte den Teller mit den zerstampften Kartoffeln auf seinen Knien ab, hob mit der einen Hand den Kopf des Kranken an und führte ihm mit der anderen die Gabel zum Mund. Der Alte konnte nur kleine Portionen zu sich nehmen, und er musste immer wieder stark würgen, dass Wieland schon fürchtete, er würde sich übergeben.

Schließlich hatte er mehr als die Hälfte gegessen. Er gab ein Zeichen, dass er genug hatte, und Wieland stand auf, doch der Alte hielt ihn zurück. »Durst!«, kam ihm mit dünner Stimme über die Lippen.

Wieland sah sich um, ging nach unten und kam mit dem Wasserkrug und einem Glas zurück. Der Alte verdrehte die Augen, als er realisierte, was sein Sohn ihm da einflößen wollte. Er spuckte aus und wiederholte: »Durst!«

Ungläubig sah Wieland ihn an, untersuchte die auf dem Boden liegenden Flaschen nach einem Rest Alkohol, doch ohne Erfolg.

Der Alte wurde unleidlich. »Bring mir was!«, herrschte er den Sohn an, der wortlos das Zimmer verließ und den wimmernden und meckernden Alten sich selbst überließ.

Im Hof hackte er Holz, bis er vor Erschöpfung niedersank und einschlief. Die wiederholten Schreie des Vaters versackten mehr und mehr zu einem Hintergrundrauschen, das er bald nicht mehr wahrnahm. Erst am frühen Nachmittag wachte er auf. Die Sonne stand schon tief, und obwohl er fror, zog er sich aus. Nackt stand er am Brunnen und befreite sich mit einem rauen Lappen von Schmutz und Schweiß. Während er sich abtrocknete, bemerkte er an der Tür zum Hof eine Bewegung.

Ein junger Kerl stand da, nicht größer als einen Meter sechzig, mit einer alten Hose und einem viel zu weiten Pullover bekleidet. Er legte seinen Kopf schief, verzog dann seinen Mund zu einem Grinsen und kam schließlich auf Wieland zu. Es schien ihm schwerzufallen, geradeaus zu gehen. »Wie… laaand«, rief er aus und wäre beinahe über einen kleinen Stein gestolpert.

»Willi!«, sagte Wieland zögernd, als erinnere er sich erst in diesem Moment daran, dass es diesen Jungen gab. Er machte einen Schritt auf ihn zu, wurde sich mit einem Mal seiner Nacktheit bewusst, was Willi aber in keiner Weise zu stören schien. Er kreuzte die Hände vor seinem Geschlecht.

Ungeschickt und hinkend kam der Junge weiter auf ihn zu, grinste schief, wiederholte »Wie…laaand, Wie…laaand«, so wie er es früher schon getan hatte, als spräche er jedes »a« einzeln aus.

Willi war so etwas wie der Narr im Dorf, der in einer verlassenen Tagelöhnerhütte am Ortsrand lebte und die Abwasserkanäle an der Hauptstraße reinigte. Dafür bekam er seine Mahlzeiten. Da er sehr gläubig war, ging er dem Pfarrer zur Hand, reinigte die Kirche und fegte den Vorplatz.

Jeder neue Jahrgang unter den Jugendlichen im Dorf machte es sich zum Sport, Willi mit mehr oder minder üblen Späßen zu ärgern und seine Schmerzgrenzen auszuloten. Manche beließen es bei Dumme-Jungen-Streichen, machten ihn betrunken, verrieten ihm, dass dieses oder jenes Mädchen unsterblich in ihn verliebt wäre, was Willi dann jeweils dazu verleitete, das entsprechende Mädchen aufzusuchen und ihr seine Liebe zu gestehen. Andere dagegen quälten ihn derart, dass er, der eigentlich so gutmütige und elendig lang geduldige Mensch, die Nerven verlor oder vor Schmerzen schrie.

Einmal hatten ein paar Jungs aus dem Dorf, Wieland war damals dreizehn oder vierzehn Jahre alt, ihm gedroht, ihn aufzuhängen, weil er angeblich einer alten Frau unter den Rock geschaut hatte. Sie führten ihn eines Abends in der Nähe des Friedhofs unter einen Baum, warfen ein Seil über einen Ast und legten ihm eine Schlinge um den Hals. Am schlimmsten aber war, dass sie dem frommen armen Kerl immer wieder mit großem Ernst erklärten, dass er als Verbrecher nicht beerdigt werden dürfe. Gleichzeitig fiel es ihnen schwer, nicht in lautes Lachen auszubrechen.

Willi, der zunächst an einen Scherz dachte, wie ihm schon einige gespielt worden waren, wurde immer banger, und als einer der Dorfjungs einen Stuhl herbeischaffte, auf den Willi gehievt wurde, begann er zu schreien. Immer wieder ruckelten die Jungs am Stuhl, taten so, als wollten sie ihn wegziehen. Willi schrie von Mal zu Mal lauter, bis er sich, zur Freude der Jungs, in die Hosen machte. Nun kannte ihr Spaß keine Grenzen mehr.

Von Willis Geschrei wurde Wieland angelockt, der in der Nähe seiner Mutter beim Brombeerpflücken geholfen hatte.

Warum er losgelaufen war, wusste er später nicht mehr, es hätte ihm doch klar sein müssen, in welche Gefahr er sich begab. Doch er war so wütend, dass er sich einen dicken Ast schnappte und damit auf die völlig überraschten Dorfjungs zurannte, die zunächst vor seinem Furor zurückwichen. Wieland nahm Willi die Schlinge vom Hals und half ihm vom Hocker herunter. Der streichelte ihm kurz übers Gesicht, mit einem derart mitleidigen Blick, als wüsste er, was Wieland sich mit dieser Heldentat antat. Und tatsächlich war die Rache der Jungs fürchterlich. Sie prügelten ihn so grün und blau, dass er mehrere Tage nicht in die Schule gehen konnte, und wäre Oswald, der Sohn des Schmieds, nicht gekommen, hätten sie ihn vielleicht auch totgeschlagen.

Aber seit diesem Tag wurde Wieland von Willi abgöttisch verehrt, er nannte ihn seinen Freund, was im Dorf großes Gelächter hervorrief.

»Du warst … im … Krieg …?«, stieß Willi abgehackt hervor und sah Wieland mit großen Augen an. Schamlos ließ er seinen Blick jetzt über dessen entblößten Körper gleiten. »Ganz dünn bist du. Nix kaputt«, stellte er schließlich fest, zufrieden und in einem Tonfall, als wäre alles andere auch undenkbar. Die deutlich sichtbare Narbe an Wielands Schulter nahm er offensichtlich nicht als Verletzung wahr. Dafür deutete er mit dem ausgestreckten Finger auf die Tätowierung an der anderen

Schulter und wollte näher kommen, um sie besser betrachten zu können.

Wieland unterband dies mit einer energischen Geste und eilte ins Haus, wo er einen dunklen Anzug und ein weißes Hemd aus dem Schrank seines Vaters nahm.

»Ein … Herr«, stellte Willi anerkennend fest, als er wieder in den Hof trat. Der Pfiff, den er dabei ausstieß, misslang völlig. Willis Gesichtsausdruck wandelte sich, als wäre ihm ein anderer Gedanke gekommen. »So … lange …«

Wieland verstand nicht.

»Weg … So … lange weg«, radebrechte Willi und wackelte dabei unruhig hin und her.

»Ich war im Krieg«, erklärte Wieland ruhig und verhalten.

»Der Krieg … ist vorbei …« Willi streckte seinem Gegenüber zwei Finger entgegen. »Zwei … Jahre. Ich habe … gewartet … Immer gewartet.«

Nun verstand Wieland. »Ich konnte nicht früher zurück.« Er überlegte. »Ich war … gefangen«, erklärte er und legte seine Handgelenke gekreuzt übereinander. »Und zwei Jahre stimmt nicht ganz«, korrigierte er den Jungen. »Es sind einundeinhalbes Jahr.«

Willi starrte einige Sekunden auf Wielands Hände, dann nickte er. »Lager«, rief er aus, zum Zeichen, dass er verstanden hatte.

»Ja, Lager«, bestätigte Wieland. »Sag mal, Willi, was ist mit dem Bauer Neubert und Bertram …«

In dem Moment schrillte die Stimme seines Vaters über den Hof. Erschrocken drehte sich Willi um, sah Wieland ängstlich an, schüttelte den Kopf, stieß mehrere unverständliche Laute aus, wobei sich seine Stimme am Ende überschlug, lief in Richtung Dorf davon.

Wieland schaute ihm nach, bis er zwischen den Häusern verschwunden war, dann ging er ins Haus, um nach seinem Vater zu sehen, der hilflos im Bett lag. Das Kissen war voller

Erbrochenem. Wieland atmete einmal durch, dann ging er nach unten und kam mit einem Lappen zurück, mit dem er das Bett notdürftig säuberte, begleitet vom Wimmern und leisen, vorwurfsvollen Stöhnen des Vaters. Anschließend fütterte er ihn mit den restlichen Kartoffeln vom Vormittag. Es dämmerte bereits, als er sich aufmachte, um im Dorf den Pfarrer aufzusuchen und ihn, wie von Wolfgang vorgeschlagen, zum Grab der Mutter zu befragen.

10

Als er die Kirche erreichte, lag das Dorf schon in Dunkelheit, nur das Gebell eines Hundes in der Ferne störte die abendliche Ruhe. Eine Laterne beleuchtete den Eingang in das Gotteshaus. Der Platz rechts neben der Kirche war menschenleer. Das Pfarrhaus war an der Stirnseite des Platzes errichtet worden, man ging direkt darauf zu. Aus einem Fenster im ersten Stock fiel ein schwacher Lichtschein nach draußen. Hinter der Kirche lag eine enge, dunkle Gasse, begrenzt von der hohen Steinmauer des großen Pfarrgartens. Er hatte das Pfarrhaus fast erreicht, als er aus der Gasse leise Stimmen vernahm. Schnell zog er sich in den Schatten des Kirchengebäudes zurück, wartete einen Moment, bevor er zur Gasse schlich.

Dort stand ein paar Meter von ihm entfernt vor einer Mauer ein Pferdefuhrwerk, in der Dunkelheit war es kaum zu erkennen. Vier Männer luden eine Kiste ab und trugen sie entlang der Mauer bis zur nächsten Quergasse, dort verschwanden sie aus Wielands Gesichtsfeld.

Nach wenigen Minuten kamen die Männer zurück und verfuhren genauso mit einer weiteren Kiste. Sie ermahnten sich gegenseitig zur Ruhe. Die Gesichter der Männer waren in dem spärlichen Lichtschein, der aus dem Fenster des Pfarrhauses kam, nicht zu erkennen.

Als die Männer sich mit ihrer Kiste entfernt hatten, schlich Wieland geduckt zum Fuhrwerk. Das Pferd schnaubte auf, und er verharrte kurz, aber offenbar schöpfte niemand Verdacht. Eine Kiste lag noch auf der Pritsche, sie war vernagelt und so schwer, dass niemand sie allein hätte bewegen können.

Kurz lauschte er in die Stille, dann ging er um das Fuhrwerk herum, tätschelte den Kopf des Pferdes, an dessen Zaumzeug er ein Wappen entdeckte. Es zeigte zwei gekreuzte Klingen und die Buchstaben »JED«, kunstvoll ineinander verschlungen.

Er hörte, wie die Männer zurückkamen, und zog sich schnell zurück. Aus sicherer Entfernung beobachtete er, wie die Männer die letzte Kiste herunterwuchteten und keuchend davontrugen. Er wollte ihnen schon folgen, um zu sehen, wohin sie die Kiste brachten, da hielt ihn ein Husten von seinem Vorhaben ab. Er fuhr herum, konnte aber niemanden sehen. Dann wurde auf der anderen Seite des Platzes nahe der Bürgermeisterei ein Streichholz entzündet. Im flackernden Lichtschein erkannte er einen großen und kräftigen Mann, der sich eine Zigarette ansteckte und zu ihm herübersah, so als habe er das alles nur inszeniert, um von Wieland bemerkt zu werden.

Der eilte schnell weiter zur Dorfstraße und in Richtung des Schulhauses. Unweit des Gebäudes, in dem der Bäcker seinen Laden hatte, blieb er stehen und überlegte, ob er zurückgehen sollte. Da ging im ersten Stock ein Licht an. Eine Frau stand hinter dem Fenster und sah unverhohlen zu ihm herunter. In ihren gespreizten Fingern hielt sie eine Zigarette. Wieland hatte sie noch nie im Dorf gesehen.

Sie schenkte ihm ein Lächeln, als er zu ihr hochschaute.

11

Wieland eilte zurück zum Hof des Bauern Neubert. Ins Schulhaus wollte er noch nicht. Er lauschte eine Weile in die Stille, dann trat er durch das Tor und in die Scheune. Eine Öllampe brannte dort, und er stellte fest, dass der Leichnam des Bauern schon abgeholt worden war. Um die Kuh hatte sich jedoch noch niemand gekümmert. Er griff nach Schemel und Eimer, begann zu melken und dachte über seine abendliche Entdeckung und Begegnung nach. Das Fuhrwerk gehörte dem Grafen, das Wappen am Zaumzeug trug seine Initialen. Aber was war in den Kisten, die die Männer heimlich in der Dunkelheit abluden? Wo hatten sie sie hingeschleppt? Und dann war da noch dieser Mann, der ihm zu erkennen gab, dass er ihn beobachtete? War dies eine Spur zum Grafen?

Er verließ den Stall und den Hof. Kaum war er draußen, hörte er seinen Namen.

»Wieland!«

Eine alte Stimme, die er nicht gleich orten konnte.

»Hier!« Eine Zigarette glomm auf, und auf der gegenüberliegenden Seite der Straße löste sich eine Gestalt von einem Baum.

War ihm der Mann von der Kirche bis hierher gefolgt? Die Gestalt, die er jetzt in Umrissen sah, passte nicht zu ihm. »Zischler?«, fragte Wieland in die Dunkelheit hinein.

Beim nächsten Aufglimmen der Zigarette war die Person schon ein Stück näher gekommen.

»Ja, zu Diensten! Zischler. Bist ein guter Junge, Wieland. Kümmerst dich um die letzte Kuh vom alten Neubert. Ist jetzt bestimmt heiß begehrt. Will jeder sich drum kümmern. Ein Wunder, dass keiner sie einfach geholt hat.« Er lachte krächzend. Während des Sprechens war er bis auf einen Meter an Wieland herangetreten, sah diesen unverwandt an. »Die Tiere, nicht, Wieland? Die waren dir immer wichtiger als die Menschen.«

Die beiden Männer rührten sich nicht.

»Manchen fällt es schwerer, ein Tier zu töten, als einen Menschen.«

Wieland nickte leicht. Er wusste nicht, worauf der Alte hinauswollte.

Zischler hatte was zu sagen im Dorf. Zumindest früher. Er schien um mehr als die sieben Jahre gealtert zu sein, in denen sie sich nicht mehr gesehen hatten. Vielleicht war damit auch sein Einfluss gesunken.

Sein Vater und sein Großvater hatten die Bürgermeister in Rombelsheim gestellt und vielleicht auch schon deren Vorfahren. In seiner Jugend war er lange fort gewesen. In Darmstadt hatte er den Beruf des Kaufmanns gelernt, war dann in die Exportabteilung einer Weinfirma gewechselt, die ihn in die Vereinigten Staaten geschickt hatte, um dort den Vertrieb mit aufzubauen. Er blieb einige Jahre in Übersee und heiratete eine Amerikanerin spanischer Abstammung. Als sie starb, kehrte er zurück und ließ sich im Dorf nieder. Manche nannten ihn einen »Roten«, weil er sich als Demokraten bezeichnete, beeinflusst durch das politische System der USA. Wieland kannte ihn als stolzen Mann, der Wert auf sein Äußeres legte, ohne protzig aufzutreten. Dem Mann, der jetzt vor ihm stand, war sein Selbstbewusstsein zwar noch immer nicht abhandengekommen, allerdings wirkte er wie ein Mensch, der viele Niederlagen hatte einstecken müssen.

»Im Dorf fragt man sich«, fuhr er fort, »warum du dich nicht sehen lässt. In der Wirtschaft. Zum Beispiel.« Zischler reckte seinen Kopf ein kleines Stück vor, als wolle er keine Reaktion

Wielands verpassen. »Du bist aus dem Dorf. Da interessiert es die anderen, was einer im Krieg gemacht hat. Und vor allem, wie er aus dem Krieg zurückgekommen ist. Sind ja viele geblieben. Und halten es für eine Ehre.«

Der sarkastische Unterton war nicht zu überhören.

»Komm!«, schlug Zischler vor. »Setzen wir uns.« Wieland zögerte, bis der Alte ihn zu einem Mäuerchen zog. »Ich beiße nicht!« Er lachte und zog eine Flasche aus seiner Jackentasche. »So redet es sich leichter.« Wieder war da dieser leise ironische Tonfall.

Wieland zögerte einen Moment, setzte sich dann neben den Alten, der die Flasche mit den Zähnen entkorkte und ihm reichte.

Der Schnaps brannte scharf in seinem Hals. »Selbst gebrannt?«, fragte er, als er die Flasche zurückgab.

»Alte Schule«, war die Antwort, und ein langer Schluck. »Bist du wegen Josepha hier?«, fragte Zischler nach einer Pause, in der beide nichts sagten. »Willst du auch Rache an dem Russen üben?«

Wieland schwieg weiter.

Den Alten schien es nicht zu stören. »Mit dem werden die schon selbst fertig.«

»Die?«, fragte Wieland und wollte es beiläufig klingen lassen.

Zischler trank, reichte Wieland die Flasche, der ebenfalls einen Schluck nahm. »Ja, die. Die im Dorf. Die vom Grafen abhängig sind. Die, die ihm nach dem Maul reden. Hast du Rauchwerk?«

Wieland griff in seine Tasche, nahm aus der Packung eine Zigarette, reichte sie Zischler, gab ihm Feuer. Genussvoll inhalierte der.

»War es der Russe?«, fragte Wieland, nachdem er sich selbst eine angezündet hatte.

Der Alte ließ sich Zeit mit der Antwort. »Müsstest du das nicht wissen?«, erwiderte er vielsagend. »Die Else, dein Mädchen, weißt du noch, damals ... ist die nicht umgekommen, kurz bevor du gegangen bist?! Und jetzt, wo deine Schwester verschwunden ist, kommst du wieder ... ein Zufall?«

Wieland gab einen undefinierbaren Laut von sich, fügte dann ein »War nicht mein Mädchen ... da nicht mehr« hinzu, leise, kaum verständlich, machte eine Pause.

Zischler zog vernehmlich an seiner Zigarette, trank. »War da schon mit deinem Bruder, ich weiß ...«

Beide schwiegen.

»Der Graf ...?«, fragte Wieland schließlich, immer noch leise und undeutlich.

»Der Graf«, wiederholte Zischler. »Es ist immer der Graf. Willst du auch wie alle anderen seinen Speichel lecken? Seinen Befehlen gehorchen?«

Wieland nahm dem Alten die Flasche aus der Hand, trank.

»Ja, trink ruhig. Manchmal sieht man dann klarer. Hast du die Augen deiner Schwester mit denen des Grafen verglichen? Schau sie dir mal an. Der Graf jagt jedem Rock nach. Deine Mutter hat ihm gut gefallen. Sehr gut. Ausgesprochen gut. Er hat die Hella regelrecht gefressen mit seinen Augen.«

»Was willst du damit sagen, Zischler?« Wieland fuhr herum, ballte die Faust seiner freien Hand.

»Dass alles durcheinander ist, seit der Graf das Sagen hat. Niemand hat bemerkt, wie er immer mächtiger wurde, wie alle von ihm abhängig wurden, sich keiner mehr gegen ihn zu stellen wagte. Der Krieg, der war ein großes Geschäft für ihn. Seine Pferde. Je länger der Krieg dauerte, desto mehr wurden die gebraucht. Kam gar nicht nach mit der Aufzucht. Jetzt springen alle nach seiner Pfeife. Was er sagt, ist richtig. Er kann sich alles erlauben ...« Der Alte machte eine Pause, schien nachzudenken. »Sogar seine Pferde darf er behalten. Dabei haben die Franzosen verfügt, dass alle Pferdebesitzer ihre Tiere zu einer genau festgelegten Stunde am Ortsausgang der Gemeinde einer Pferdemusterungskommission vorführen müssen ... Nicht der Herr

Graf. Niemand regt sich darüber auf. Niemand stellt Fragen. Warum er wohl weiter seine Pferde züchten darf …?«

Der Alte hatte sich in Rage geredet und sah sich mit einem Mal unruhig um, als fürchte er, dass jemand sie belauschte. Er nahm einen Schluck aus der Flasche, behielt die Flüssigkeit einige Sekunden im Mund, schluckte.

»Was hat er dir …?«, fragte Wieland, aber Zischler ging nicht darauf ein.

»Aber das reicht ihm nicht«, fuhr er, nun leise und gedämpft, fort. »Er will mehr. Wie er jedes Weib im Dorf will, will er noch mehr Macht über die Menschen. Weißt du«, er senkte noch einmal die Stimme, »als in Berlin der Putsch stattfand«, er sah Wieland an, der nickte, »da hat er gesagt, dass es so nicht geht.«

»Wie denn?«, fragte Wieland spontan.

»Das hat er nicht gesagt.«

»Und ich? Was habe ich damit zu tun? Warum erzählst du mir das, Zischler?«

»Nun ja«, begann er nach einem neuerlichen Schluck aus der Flasche, »im Dorf wird viel erzählt. Wo du warst, warum du so lange fort warst. Freikorps, sagen viele, du hättest in einem Freikorps gekämpft, die Roten niedergemacht. So Leute braucht der Graf … Hat die Regina erzählt, weißt du, die Cousine der Else. Krankenschwester ist die, in Berlin, sagt, dass sie dich da getroffen hat.« Er machte eine Pause.

Wieland rief sich die Begegnung im Krankenhaus in Erinnerung.

»Hast du noch eine Zigarette?«

Wieland reichte ihm die Schachtel.

Zischler zündete sich eine neue Zigarette an, dann sprach er weiter. »Es heißt, dass der Graf dich gerufen hat. Einen wie dich kann er gebrauchen. Obwohl …«, er stieß den Rauch aus. »Du wärst der Letzte im Dorf, der mit den Freikorps … aber das war früher, vor dem Krieg. Der hat vieles verändert, vor allem die Menschen …« Er zog an seiner Zigarette. »Dass du dich im Dorf noch nicht hast sehen lassen, das sehen viele als Zeichen.«

Wieland nahm die Flasche, trank, steckte sich ebenfalls eine Zigarette an. »Was glaubst du, Zischler, warum ich hier bin?«

Der Alte lachte kurz auf. »Du? In den Märchen gibt es immer einen, der aus weiter Ferne zurückkommt, um sein Dorf zu befreien. Bist du so einer, Wieland? Oder bist du einer von den Speichelleckern?« Zischler dachte nach. »Bei deinem Vater, dem Lehrer, mussten die Kinder die Odyssee lesen. Und lernen. Jeder Jahrgang. Alle haben das gehasst. Erinnerst du dich? An die Rückkehr des Odysseus nach Ithaka? Wie er die Freier der Penelope tötet, die sich in seinem Palast eingenistet haben und auf seine Kosten leben?« Er machte eine Pause. »Aber wenn ich dich so ansehe ...« Er schüttelte den Kopf. Lachte und nahm noch einen Schluck aus der Flasche.

Dann stand er auf und ging ohne ein weiteres Wort fort. Schon nach wenigen Schritten hatte ihn die Dunkelheit verschluckt.

Wieland fragte sich, ob er ihm von dem Fuhrwerk vor der Kirche und den Kisten hätte erzählen sollen. Er stand auf. Aber fraglos würde ihn heute Nacht Else wieder heimsuchen.

Die Stimme des Mädchens

Manchmal ist das Leben verrückt. Eben ist Freya vorbeigegangen. Eine schöne und stolze Frau. So anders als die Frauen im Dorf. Selbst der Graf wagt sich nicht an sie heran. Ihr Mann Oswald ist gefallen, in Flandern. Lange konnte er im Dorf bleiben, musste nicht ins Feld. Weil er als Schmied im Dorf so wichtig war. Das hat natürlich der Graf arrangiert. Warum Oswald dann doch rausmusste, weiß keiner genau. Früher hatten alle geglaubt, dass Wieland und sie … aber sie hat dann Oswald geheiratet, den besten Freund von Wieland. Alle dachten, dass dies das Ende der Freundschaft wäre. Aber ich glaube, dass das Gegenteil der Fall war, dass sie noch enger wurde. Es hätte auch niemand gedacht, dass Freya in eine Schmiede passt. Oder die Schmiede sogar einmal alleine betreiben könnte. Viele der Alten, die nicht mehr ins Feld mussten, standen plötzlich Schlange bei ihr, als der Oswald gefallen war. Auch Wolfgang, aber der … ich muss immer noch lachen, wenn ich daran denke. Er hat sich an sie rangemacht, ich glaube, einfach, weil er es seinem Bruder zeigen wollte, weil er ihn wieder einmal demütigen wollte. Aber was sonst geklappt hat, zum Beispiel bei der Else, bei der Freya war er an der Falschen, da hat er seine Meisterin gefunden. Hat sie mir auf dem Sterbebett erzählt. Wolfgang ist Freya ziemlich angegangen, hat sie bedrängt. Sie hat ihn in die Schmiede gelockt, mit ihm kokettiert, bis sie neben dem Amboss standen. Freya ist stark, sie hat Kraft. Damit hatte Wolfgang nicht gerechnet. Sie hat ihn plötzlich genommen, seine Hand in den Amboss geschraubt und zugedreht. Wolfgang hat geschrien und gedroht. Sie hat ihn vor die Wahl gestellt: Entweder er betritt niemals wieder die Schmiede, oder sie zerquetscht ihm die Hand.

Erst als er klein beigab, hat sie losgelassen. Er hat tatsächlich die Schmiede nie mehr betreten.

Hätte sie ihm doch die Hand zerquetscht, vielleicht hätte Wolfgang dann nicht zur Armee und in den Krieg gemusst. Seine Hand wäre zwar unbrauchbar, aber dafür hätte er noch sein Bein, und vor allem wäre er im Kopf oder, wie der Herr Pfarrer sagt, in der Seele noch in Ordnung.

12

Else war in der Nacht eine ferne Gestalt geblieben. Hatte ihm nur zugewinkt, als wolle sie sich in Erinnerung bringen. Ihn ermahnen, dass er seine Schuld nicht vergessen dürfe. Und dass er eine Aufgabe habe. Er wusste, dass er die Rechnung niemals begleichen konnte.

Nachdem er seinen Vater versorgt hatte, machte er sich noch vor Sonnenaufgang auf den Weg zum Friedhof. Vor dem Eingang suchte er hinter einem Busch Deckung. Der Boden war noch feucht, Raureif bedeckte die Blätter und Äste. Schon bald begann er zu frieren. Er bewegte sich vorsichtig hin und her, ließ dabei den Eingang des Friedhofs nicht aus den Augen.

Als es dämmerte, näherte sich eine Person. Sie war schmächtig, der große Rucksack auf dem Rücken erdrückte sie fast. Sie kam langsam näher, tat sich schwer auf dem rutschigen Untergrund. Ihr Gesicht verschwand unter der tief ins Gesicht gezogenen Mütze. Am Gang und an der Statur erkannte Wieland, dass es eine Frau sein musste.

Immer wieder sah sie sich um, als wollte sie sich vergewissern, dass ihr niemand folgte. Schnell öffnete sie das Tor und verschwand in dem Friedhofsgeviert. Wieland verließ sein Versteck und schlich an die Mauer heran.

Enttäuscht stellte er fest, dass die Frau nicht vor dem Grab seiner Mutter stand, sondern auf der anderen Seite des Friedhofs, unweit des dürren Baumes, an dem noch immer das Plakat mit dem Bild seiner Schwester und dem Russen im Wind flatterte. Die Frau kniete nieder, legte eine Blume ab und bekreuzigte sich, dann stand sie wieder auf. Wieland wollte sich schon hinter den Busch zurückziehen, da sah er, dass die Frau quer über den Friedhof zum Grab seiner Mutter ging. Wieder bekreuzigte sie sich, bevor sie sich bückte. Dann stand sie wieder auf, bekreuzigte sich noch einmal, warf den Rucksack über die Schulter und eilte, ohne sich noch einmal umzuschauen, zu dem Törchen auf der anderen Seite des Friedhofs, durch das am Tag von Wielands Ankunft schon die Alte den Friedhof verlassen hatte.

Wieland ging um den Friedhof herum und sah, wie die Frau auf das Dorf zulief. Schnell setzte er ihr nach, verlor wertvolle Zeit, als er ausrutschte und in einen Graben fiel. Als er wieder auf dem Weg stand, war die Frau verschwunden. Er sah sich um und erregte damit die Aufmerksamkeit zweier Frauen, die neugierig zu ihm herüberschauten. Schnell wandte er sich ab und lief zum Friedhof zurück.

Er ging zu dem Grab, das die Frau als Erstes aufgesucht hatte. Auf dem marmornen Grabstein war der Name der Toten eingraviert, Elisabeth Karolina von Danner, darunter die Jahreszahlen 1880 und 1887 und in einem Glasrähmchen das Porträt eines kleinen Mädchens. Daneben lag eine frische Blume. Sieben Jahre alt war das Kind nur geworden. Die früh verstorbene Tochter des Grafen. Ihr Tod hatte ihm, so erzählte man sich im Dorf, das Herz gebrochen. Anders als der Tod seiner Frau.

Wieland suchte anschließend das Grab seiner Mutter auf. Wieder waren drei rote Rosen fächerförmig darauf drapiert worden. Er sah hinüber zum Grab der Tochter des Grafen, fragte sich, warum die Frau auf beiden Gräbern Blumen abgelegt hatte. Gab es eine Verbindung zwischen dem Kind des Grafen und seiner Mutter? Was hatten die beiden miteinander zu tun? Er rechnete nach. Als die kleine Elisabeth Karolina geboren wurde, war seine Mutter zwölf, als sie gestorben war, neunzehn Jahre alt.

Wieland verließ den Friedhof wieder und lief ziellos über Felder und Feldwege. Er kam an zwei weiteren Fahndungsplakaten mit den Gesichtern von Josepha und Oleg vorbei und erreichte schließlich das Nachbardorf, von dem es nicht mehr weit zu dem Steinbruch war, wo vor dem Krieg die Männer in Lohn standen, die nicht in der Landwirtschaft arbeiteten. Jetzt sah er ein paar wenige Männer mit Spitzhacke und Spaten hantieren. Einer von ihnen sah kurz zu ihm herüber.

13

Er ging den Weg zurück nach Rombelsheim. Ihn interessierte, was die Männer in der Nacht von dem Fuhrwerk abgeladen und wohin sie die Kisten gebracht hatten, ganz offensichtlich wollten sie bei ihrem Tun nicht beobachtet werden, das machte die Sache noch interessanter.

Er versank immer mehr in seinen abgründigen Gedanken, nahm die Landschaft um sich herum kaum wahr. Als er an einer Reihe von Bäumen entlangging, die den Straßenrand in unregelmäßigen Abständen säumten, sah er sich mit einem Mal auf dem Weg vom Lager zu den Werkstätten, den sie einen Sommer lang jeden Morgen und jeden Abend gegangen waren. Dort waren die Bäume klein, nicht zu vergleichen mit den Stämmen hier. Es war ihr erster Sommer, und man hatte noch weit mehr auf sie aufgepasst, als das später der Fall war, als sie mehr Freiheiten genossen und sich Freundschaften zwischen ihnen und ihren Bewachern entwickelten.

Schließlich erreichte Wieland die Schmiede, die Oswalds Vater früher betrieben hatte, und das kleine Haus, in dem er mit seiner Familie gelebt hatte. Die Gebäude lagen einen Kilometer westlich vom Dorf an einem Bach. Ein Holzsteg ohne Geländer verband die beiden Ufer.

Er schaute hinüber, hier war er früher ein und aus gegangen. Vor dem Steg tauchte ein großer brauner Hund auf, der laut bellte und zu ihm herüberschaute. Wieland wollte sich gerade zurückziehen, als eine Frau aus dem Haus trat und beruhigend auf den Hund einredete, der jetzt um ihre Beine schwänzelte. Sie hatte ihre Haare unter einem Tuch versteckt, ein schwerer grauer Lederschurz reichte ihr vom Hals bis zu den Knöcheln.

»Wieland!«, rief sie laut mit dunkler Stimme.

Sie winkte zu ihm herüber und er setzte sich in Bewegung, lief über den Steg direkt auf sie zu.

Dann standen sie voreinander, unsicher, wie sie sich begrüßen sollten. Schließlich reichte sie ihm die Hand, die er nahm und sich wunderte, wie fest ihr Griff war. Er konnte sich nicht erinnern, dass Freya früher solche Kraft besessen hatte.

Der Hund schnupperte an ihm, beobachtete ihn.

»Alles in Ordnung, Franz!«, beruhigte ihn Freya. »Das ist ein Freund.« Dabei beugte sie sich vor und strich dem Tier über den Rücken. »Komm!«, forderte sie den Besucher auf und ging in die Werkstatt, wo sie einen dicken Handschuh überzog und ein glühendes Eisen aus dem Feuer nahm.

Wieland war ihr gefolgt, er war erstaunt, mit welcher Ruhe Freya dies machte. Er sah sich in der Werkstatt um, entdeckte ein Brett an der Wand, an dem an ein paar Nägeln kleine kunstvoll geformte Metallstücke hingen.

Freya hatte seinen Blick bemerkt. »Im Krieg hat Oswald damit angefangen. Etwas Schönes in dem Grauen, meinte er. Es ist wie sein Vermächtnis. Manchmal hat er auch eines davon verschenkt.«

Wieland sah sich weiter um. Früher hatte er die Unordnung, die hier immer herrschte, bewundert, die so anders war als das Aufgeräumte im Haus seiner Eltern, wo alles seinen Platz hatte und nichts verändert werden durfte. Bei Oswalds Eltern war immer alles in Bewegung gewesen.

»Hast du Durst?«, fragte Freya und ging, ohne die Antwort abzuwarten, aus der Werkstatt. Er folgte ihr.

In der kleinen Küche stellte Freya zwei Gläser auf den Tisch, die sie mit Wasser füllte. »Du warst lange weg.«

Wieland war unsicher, ob sie eine lange Erklärung erwartete. Freya war bei der Gruppe gewesen, die ihn vor seinem Haus erwartete, hatte aber keine Anstalten gemacht, ihn zu begrüßen. Er nickte und trank.

Sie legte die schwere Schürze ab, hängte sie an einen Haken neben der Tür, nahm das Kopftuch ab und schüttelte ihre dunklen Haare. »Ich habe nicht geglaubt, dich noch einmal zu sehen. Es klang damals … wie ein Abschied für immer. Vor deinem Haus … als du ankamst … ich konnte erst nicht glauben, dass du das bist. Du sahst auch so anders aus …« Sie klang fast verlegen.

Freya war die einzige Person gewesen, von der sich Wieland verabschiedet hatte, bevor er das Dorf verließ.

»Ich …«, sie zögerte, sah ihn an, gab sich einen Ruck. »Ich habe geglaubt, du willst sterben.«

»Oswald ist tot?«, wich Wieland aus.

Freya ließ sich Zeit mit der Antwort, nickte schließlich. »Gefallen. In Flandern. Er …«

Ein Rufen unterbrach sie. »Mama?«

»Gudrun. Uns… meine Tochter«, erklärte sie. »Ich bin gleich wieder da.«

Ein kleines Mädchen mit braunen, kurzen Haaren betrat den Raum.

»Das ist Wieland. Er war ein guter Freund von Papa.«

Vorsichtig kam das Mädchen näher, musterte den fremden Mann, sah ihn aus wachen Augen an. Sie konnte höchstens sechs oder sieben Jahre alt sein. Als er das Dorf verlassen hatte, war sie noch nicht geboren. An ihrer Strickjacke steckte auf Brusthöhe eines von Oswalds kleinen Schmuckstücken.

»Guten Tag«, begrüßte sie Wieland, machte einen Knicks und beugte sich ein Stück vor. Sie hatte die grünen Augen der Mutter. Von Oswald fand er nichts in ihrem Gesicht. Sie betrachtete ihn noch einen Augenblick, dann ging sie nach draußen. Der Hund folgte dem Mädchen.

»Du hast eine Tochter …?«, fragte er verunsichert.

Sie nickte. »Du …«, sie zögerte, »du warst schon weg, als sie geboren wurde.«

»Und Oswald? Hat er sie noch kennengelernt?«, fragte er.

Freya nickte. »Ja, er musste erst 16 ins Feld. Bis dahin war er unabkömmlich, wie es hieß.«

»Als Schmied?«, hakte Wieland skeptisch nach. »Die brauchte man doch eher an der Front.«

Freya antwortete nicht gleich auf seine Frage, sie stand auf und griff nach einer Schachtel Zigaretten, die auf der Anrichte lag, nahm eine heraus und zündete sie an. »Der Graf hat seine Beziehungen spielen lassen. Oswald hat seine Pferde beschlagen. Keiner war so gut wie Oswald, im ganzen Umkreis.«

Von draußen war die Stimme des Mädchens zu hören, das dem Hund Befehle gab, die der mit kurzem Bellen beantwortete.

»Und warum …?«

»Warum er dann eingezogen wurde?« Freya inhalierte heftig, paffte nicht wie die meisten rauchenden Frauen, die Wieland kennengelernt hatte. »Schützende Hände schützen irgendwann nicht mehr«, erklärte sie, »es ist alles eine Frage des Preises«, und nach einem Blick in sein fragendes Gesicht redete sie weiter, nun mit Härte und Kälte in der Stimme, aber auch einer gehörigen Portion Sarkasmus. »Er war nicht mehr der nette Oswald, der tat, was man ihm sagte. Er hat etwas entdeckt … kennst du vielleicht? … Gewissen. Oswald wollte nicht, wie der Graf wollte, und da war es vorbei mit der schützenden Hand. Und er … der Graf …«, sie schien zu überlegen, ob sie weitersprechen sollte, »… war auch hier, hat mir … Avancen … das war vielleicht sogar das Entscheidende. War also auch meine Schuld.« Wieder zog sie heftig an der Zigarette. »Das ging ganz schnell. Ich habe ihn nicht mehr gesehen.«

Wieland sah sie fragend an. »Wann war das?«

Sie dachte einen Moment nach. »Du bist nach Elses Tod weg. Vor dem Krieg. Bevor der Kommissar hier war, dann wurde Tadeusz verhaftet … und irgendwann danach hat der sich umgebracht. Der Beweis für viele, dass er es war, obwohl er immer behauptet hat, er sei unschuldig.«

Sie hatte bemerkt, dass Wieland bei der Erwähnung von Elses Namen zusammengezuckt war. »Ist was mit Else? Weißt du was?«

Hastig schüttelte er den Kopf.

»Sie war mal deine Freundin …«

Er wiegte den Kopf hin und her. »Freundin ist vielleicht ein bisschen viel gesagt.«

Nun musste sie schmunzeln. »Ihr seid gesehen worden. Auf dem Dorffest. Habt euch geküsst.« Ein leichtes Lächeln umspielte nun ihre Lippen. »Du küsst gut.«

Wieland reagierte nicht auf das Kompliment.

»Und dann war sie mit deinem Bruder zusammen.«

Wieder keine Reaktion von ihm.

»Er wollte immer das haben, was dir gehörte.« Sie sah ihn an, sprach dann weiter. »Auch mich. Aber da ist er an die Falsche geraten.« Sie lachte mit einem bösartigen Unterton. »Ich hätte ihm die Hand zerquetschen können. Dann wäre ihm vielleicht der Krieg erspart geblieben. Weiß man erst nachher. Aber dumm, wie er ist, wäre er darauf sicher nicht eingegangen. Du bist nicht so dumm, oder?«

»Wieso?«, fragte er überrascht.

»Im Dorf sagen die Leute, dass der Graf dich gerufen hat.«

»Habe ich schon gehört.«

»Und? Hat er?«

»Glaubst du das?«

Sie sah ihn an. Aber ohne große Überzeugung. Schüttelte dann leicht den Kopf. »Warum kehrt einer wie du zurück ins Dorf?«

»Meine Schwester ist verschwunden.«

Sie steckte sich eine neue Zigarette an. »Du hattest früher nie viel mit ihr zu tun, wenn ich mich richtig erinnere«, sagte Freya. »Sie ist …«, sie rechnete nach, »sieben Jahre jünger als du. Eine … Nachzüglerin.« Sie machte eine kurze Pause. »Sie war manchmal hier. Ein sehr eigenwilliges Mädchen. Oswald mochte sie. Ihre Wildheit. Dass sie sich von niemandem etwas sagen ließ. Und bereit war, die Konsequenzen zu tragen. Obwohl sie noch so jung war.« Sie sah Wieland nachdenklich an.

Er zuckte mit den Schultern.

»Der Graf steigt jedem Rock nach. Und Josepha ist hübsch. Sehr hübsch. Und jung.«

Wieland schluckte. Schwieg.

»Auch deiner Mutter hat er Avancen gemacht. Hat sie angehimmelt. Die Leute im Dorf haben geredet.«

»Die haben immer geredet.«

»Ja, aber Hella hat bei ihm gearbeitet. Näharbeiten auf dem Gut des Grafen. Da gab es schon eine Menge zum Reden. Für die Leute im Dorf.« Sie zog an ihrer Zigarette, ließ Wieland dabei nicht aus den Augen. »Dich hat das nie interessiert. Hast in deiner Welt gelebt.« Sie drückte ihre Zigarette aus. »Der Graf war zwei oder drei Mal hier, wollte mir Geld geben und hat Andeutungen gemacht, dass er die Schmiede kaufen könnte.« Sie lachte plötzlich.

Wieland sah Freya verwundert an, die schon nach der nächsten Zigarette griff. Draußen waren das Bellen des Hundes und die Stimme des Mädchens zu hören.

»Aber die bekommt er nicht.« Sie schaute Wieland in die Augen. »Bist du wirklich wegen Josepha zurückgekommen?«

»Weißt du was über ihr Verschwinden?« Wieder wich er aus.

»Nur, was die im Dorf sagen. Dass der Oleg sie … du weißt schon, und sie dann umgebracht hat. Wie damals der Tadeusz die Else.«

Wieder zuckte Wieland bei der Erwähnung des Namens zusammen, nur kurz, kaum merklich, was Freya dennoch nicht entging.

»Warum bist du nicht weggegangen, nach Oswalds Tod?«

Sie sah ihn empört an. »Weggehen. Im Krieg? Mit Kind? Wohin? Hier habe ich ein Dach über dem Kopf. Ein Einkommen. Und die Kerle lassen mich in Ruhe.«

»Kein Mann?«

Sie schüttelte heftig den Kopf. »Wozu? Ich komme sehr gut alleine zurecht.«

Gudrun kam mit dem Hund in die Küche. »Guck mal, Mami, was ich Franz beigebracht habe«, sagte sie, sah dabei aber Wieland an, dann wartete sie, bis der Hund vor ihr Platz nahm, und hob die rechte Hand. »Mach Männchen!«, forderte sie Franz auf.

Der schaute erst zu Freya, dann setzte er sich auf seine Hinterläufe und reckte die Vorderpfoten hoch.

Wieland klatschte, das Mädchen lachte.

»Was machst du jetzt, Wieland?«, fragte Freya, nachdem sie das Mädchen wieder nach draußen geschickt hatte. »Willst du im Dorf bleiben?« Sie sah ihn streng an.

Wieland dachte nach, erwiderte ihren Blick. »Ich weiß es nicht. Mich erst einmal um meinen Vater kümmern.«

Sie nickte. »Was hast du eigentlich nach dem Ende des Krieges gemacht? Ich meine, der ist mehr als ein Jahr vorbei. Und du tauchst plötzlich hier auf?«

Ohne eine Antwort zu geben, stand er auf, verabschiedete sich schnell von Freya und dem Kind und verließ die Schmiede.

Sie ging ihm nach. »Wieland!«, rief sie.

Er blieb stehen, drehte sich um.

»Wie hast du von Josephas Verschwinden erfahren?«

Er sah sie einen Moment an, wandte sich dann ab, ging über den Steg zurück auf die andere Seite.

14

Die nächsten beiden Tage verbrachte Wieland im Haus, versorgte, soweit er das für nötig erachtete, seinen Vater und reparierte eine undichte Stelle am Dach.

Er stand auf der Leiter an der Rückseite des Hauses, als er hörte, wie jemand die Haustür öffnete. Schnell kletterte er die Sprossen hinab und betrat durch den Hintereingang die Küche, wo er Walburga Grün am Herd hantieren sah. Die Frau des Bürgermeisters, der das Amt schon vor dem Krieg innehatte, war eine stattliche und Respekt einflößende Person. Sie stammte aus einem der Nachbarorte und war nach der Heirat mit Karl-August Grün, der früher als Kellermeister in einem Winzerbetrieb gearbeitet hatte, nach Rombelsheim gezogen.

Sie trat vom Herd zum Küchenschrank und öffnete die beiden Türen, schaute hinein und prüfte mit dem Finger die Sauberkeit der Oberfläche. Das Ergebnis schien sie nicht zu befriedigen.

Wieland trat betont heftig mit dem Fuß auf. Sie fuhr herum, hatte sich aber im Griff. Nur die unruhigen Augen verrieten ihren Schrecken.

»Mein lieber Wieland«, begrüßte sie ihn mit ihrer dröhnenden Stimme. »Da habe ich aber Glück. Ich wollte gerade wieder gehen.«

Sie breitete ihre Arme theatralisch aus, als wollte sie den verlorenen Sohn an ihre Brust ziehen, doch Wieland hielt Abstand und streckte ihr seine rechte Hand entgegen. Walburga Grün schien ihm das nicht weiter übel zu nehmen, sie griff nach seiner Hand und schüttelte sie ausgiebig. Dann musterte sie den Heimkehrer. »Ein Mann bist du geworden. Früher hattest du immer so etwas Weiches«, stellte sie in mütterlichem Ton fest, »ein richtiger Mann ist aus dir geworden. Ja, wie mein Karl-August immer sagt: Der Krieg macht aus Kindern Männer. Musst nur noch ein paar Kilo zulegen.«

Sie sah kurz zum Herd, Wieland folgte ihrem Blick.

»Ich habe dir etwas zu essen mitgebracht. Natürlich auch für deinen Vater. Der Arme.« Sie bekreuzigte sich. »Der Herr meint es nicht gut mit ihm.« Sie zeigte mit dem Finger zu dem Topf auf dem Herd. »Da ist Rotkraut drin. Habe ich letzten Herbst eingelegt.« Sie senkte ihre Stimme, um ihr einen verschwörerischen Tonfall zu geben, so als dürfte es der alte Göth nicht hören. »Sind auch ein paar Stücke Fleisch dabei. Nicht viel.« Sie wurde wieder lauter. »Aber wovon gibt es schon genug in diesen Zeiten.« Sie klopfte zweimal leicht mit der flachen Hand auf den Topfdeckel. »Bringst ihn mir dann wieder!«

Von oben war jetzt das Stöhnen des Alten zu hören.

»Wieland!«

Der reagierte nicht.

Walburga Grün sah ihn auffordernd an.

»Ich gehe gleich hoch«, beschwichtigte er sie.

»Gut, dass du wieder da bist. Wolfgang kann das nicht. Mit seiner Verletzung. Du weißt ja, wie er früher war, ein richtiger Wirbelwind. Und jetzt … es ist nicht leicht für ihn. Wenn du hier einziehst …«

Wieland nickte, sollte sie ruhig glauben, dass er hierbleiben würde.

Walburga Grün schien befriedigt. Ein sanftes Lächeln umspielte ihre Lippen, bekam dann aber wieder einen strengen Zug. »Du hast dich noch nicht im Dorf sehen lassen. Die Menschen würden gerne wissen, wo du warst, wie du aus dem Krieg gekommen bist. Und auch«, sie versuchte, ihrer Stimme jeden Vorwurf zu nehmen, »warum du jetzt erst zurückgekommen bist.« Sie sah ihn an, als warte sie auf eine Reaktion. Als die nicht kam, fügte sie hinzu: »Das ist ja so schlimm mit der Josepha.

Wir werden sie bestimmt bald finden. Das arme Kind muss doch ein ordentliches Begräbnis bekommen. Wenigstens das. Wenn du Hilfe brauchst, kannst du gerne zu mir und meinem Karl-August kommen.«

Wieder nickte Wieland, und Walburga Grün schien auch dieses Mal zufrieden zu sein. Sie strich sich über ihren Rock und reckte ihr Kinn vor. »Mein lieber Wieland«, sagte sie feierlich, »ich komme nicht nur wegen des Essens.« Sie machte eine Pause. »Es ist etwas Besonderes, wenn ein verlorener Sohn …«, sie hielt inne, dachte einen Moment nach, lachte kurz und verbesserte sich, »… ein verloren geglaubter Sohn plötzlich und unerwartet wieder auftaucht. Das hat für große Freude unter den Dorfbewohnern gesorgt.« Sie senkte ihre Stimme. »Wir, musst du wissen, haben unsere beiden Söhne verloren. Heinz ist gefallen, in Ostpreußen, und Erhard …«, sie schüttelte den Kopf, als wäre das, was sie nun sagen würde, etwas völlig Abwegiges, »unser Erhard hat den Krieg überlebt, um dann an der Grippe zu sterben. Du weißt … Die spanische Grippe … in Hamburg war er … wir haben nur eine Nachricht bekommen und die Karte eines Freundes …« Walburga räusperte sich, hatte sich wieder im Griff.

Wieland zeigte keine Regung, ließ sie weiterreden.

»Du warst schon immer ein zurückhaltender Junge. Deshalb hat mein Karl-August die Idee, im Gemeindehaus dir zu Ehren einen kleinen Empfang zu geben. Um sechs Uhr. Übermorgen am Abend.«

Das kam für Wieland so überraschend, dass er nichts erwiderte.

»Wir sind sehr gespannt, was du zu erzählen hast. Es sind ja alle so froh, dass einer mehr aus dem Dorf diesen schrecklichen Krieg überlebt hat.« Sie sagte das freundlich, schien jedoch keinen Widerspruch zu dulden.

Sie ging Richtung Tür, Wieland spurtete hinterher, um sie der Frau des Bürgermeisters aufzuhalten.

Vor dem Haus drehte sie sich noch einmal zu ihm um. »Es hat sich vieles verändert hier. Und vieles nicht zum Guten. Die Franzosen. Die Armut. Irgendwie alles«, erklärte sie vielsagend.

15

Am nächsten Tag verließ Wieland früh am Morgen das Haus, um im Ort ein paar Vorräte einzukaufen. Vor allem brauchte er Brot. Er hatte die Geldbörse des Vaters in dem kleinen Sekretär im Schlafzimmer gefunden und unter dessen lautem Protest ein paar Scheine entnommen. Er wunderte sich, welche Kraft die Angst vor dem Verlust des für ihn so nutzlosen Zahlungsmittels bei dem todkranken Mann auslöste.

Erstmals seit Tagen war der Himmel nicht wolkenverhangen, die Sonne übte einen großen Lockreiz auf Blumen und Blätter aus, die nur auf diesen Moment gewartet zu haben schienen, um endlich aus der Erde zu schießen.

Im Ort wurde er Zeuge eines imposanten Schauspiels und einer nachdrücklichen Machtdemonstration. Denn als er sich auf Höhe des Bäckerladens befand, kamen zwei Automobile und ein Transporter die Dorfstraße entlang, die auf dem Platz vor der Kirche haltmachten. Von der Ladefläche des Transporters sprangen etwa zwanzig Soldaten in französischer Uniform und nahmen vor der Bürgermeisterei Aufstellung. Auf die geschulterten Gewehre hatten sie Bajonette gepflanzt. Aus den Automobilen stiegen sechs Offiziere.

Ihre Ankunft verbreitete sich schnell im Dorf, denn innerhalb weniger Minuten füllte sich der Platz mit Menschen. Neugierig beobachteten die Einwohner, wie sich die Soldaten verteilten. Die Ankunft der Besatzungstruppen verhieß nichts Gutes.

Es wurde wild durcheinandergesprochen und gemutmaßt, bald kamen Flüche und Verwünschungen dazu, ein paar Mutige riefen Beschimpfungen über den Platz. Die Soldaten schienen unbeeindruckt.

Wieland sah, wie zwei der Offiziere, ohne nach rechts oder links zu schauen, ins Bürgermeisteramt marschierten, während die anderen, jeweils flankiert von zwei Soldaten, in den Ort gingen. In gebührendem Abstand folgten ihnen einige der Einwohner. Alle anderen blieben auf dem Platz.

Brüning, ein Maurer, stellte sich neben Wieland, grüßte mit einem Nicken. »Bist gesund zurück. Glückwunsch!«

Wieland war nicht sicher, wie viel Häme in seinen Worten lag. Brüning wechselte jetzt das Thema. »Das hatten wir doch alles schon. Reine Schikane!«, schimpfte er los und blickte Wieland dabei an. Der zuckte mit den Schultern. »Wegen dem Separatisten, der vor zwei Wochen kaltgemacht wurde. Die glauben, dass es einer aus dem Dorf war«, erklärte Brüning mit argwöhnischem Blick. Er war nicht besonders groß und musste sich auf die Zehenspitzen stellen, um zu sehen, was vorne auf dem Platz passierte.

»Wie kommen die darauf, dass es einer aus dem Dorf war?«, fragte Wieland beiläufig.

»Weißt du nicht …?«, sagte Brüning.

»Was?«

»Die haben deinen Bruder im Visier. Hat der dir das nicht erzählt?«

Wieland schüttelte den Kopf.

»Aha.«

»Wie kommen die auf meinen Bruder?«

»Der macht keinen Hehl daraus, was er von den Franzosen denkt.«

»Aber einen umbringen?«

»Im Krieg hat der Hunderte umgebracht«, erwiderte Brüning und versuchte wieder, einen Blick über die Köpfe vor ihm zu erhaschen.

»Also hat er …?«

Brüning fuhr herum. »Meinst du, dass ich dir das auf die Nase binde? Selbst wenn er es war. Kommst hier ins Dorf und spielst den Geheimnisvollen. Meinst, wärst was Besonderes. Wie früher. Wie dein Vater.« Er spuckte neben sich, blickte wieder über die Köpfe, zischte dabei. »Die Franzmänner wollen uns doch nur schikanieren. Schicken sogar Neger.« Zustimmendes Gemurmel vor ihm. »Kann dich beruhigen. Dein Bruder wars nicht. War beim Grafen an dem Tag. Hat auf dem Gut geholfen. Hat der Graf bei den Franzosen bezeugt. Hätte es aber sicher gerne gemacht. Den Verräter und Franzosenknecht umgebracht. Das Separatistenpack. Jetzt durchsuchen sie hier Wohnungen.«

»Warum? Was glauben die zu finden?«

Der Maurer lachte dreckig und verächtlich. »Nichts. Sag ich doch. Die wollen uns schikanieren. Ihre Macht zeigen. Das ist alles. Im Feld konnten sie uns nichts. Dann jetzt so.«

Auf dem Balkon tauchte die korpulente Gestalt des Bürgermeisters auf, flankiert von den beiden französischen Offizieren. Er fühlte sich nicht wohl in seiner Haut. Das war deutlich zu sehen.

Alle um ihn herum stellten ihre Gespräche ein, reckten die Köpfe. Noch immer kam der eine oder die andere aus dem Dorf und drängte sich zwischen die Menschen auf dem Platz.

Der Bürgermeister hob seine Hände, wartete noch einige Sekunden, bevor er verkündete, dass der Mörder des Separatisten noch immer nicht gefunden sei und deshalb nochmals Durchsuchungen stattfinden würden. Er bat darum, den Anordnungen Folge zu leisten. Unsicher sah er einen der Offiziere an. Der nickte kaum merklich.

»Die glauben immer noch, dass der Wolfgang das war«, stieß Brüning hervor.

»Die müssen einen Täter finden, egal wen«, stimmte ihm ein anderer in dem allgemeinen Geraune und Gemurmel zu.

»Und unser feiner Herr Bürgermeister macht, was die sagen«, warf ein junger Kerl rechts von Wieland ein.

»Was soll er sonst tun? Wenigstens ziehen sie dann schnell wieder Leine«, entgegnete ein anderer.

»Ruhe!«, bat der Bürgermeister mit lauter Stimme. »Ich kann das so wenig wie ihr gutheißen«, begann er. »Aber wir haben nichts zu verbergen, und ich weiß, dass niemand aus diesem Dorf der Mörder ist. Deshalb: Je kooperativer wir sind, desto schneller herrscht wieder Ruhe im Dorf. Geht jetzt in eure Häuser!«

Niemand machte Anstalten, der Aufforderung zu folgen.

»Ich wünschte, dass es einer aus dem Dorf wäre. Dem würde ich ein Denkmal errichten. Mit diesen Händen!« Brüning hob seine großen Maurerhände in die Höhe. Ein paar der Umstehenden lachten. Zwei andere klatschten verhalten.

Der Bürgermeister trat ab und verschwand mit den Offizieren im Gebäude. Inzwischen kamen Nachrichten aus den durchsuchten Häusern. Man hatte zwei Gewehre bei einem Arbeiter gefunden. Sie wurden konfisziert und der Mann mit gefesselten Händen zum Transporter geführt. Stimmen wurden laut, die die Freilassung des Mannes forderten. »Wie ein Verbrecher!«, klagten andere. Einer der Offiziere gab den Soldaten ein Zeichen, die daraufhin ihre Gewehre entsicherten. Die Ausrufe wurden lauter, aber niemand wagte, etwas zu unternehmen.

»Die suchen Wolfgang«, behauptete einer, ein anderer, dass beim Metzger Hetzschriften gefunden worden wären. Aber der Mann wurde nicht vorgeführt, weshalb der Wahrheitsgehalt der Nachricht gleich angezweifelt wurde.

Ein großer Mann widersprach. »Ist doch egal, ob das die Wahrheit ist. Die Wahrheit ist, dass die Franzacken uns demütigen und umbringen wollen. Das ist die Wahrheit. Und die müssen alle kapieren. Und damit das alle kapieren, muss man das so sagen! Dann glauben das die Leute, und dann ist das die Wahrheit! Verstanden!« Er hatte sich in Rage gesprochen und war laut geworden.

»Halts Maul, Hans!«, forderte ein düster dreinblickender Mann.

Die Frau, die neben ihm stand, boxte ihm gegen den Arm. »Der Hans hat doch recht. Nichts haben wir. Und den Rest wollen sie auch noch. Das Pack! Das muss man doch sagen dürfen!«

Die Stimmung kochte hoch. Die Ausrufe wurden lauter.

»Das Rheinland ist deutsch!«, rief einer.

»Genau!«, stimmte ihm ein anderer zu.

»Nicht mal den Dreck unterm Fingernagel gönnen die uns!« Der Mann ballte eine Faust in der Luft.

Der Bürgermeister trat mit den beiden Offizieren wieder auf den Vorplatz und blieb vor dem Eingang zur Bürgermeisterei stehen.

Alle schauten jetzt auf die Männer. Einige bewegten sich langsam auf den Lastwagen zu, auf dessen Ladefläche der Arbeiter saß, bewacht von zwei Soldaten.

»Freilassen! Freilassen!«, riefen ein paar Bewohner, immer mehr Leute schlossen sich an.

Wieland machte nicht mit.

»Was ist mit dir?«, Brüning versetzte ihm einen Stoß in die Seite, verlor dann aber das Interesse an ihm, als er mitbekam, dass die Offiziere, die die Durchsuchungen geleitet hatten, den Platz überquerten und vor ihren Vorgesetzten salutierten. Wieland nutzte die Gelegenheit, schlich hinter der Menschenmenge an der Kirchenmauer vorbei zur Hauptstraße und ging von dort zurück zum Schulhaus.

Die Haustür stand offen, und wenn auch nichts zerstört worden war, so gab es doch genug Anzeichen, dass die französischen Soldaten auch in diesem Haus gewesen waren und nach seinem Bruder gesucht hatten.

Er eilte die Treppe nach oben, wo sein Vater im Halbschlaf dämmerte und ihn vorwurfsvoll anblickte, als er das Schlafzimmer betrat.

»Wo warst du?«, fragte er mit dünner Stimme. Er hatte die Bettdecke bis übers Kinn gezogen.

»Im Ort«, erwiderte Wieland und schob die halb volle Flasche, die neben dem Bett lag, zur Seite.

»Die wollten dich sprechen«, sagte der Alte vorwurfsvoll. »Sag was!«, forderte er seinen Sohn auf, der schweigend zum Fenster gegangen war, um es zu öffnen. »Und mach zu!«, setzte er nach.

»Hat Wolfgang etwas mit dem Tod des Separatisten zu tun?«, fragte er den Alten.

»Was geht dich das an?«, keifte der zurück, hustete und verfiel in ein dumpfes Stöhnen.

Wieland schloss das Fenster, griff im Vorbeigehen nach der Flasche am Bett, fragte sich, ob er nicht besser den Alten sich totsaufen lassen sollte, ging hinunter in die Küche, stellte die Flasche auf den Tisch und vergewisserte sich, dass sein Messer noch im Versteck lag. Dann verschwand er nach draußen, um den Tag in der Umgebung zu verbringen.

Er war schon eine ganze Weile gelaufen, da glaubte er den Knall eines Schusses zu hören.

Als er bei Einbruch der Dunkelheit zum Schulhaus zurückkam, saß Willi auf der Treppe vor dem Haus. Als er Wieland kommen sah, sprang er auf und lief ihm entgegen. »Die haben ge… ge…schossen!«, sprudelte es aus ihm heraus. »Die … ha… ha…ben böse geguckt. Und den … Lauer mitgenommen. Hat zwei Gewehre gehabt. Und die Leute haben geschimpft. Da hat einer geschossen. Aber jetzt sind die weg.« Während er sprach, war er ständig um Wieland herumgetänzelt. Jetzt atmete er tief durch und sah Wieland erwartungsvoll an.

16

Karl-August Grün und seine Frau Walburga erwarteten Wieland schon an der Eingangstür zum Gemeindehaus. Aus der Nähe sah der Mann noch korpulenter und feister aus, als er ihn vom Vortag auf dem Platz in Erinnerung hatte.

Das Gemeindehaus befand sich in der Nähe der Kirche, eine ehemalige Scheune, die vor Jahren zu einem Ort für Tanzveranstaltungen, öffentliche Bekanntmachungen und Sitzungen der Ortsvertreter umgebaut worden war. Zudem beherbergte es die Poststation.

Karl-August und Walburga hatten sich herausgeputzt. Er hatte seinen massigen Körper in einen schwarzen Anzug gezwängt, trug dazu ein weißes Hemd mit Kläppchenkragen und Binder. Wieland nahm an, dass er damit und mit dem ausladenden, gezwirbelten Bart seine Verbundenheit mit der Monarchie und dem Kaiser unterstreichen wollte, der längst im Exil in den Niederlanden weilte. Walburga trug ein rotes Kleid, um die Schultern hatte sie ein fliederfarbenes Tuch gelegt, auf ihrem Kopf saß ein keckes hellblaues Hütchen.

»Mein lieber Wieland«, empfing ihn der Bürgermeister mit seiner lauten Stimme und mit der gleichen ausladenden Geste, mit der seine Frau ihn schon im Schulgebäude begrüßt hatte. Hinter ihnen gingen Dorfbewohner in das Gebäude, sahen kurz neugierig zu ihm herüber. »Ich darf doch noch Wieland sagen?«, gab er sich jovial, dabei so laut, als ob er sich mindestens dreißig Meter entfernt befände.

Wieland blieb ernst, nickte und reichte dem Bürgermeister die Hand, die der überschwänglich schüttelte.

»Herzlich willkommen in deinem Heimatdorf. Ich freue mich, dass du zurückgekehrt bist. Da sind viele, die sich ebenfalls freuen, dich zu sehen und zu hören, wie es dir im Krieg und danach ergangen ist.«

Bei den letzten Worten hatte Grün Wieland sehr genau beobachtet, bevor er mit seiner Frau in das Gebäude ging.

Wieland folgte ihnen in den Saal. Dort hatte man am Kopfende ein Bierfass aufgestellt, an dem sich alle reichlich bedienten. In Gruppen standen die Dorfbewohner zusammen und redeten unbeeindruckt weiter, als die drei durch den Saal an den Stuhlreihen vorbei nach vorne zu dem Stehtisch gingen, der als Rednerpult diente.

Walburga setzte sich in die erste Reihe und bedeutete Wieland, auf dem Stuhl neben ihr Platz zu nehmen. Karl-August stellte sich ans Pult, blickte einige Sekunden in den Saal, bevor er auf das Holz klopfte. Die Köpfe wandten sich ihm zu, die Stimmen wurden leiser, einige füllten noch schnell ihre Gläser auf. Grün bat Wieland zu sich.

»Bürger von Rombelsheim. Die Männer unseres Dorfes sind für das Reich, für den Kaiser und für Deutschlands Ehre in den Krieg gezogen. Sie haben das Grauen der Gräben kennengelernt, sie haben dem Feind getrotzt, dem der Sieg durch schmählichen Verrat geschenkt wurde. Viele, viel zu viele von ihnen sind da draußen in den Gräben geblieben, und das erfüllt uns alle mit tiefster Trauer. Umso größer ist daher meine, unsere Freude, dass einer der Söhne unseres Dorfes nun zurückgekehrt ist.«

Er blickte Wieland an, der die Rede regungslos über sich ergehen ließ. Er beobachtete die Menschen im Saal. Immer noch kamen vereinzelt Besucher herein und drängten durch die Reihen zu den freien Plätzen. Der Graf war nicht im Saal. Er war bekannt dafür, dass er die Öffentlichkeit mied und sich nur äußerst selten außerhalb der Mauern seines Gutes zeigte.

Zum Schluss hatte eine Frau den Saal betreten, die mit ihren laut klackernden Absätzen die Aufmerksamkeit aller auf sich zog. Sie steuerte einen Stuhl am Rand an, zupfte umständlich ihr Kleid zurecht, bevor sie sich niederließ. Wieland erkannte in ihr die Frau, die er an dem erleuchteten Fenster über der Bäckerei hatte stehen sehen. Sie wäre in einer größeren Stadt schon eine auffällige Erscheinung gewesen, hier im Dorf war sie ein Fremdkörper. Ihr schwarzes, mit Rüschen besetztes Kleid bezeugte Exaltiertheit, die pechschwarzen Haare hatte sie hoch aufgetürmt, um ihre Schultern lag ein Schal aus schwarzen Federn. Das rechte Bein hatte sie über das linke geschlagen, dabei war ihr Rock so verrutscht, dass er ein Stück ihres Knies freigab. Sie hatte früher nicht im Dorf gelebt. Ein Strandgut des Krieges, fragte sich Wieland, angetrieben von den Wirren der Niederlage? Sie ließ ihn nicht aus den Augen, starrte ihn auch dann noch an, als er ihren Blick erwiderte. Ihm kam das Bild einer Hexe in den Sinn, die ihn in ihren Bann ziehen wollte.

Wenig später betrat ein Mann den Saal, stellte sich neben das Bierfass und verschränkte die Hände hinter seinem Rücken. Wieland schätzte ihn auf vierzig Jahre. Er war groß und kräftig, seine aschblonden Haare betonten die Blässe seines Gesichts. Sie waren länger gewachsen und entsprachen nicht ganz der Mode, gaben ihm aber etwas wild Verwegenes. Er trug eine Hose aus hellem Manchesterstoff und ein Jackett aus derbem rotbraunen Tweed sowie ein Tuch um den Hals. Er strahlte Autorität, Intelligenz und Kraft aus. Sein Blick changierte zwischen Neugier, Arroganz und einer gewissen Belustigung.

Im Saal entdeckte Wieland auch den Jungen, der ihm nach der Ankunft die Flasche Schnaps vor die Füße gestellt und ihn aufgefordert hatte, den Grafen am nächsten Tag zu besuchen. Sein Blick hatte etwas Flackerndes.

Wolfgang war nicht unter den Anwesenden, auch Freya nicht. Sie hatte sich noch nie für die Ansichten und Erwartungen anderer interessiert.

»Unser lieber Wieland ist, und darüber ist sein gelehrter Vater sicher stolz, wie Odysseus nach langer Irrfahrt in seine Heimat zurückgekehrt. Wie der Sohn des Laërtes musste er eine Vielzahl von Abenteuern bestehen, bevor er das Land seiner Kindheit und Jugend wieder betreten konnte. Eine Heimat, um die es leider, leider sehr schlecht bestellt ist. Besetzt vom Feind, der uns demütigt und der uns allen ...«, er blickte kurz zu Wieland, »... unendlich großes Leid zufügt.« Er machte eine Pause. »Das werden wir mit Stolz ertragen, denn wir wissen, dass wieder andere Zeiten kommen werden. Zeiten, in denen Deutschland sich aus dem Staub erheben und zu alter Größe und Pracht zurückkehren wird. Aber ...«, Bürgermeister Grün senkte seine Stimme andachtsvoll und setzte eine Pause, »aber was uns zutiefst verletzt, ist, dass ein Mensch, den wir in unserer Mitte aufgenommen haben, den wir wie ein Familienmitglied behandelt haben, dass dieser Mensch es uns damit dankt, dass er uns eine unserer Töchter genommen hat. Eine Tochter und Schwester.«

Wieland schaute gespannt ins Publikum, ob jemand das Wort ergriff, Widerrede gab, nach Beweisen fragte, doch niemand schien einen Zweifel daran zu haben, dass Oleg, der Russe und ehemalige Kriegsgefangene, seine Schwester Josepha getötet hatte.

Einige der Anwesenden bekreuzigten sich, er sah, wie der Mann im Tweedjackett ihn musterte.

»Mein lieber Wieland«, Grün wandte sich jetzt direkt an ihn, »du kannst dir unser aller Hilfe und Unterstützung gewiss sein. Wir werden diesen feigen Mörder fangen, und dann wird er seiner gerechten Strafe zugeführt werden.«

Ein paar der Anwesenden klatschten verhalten, es gab zustimmende Rufe, die Frau in Schwarz senkte den Blick. Einige, darunter der Junge mit den faulen Zähnen, johlten und forderten den Tod des Russen.

Grün besänftigte seine Zuhörer, sprach von der Gerechtigkeit, die der Familie Göth schon noch zukommen werde, schimpfte auf die Franzosen, sonderte hasserfüllte Spitzen gegen die Separatisten ab, die sich erdreisteten, ein Herzstück des Reiches, die Rheinlande, den Strom der Deutschen, dem Feind zu überlassen, und gab zum Schluss der Erwartung Ausdruck, dass er für diesen Kampf die Unterstützung von Wieland Göth erwarte.

Mit etwas weniger Pathos fuhr er fort: »Und, mein lieber Wieland, warum mussten wir so lange auf deine Rückkehr warten? Wo doch hier jede Manneshand gebraucht wird. Man erzählt sich ja so einiges. Von wegen Freikorps und so. Da habt ihr ja schön aufgeräumt unter dem roten Gesocks, das uns den verdienten Sieg verdorben hat. Das müssten wir hier auch mal machen. Aufräumen und abservieren!«

Erwartungsvoll sah er zu Wieland hinüber, ein Teil des Publikums applaudierte zustimmend. Wieland nickte und ging dann sehr oberflächlich und allgemein auf die Fragen des Bürgermeisters ein, vor allem vermied er es, zu erklären, wo er im Krieg gewesen war und an welchen Kämpfen er teilgenommen hatte. Auch einer konkreten Antwort auf die beiden Fragen, die offenbar alle am meisten beschäftigten, ob er bei den Freikorps gekämpft und ob der Graf ihn zurückgerufen habe, wich er aus. Schließlich dankte er dem offensichtlich enttäuschten Publikum für das Interesse und die Unterstützung. Bürgermeister Grün neben ihm konnte seine Enttäuschung nicht verbergen.

Währenddessen beobachtete ihn der Mann mit dem Tweedjackett weiter. Drei-, viermal trafen sich ihre Blicke, und Wieland meinte einen spöttischen Zug um dessen Mund zu erkennen.

Nach einem lustlosen Schlusswort des Bürgermeisters standen die Besucher auf. Einige füllten sich am Fass ihre Gläser.

»Ein großer Redner bist du ja nicht gerade«, bemerkte der Bürgermeister verärgert und klopfte Wieland eine Spur zu fest auf die verletzte Schulter. Es kostete ihn Mühe, den Schmerz nicht zu zeigen. »Wir würden schon gerne wissen, was du gemacht hast und warum du erst jetzt zurückgekommen bist. Und was deine Pläne sind. Es gibt für jeden einen Platz im Dorf, aber der ist nicht umsonst.« Alles Joviale war aus seiner Stimme verschwunden, stattdessen lag etwas Drohendes darin. »Noch mal lasse ich das nicht durchgehen!« Damit wandte er sich um und ging grußlos an Wieland vorbei nach draußen.

Walburga blieb kurz bei ihm stehen. »Mein lieber Wieland, so geht das nicht. Die Leute sind wegen dir gekommen. Die interessieren sich für dein Schicksal. Und natürlich für das deiner Schwester.« Sie sah ihn streng an und folgte dann ihrem Mann.

Wieland blieb mit einigen Männern im Saal zurück, die sich mit Hingabe um den Rest im Bierfass kümmerten.

Draußen nahm niemand Notiz von ihm, bis auf den Mann im Tweedjackett, der sein Interesse an ihm offen zeigte.

Auf der Hauptstraße wäre er beinahe von einem Stein am Kopf getroffen worden, der schließlich krachend gegen eine Hauswand schlug. Er drehte sich um und schaute in einen lachenden Mund voll fauler Zähne.

»Sie dürfen das nicht ernst nehmen. Das ist ein dummer Junge. Wie übrigens alle hier im Dorf.« Eine warme, weibliche Stimme. Die Frau in dem schwarzen Kleid war ihm gefolgt und sah ihn aus großen dunklen Augen an. »Sie waren doch in Berlin«, setzte sie hinzu. »Sie müssen mir alles erzählen, was dort passiert. Besonders im Film. Sie kennen bestimmt die Schauspieler? Die Regisseure? Und die Produzenten? Die doch bestimmt! Ich …«

»Marianne, kommst du!«, hörte Wieland die herrische Stimme des Bäckers, die er noch von früher kannte, wenn er in der Backstube den Lehrling zusammenstauchte.

»Ich muss«, sagte die Frau lächelnd und zwinkerte ihm zu. »Sie dürfen mich Apollonia nennen.« Es sollte wie ein Versprechen klingen.

Der Bäcker trat näher. »Sie dürfen nicht ernst nehmen, was meine Frau Ihnen da erzählt. Sie hat ihre Flausen. Sie wissen ja, Frauen in einem bestimmten Alter …« Damit packte er sie am Oberarm und zog sie mit sich fort.

17

Wieland griff nach einer leeren Flasche, starrte sie einige Sekunden an, bevor er sie mit Wucht gegen die Wand schmetterte, wo sie in tausend Scherben zerbrach. Sein Vater oben reagierte mit einem kurzen Stöhnen. Wolfgang hatte soeben wutentbrannt das Haus verlassen.

Seit der Versammlung waren einige Tage vergangen, kein Dorfbewohner hatte seitdem den Versuch unternommen, Kontakt mit ihm aufzunehmen. Die Leute im Dorf schienen sich damit abgefunden zu haben, dass er für sich lebte und jeden Kontakt mied. Insgeheim hofften sie vielleicht, dass er bald wieder verschwand. Wieland war das nur recht.

Er unternahm Spaziergänge in der Umgebung, die ihn auch zum Gut des Grafen führten. Aus sicherer Entfernung inspizierte er das große Gehöft mit der hohen Mauer, dem Herrenhaus und den Ställen dahinter. Er fand schnell heraus, dass es nur einen Zugang zum Gut gab, ein hölzernes Tor, das, wenn es nicht geschlossen war, von mindestens einem Mann bewacht wurde. Er sah keine Möglichkeit, an den Grafen heranzukommen.

Im Haus versorgte er seinen Vater mit dem Nötigsten, und dazu gehörte nach seiner Meinung nicht der geforderte Alkohol. Das führte regelmäßig zu Streitereien, nach denen Wieland das Zimmer verließ oder der Alte erschöpft in sich zusammensank.

Als er nach einem seiner Spaziergänge zum Schulhaus zurückkam, wartete dort in der Küche Wolfgang auf ihn. Der alte Göth war aus dem Bett gefallen, hatte sich in seinem Erbrochenen gewälzt und geschrien. Wolfgang empfing seinen jüngeren

Bruder mit wütenden Vorhaltungen, wenn er sich schon im Haus einniste, müsse er sich auch um den Vater kümmern.

Ein Wort gab das andere, Wolfgang stellte klar, dass die Zeiten, in denen jeder nur an sich und sein eigenes Wohl denke, vorbei seien. Und dass der Graf langsam wütend werde, weil er sich noch immer nicht bei ihm gemeldet habe. Wieland nahm das zufrieden zur Kenntnis.

Sein Vater meldete sich von oben. Rief seinen Namen. Schrill und kalt. Einmal. Zweimal. Beim dritten Mal war er kaum noch zu verstehen. Als Wieland den Raum betrat, lag sein Vater auf dem Rücken und starrte mit weit geöffneten Augen zur Decke. Wieland dachte schon, er sei tot, doch dann drehte der Alte das Gesicht in seine Richtung und blickte seinen Sohn zornig an. Er versuchte, etwas zu sagen, brachte aber kein Wort heraus.

Neben dem Bett stand noch eine der Schnapsflaschen, die Wolfgang mitgebracht hatte, und die inzwischen halb leer war.

Wieland ignorierte die Flasche und den offensichtlichen Wunsch des Alten, nahm das Glas mit Wasser, das auf dem Nachttisch stand, setzte sich neben seinen Vater und gab ihm zu trinken.

»Was Richtiges!«, forderte der Alte, und trotz der dünnen, schwachen Stimme war der Zorn darin unüberhörbar. Wieland stellte das Glas zurück auf den Nachttisch, sah noch einmal zu seinem Vater, der mehr und mehr in seinem Bett zu verschwinden schien, ließ sich von dem verachtungsvollen Blick nicht beeindrucken und verließ den Raum.

Unten zog er seinen Mantel an und machte sich auf den Weg zum Hof des Bauern Neubert. Dort schien es ihm noch ruhiger zu sein als an den Tagen zuvor. Eine seltsame Stille. Die Staubkörner, die hier sonst millionenfach in den dünnen Lichtstrahlen zu tanzen schienen, hingen erstarrt in der Luft.

Der Stall war leer, die Kuh abgeholt.

18

Die Dorfstraße lag im Dunkeln. Im Lichtschein einer Fackel balancierte ein Mann auf einer ausgeklappten Bockleiter, die mitten auf der Straße stand, und befestigte Wimpel und bunte Papierstreifen an einer Leine zwischen zwei Häusern. Ein zweiter Mann hielt die Holme.

Als sie Wieland bemerkten, unterbrachen sie ihre Tätigkeit, der Mann, der neben der Leiter stand, löste seine Hand vom Holm und lüftete stumm seine Mütze.

Wieland erwiderte den Gruß mit einem Nicken. Er eilte zum anderen Ende des Dorfes. Auch dort waren zwei Männer mit dem Aufhängen des improvisierten Schmucks beschäftigt.

Wieland lief weiter bis zu der Stelle, an der er die geheimnisvolle Frau vom Friedhof aus den Augen verloren hatte. Von dort führte eine Gasse zu einer weiteren Querstraße. Die Häuser waren hier deutlich kleiner. Wieland suchte nach einem Hinweis, der ihm verriet, wohin sie gegangen war. Ein blödsinniges Unterfangen, wie er sich bald eingestehen musste. Er hätte an jede Tür klopfen und sich erklären müssen.

Von sich selbst enttäuscht, beschloss er, sein eigentliches Vorhaben anzugehen.

Hinter der Kirche bog er in den Weg ein, durch den die Männer die vom Fuhrwerk abgeladenen Kisten getragen hatten. Nirgends ein Hinweis, wohin die Männer mit ihren Kisten verschwunden waren. Er wurde von einer dichten, undurchdringlichen Hecke gesäumt. Er ging weiter und gelangte schließlich auf die Rückseite vom Pfarrhaus.

»Suchen Sie etwas Bestimmtes?«

Ein Mann stand vor ihm. Er wirkte nicht unfreundlich, aber in seiner Körperhaltung lag etwas Bedrohliches.

»Sebastian Kramer«, stellte er sich vor, »ich bin seit einem Jahr der Pfarrer hier in der Gemeinde.«

»Wieland Göth, ich bin der Sohn des Dorflehrers.«

»Ich weiß«, war die entschiedene Antwort des Kirchenmanns. »Du warst lange fort.« Es war eine Feststellung, in der ein Stück Vorwurf steckte.

Die beiden Männer blickten sich an.

»Meine Schwester ist verschwunden«, erklärte Wieland und hoffte, dass das dem Kirchenmann als Erklärung reichte.

»Auch das weiß ich, mein Sohn. Und derjenige, der ihr etwas angetan hat, wird zur Rechenschaft gezogen.«

»Wer ist dieser derjenige?«, fragte Wieland zurück.

»Das weiß letztendlich nur der Allmächtige dort oben«, der Pfarrer richtete kurz seinen Blick zum Himmel, »aber es gibt auch eine irdische Gerechtigkeit, und es gibt Beweise, die ihn überführen werden.«

»Beweise?«, fragte Wieland kurz.

»Ja, Beweise«, sagte Kramer noch einmal und wechselte dann abrupt das Thema. »Du hast meine Frage noch nicht beantwortet: Was suchst du hier?«

»Nichts Bestimmtes. Ich war in Gedanken.«

»Warst du das tatsächlich?« Kramer verbarg seine Skepsis nicht. »Ich hoffe, es waren gute Gedanken?«

Eine Weile herrschte Schweigen.

»Ich war auf dem Friedhof«, sagte Wieland mit belegter Stimme, »am Grab meiner Mutter.«

Der Kirchenmann nickte, behielt Wieland aber weiter im Blick. »Lass uns zur Kirche gehen!«, schlug er schließlich vor.

»Als ich im Dorf ankam, war mein erster Weg dorthin«, fuhr Wieland fort. »Auf dem Grab meiner Mutter lagen frische Blumen, angeordnet wie ein Fächer. Ein paar Tage später war ich wieder dort. Und wieder lagen da Blumen, auf die gleiche Weise drapiert. Ich sah eine Frau, die den Friedhof verließ und zurück ins Dorf gehen, aber ich konnte sie nicht erkennen. Nun würde ich gerne wissen, wer meiner Mutter Blumen aufs Grab legt. Mein Vater kann es nicht sein.«

»Vielleicht ist es dein Bruder Wolfgang«, sagte Kramer. »Er ist ein rauer Bursche, aber sie war auch seine Mutter. Und auch ein rauer Bursche hat eine Seele.«

»Glauben Sie das wirklich?«

»Glauben?«, gab der Pfarrer zurück. »Ich glaube an den Herrgott dort oben, an seine Allmacht und an die Vorsehung. Und an Deutschland. Aber wer sonst könnte deiner Meinung nach Blumen auf das Grab deiner Mutter legen?«

»Das frage ich mich ja auch …«

»Das Leben im Krieg hat dich misstrauisch werden lassen, mein Sohn, und dir das Schlechte im Menschen gezeigt«, sprach Kramer jetzt ganz verständnisvoll. Sie hatten den Eingang zur Kirche erreicht und blieben dort im Schein der Laterne stehen. »Du musst wieder lernen, Vertrauen zu den Menschen zu fassen.« Er machte eine Pause. »Der Herr wird dir dabei helfen, da bin ich mir ganz sicher.« Wieder wartete er einen Moment, bevor er weitersprach. Eine ältere Frau ging an ihnen vorbei, grüßte den Pfarrer, der kurz seinen Hut lüftete, lächelte und gleich wieder ein ernstes Gesicht zeigte. »Aber sag, mein Sohn, warum bist du jetzt erst zu deiner Familie zurückgekehrt? Es ist mehr als ein Jahr seit dem Krieg vergangen.«

»Ich war in … Berlin. Ich wusste nicht, wohin. Der Krieg hat vieles zerstört. Wie Sie sehen, auch meine Familie.«

»Wie hast du von deiner Schwester erfahren?«

»Davon habe ich erst hier erfahren, Herr Pfarrer.«

Der Pfarrer blickte Wieland ungläubig an. »Und in Berlin, da gab es Kämpfe. Gegen die gottlosen Kommunisten. Warst du daran beteiligt?«

»Wer erzählt so etwas?«, wich Wieland der Frage aus.

»Ich verstehe, dass du jetzt nicht darüber sprechen möchtest.

Was gedenkst du hier zu tun? Willst du in Rombelsheim bleiben? In das Haus deines Vaters ziehen? Dich um ihn kümmern? Um deinen Bruder? Wie es Christenpflicht ist.«

Wieland zeigte keine Reaktion.

»Wir haben hier viele Sorgen«, sprach Kramer weiter. »Die Besatzung, die uns am Handel hindert, wodurch es zu Hunger und Armut kommt. Die uns an unserer freien Entfaltung hindert. Die uns als Deutsche vernichten will. Dann die Separatisten? Hast du von ihnen im fernen Berlin gehört? Vaterlandslose Gesellen, die das Rheinland zur eigenen Republik machen wollen, geschützt von französischen Bajonetten? Und die Juden, die sich wieder an unserem Elend bereichern? Wir brauchen starke junge Männer wie dich, Wieland, Männer, die zu kämpfen wissen, die der Krieg hart und unnachgiebig gemacht hat, die erlebt haben, zu was Deutschlands Feinde fähig sind. Sie wollen uns vernichten. Lies nur den Schandfrieden-Vertrag von Versailles! Und die Neger, die wie Herren auf …«

Kramer hatte immer erregter gesprochen und darüber nicht die junge Person bemerkt, die hinter einem nahen Busch hervorlugte und das Gespräch belauschte. Auch Wieland entdeckte sie erst, als sie vortrat und ein Stück schon hart gewordenen Pferdemist in ihre Richtung warf, der neben ihnen aufschlug und zerbrach.

Erschrocken fuhr der Pfarrer herum, konnte aber nur noch den Rücken des lachend davonlaufenden Willi sehen.

»Ein armer Teufel!«, bemerkte Kramer. »Eine arme Seele. Er kann nichts dafür.«

Da war Wieland anderer Meinung, und froh über das Auftauchen einer alten Frau, die sich langsam den beiden Männern näherte.

»In drei Tagen ist die Beerdigung vom Neubert«, sagte der Pfarrer. »Ich habe gehört, dass du ihn gefunden hast. Ich …«

»Vater, entschuldigen Sie bitte, dass ich störe«, sagte die Frau und sah unter sich. »Mein Mann, Sie wissen, er ist sehr krank, und wir wissen nicht, wie lange er noch bei uns sein wird. Er verlangt, mit Ihnen zu sprechen.«

Kramer sah noch kurz kopfschüttelnd Willi nach, der schon längst außer Sichtweite war, und wandte sich dann mit einem Lächeln der Frau zu. »Aber natürlich. Sie stören nicht. Ich komme gleich mit Ihnen«, sagte er sanft. Und zu Wieland: »Wir führen dieses interessante Gespräch bald fort!« Das Sanfte war mit einem Mal aus seiner Stimme verschwunden.

Wieland machte sich auf den Weg Richtung Schulhaus.

Er mied die Hauptstraße und lief die parallel verlaufende Seitenstraße entlang. In einem der Vorgärten fiel ihm hinter dem hüfthohen Holzzaun ein umgestürzter Baum auf, dessen Spitze die Eingangstür nur knapp verfehlt hatte. Er blieb stehen und sah, dass im Erdgeschoss und im ersten Stock Fenster eingeworfen worden waren. Wieland stieg über den Zaun und besah sich die Bruchstelle am Baumstamm, die eindeutige Spuren von Axtschlägen aufwies. Er konnte sich nicht erinnern, wer in diesem Haus wohnte, und ging zur Haustür, um dort nach dem Klingelschild zu sehen, es lag abgerissen auf dem Boden, Wieland hob es auf.

Familie Doktor Siegmund Schwarz

Wieland klopfte an die Tür, aber niemand antwortete. Er klopfte ein zweites Mal.

»Die wohnen nicht mehr in dem Haus«, hörte er hinter sich eine Stimme.

Vor dem Zaun stand ein großer und kräftiger Mann, mit einer blauen Arbeitsjacke bekleidet. Auf dem Kopf trug er eine Schirmmütze. Er blickte Wieland mit unverhohlenem Misstrauen an. »Ja, der gute Herr Doktor ist in die Stadt gezogen. Es hat ihm hier nicht mehr gefallen«, erklärte er mit anzüglichem Unterton. »In der Stadt fühlt sich der Jud aber auch wohler als auf dem Land.«

»Haben Sie …?«, fragte Wieland und zeigte auf den Baumstamm und auf die zerbrochenen Scheiben.

»Schlimme Menschen«, erwiderte der Mann nur und ließ offen, ob er die Täter oder die Opfer meinte.

»Steck deine dreckige Nase nicht in fremder Leute Angelegenheiten, Göth«, stieß er in drohendem Ton aus, bevor er sich umwandte und mit schnellen Schritten davonging.

19

Wieland folgte dem Mann bis vor die Wirtschaft »Zur Germania«. Sie wurde seit vielen Jahren von Edgar Gambrius geführt, einem vierschrötigen Kerl, der bekannt dafür war, keinem Streit, vor allem keinem handgreiflichen, aus dem Weg zu gehen. Im Krieg war er bei der Artillerie gewesen, und er erzählte gern, wie er den Feind zu Klump geschossen habe. Dass bei ihm jeder Schuss sitze. Wer das nicht glaube, solle bei seiner Frau nachfragen. Dazu lachte er laut und ordinär.

Wieland wartete einen Moment, bevor er in die Gaststube trat, die nur von zwei funzeligen Gaslaternen beleuchtet wurde. Gambrius war hinter dem Tresen beschäftigt, vor ihm stand der Mann mit der blauen Arbeitsjacke und der Schirmmütze, der gerade ein Bierglas an den Mund führte. Zwei Männer waren über einen Tisch gebeugt, wie zwei Offiziere, die im Feld über einem Lageplan den nächsten Angriff besprachen, zwei weitere breiteten ein Plakat aus. Alle blickten erschrocken zu Wieland, der jetzt die Gaststätte betrat.

Die beiden Männer rollten das Plakat sofort zusammen, und Gambrius beschimpfte den Mann vor ihm: »Hast du Rindvieh nicht die Tür verschlossen? Du bist ein verdammter Idiot, Helmut!« Damit trat er hinter dem Tresen hervor und baute sich vor Wieland auf. »Der kleine Göth! Was verschafft mir die Ehre?« Er verschränkte die Arme vor seiner Brust.

Die anderen schauten zu ihnen herüber, der Mann, den der Wirt Helmut genannt hatte, leerte sein Bierglas in einem Zug, knallte es auf die Theke und stellte sich hinter den Wirt, den er um mehr als einen Kopf überragte.

Wieland versuchte, mit fester Stimme zu sprechen. »Was man in einer Gastwirtschaft so macht«, dabei betonte er das »Gast«, »ein Bier trinken.«

»Bist doch früher auch nicht hierhergekommen. Warst dir zu fein für.«

»Früher war ich auch noch jung und nicht im Krieg.«

Gambrius drehte sich zu den anderen Männern im Schankraum um. »Was meint ihr: Sollen wir ihm das glauben?«

»Ich habe ihn eben wieder schnüffeln sehen«, sagte Helmut. »Wie letztens an der Kirche. Eben war er am Haus vom Juden.«

Gambrius überlegte kurz. »Setzen wir uns!«, sagte er dann und wies zu einem Tisch in der hintersten Ecke des Raumes. Wieland schaute sich um. Vor der Tür zu einem Nebenraum stand eine Kiste. Sie ähnelte denen, die von dem Fuhrwerk hinter der Kirche abgeladen worden waren.

Der Wirt stellte drei Gläser auf den Tisch und setzte sich. Wieland fand sich plötzlich eingekeilt in ihrer Mitte.

»Zum Wohl, auf Deutschland!« Er hob sein Glas.

»Auf Deutschland«, wiederholte Helmut.

»Und du? Hast du nichts mit Deutschland am Hut?«, fragte Gambrius, nachdem Wieland schweigend mit ihnen angestoßen und dann sein Glas leer getrunken hatte.

»Ich weiß ja nicht, welches Deutschland ihr meint?«, entgegnete er. »Das des Kaisers, das der Spartakisten, das der Weimarer oder irgendein Deutschland in der Zukunft?«

Die beiden Männer sahen sich unschlüssig an, dann lachte Gambrius laut auf. »Gut pariert, Göth, gut pariert! Aber verrate uns doch: Für welches von diesen Deutschlands würdest du kämpfen?«

»Ich würde es mit dem Kaiser halten. Ich kenne keine Parteien mehr. Ich kenne nur noch Deutsche. So oder so ähnlich hat er es doch gesagt.«

»Ein Kaisertreuer. So einer bist du, Göth. Das hätte ich nicht geglaubt. Hauptsache, du bist keiner von den Verrätern aus

Weimar. Oder einer, der gemeinsame Sache mit dem Franzmann macht. Es heißt, die werben Leute an, die für sie spionieren sollen. Ich hoffe, du weißt, was wir mit denen machen, wenn wir einen erwischen ...?« Er imaginierte mit den Händen das Knüpfen eines Knotens und dann das Aufhängen. »Spione und Separatisten, das sind die Schlimmsten! Aber keine Bange. So einer bist du ja nicht. Du musst nämlich wissen, dass wir uns alle freuen, dass einer aus dem Dorf aus dem Krieg zurück ist. Ohne Verletzung. Wenn ich da deinen Bruder Wolfgang sehe, der arme Kerl. Zerschossen haben die Schweine ihn. Verschüttet war er.« Gambrius leerte sein Glas. »Wo warst du im Krieg, Göth? Wie macht man das, ohne Verletzung vier Jahre im Graben zu überleben? Oder warst du in der Etappe? Hast die armen Schweine ins Feuer geschickt? Warst ja früher nicht für besonders großen Mut bekannt, oder?« Er blickte zu den anderen vier Männern am Tresen, die alle älter waren als Wieland. Sie hoben ihre Biergläser und grinsten. »Gerhard war vor Verdun, er hat Probleme mit dem Atmen.« Er zeigte zum Tresen auf einen kleinen untersetzten Mann mit breiten Schultern und kräftigen Armen, dessen Haaransatz schon weit zurückgegangen war. »Seine Gasmaske war defekt.«

Der Angesprochene verbeugte sich wie ein Schauspieler, was wegen seines Körperbaus sehr ungeschickt und unelegant aussah.

»Paule kann kaum was hören. Lag unter Dauerfeuer in Cambrai in vorderster Reihe. War Aufklärer. Abgeschnitten von seiner Einheit.« Er sah wieder zum Tresen hinüber, rief laut »Paule!«, der es jetzt Gerhard gleichtat. Seine Verbeugung hatte etwas Komisches, weil er sehr groß und dünn war.

»Richard war dreimal verschüttet. Seitdem hat er Albträume, kann keine Nacht durchschlafen.«

Richard nickte nur kurz mit dem Kopf. Er war normal groß, schlanke Statur und dichtes blondes Haar. Ein hübscher Kerl. Nur der unstete Blick störte.

»Und Franz haben sie ein Bein und zwei Finger der linken Hand weggeschossen.« Der Mann, ein bulliger Typ mit breiter Nase und großem Mund, hob kurz seine linke Hand, Ringfinger und kleiner Finger fehlten. Dann klopfte er mit ebendieser Hand gegen die Holzprothese.

»Und Helmut«, er prostete dem Mann am Tisch kurz zu, »der hat eine ganze Kompanie Russen mit bloßen Händen kaltgemacht. Zerquetscht hat er sie wie Ungeziefer.«

Helmut grinste, spannte den Bizeps seines rechten Arms an und klopfte mit der linken Faust darauf.

»Und nun du, Göth. Was war dein Preis?« Helmut beugte sich vor und sah ihn herausfordernd an. »Keine Verletzung. Das Glück hatten nur wenige. Und es heißt ja, dass du bei den Freikorps warst, gegen die Roten. Wer hätte das früher gedacht, dass du so einer wirst.« Gambrius machte eine Pause, schaute in sein leeres Glas, hob dann den Blick und sah Wieland herausfordernd an.

»Wer sagt das denn, dass ich mit dem Freikorps gewesen bin?«

»Hier gibt es keine Geheimnisse. Meine Frau ist mit der Cousine der Schwester von Else in die Schule gegangen. Die Regina. Kennst du sie? Die ist jetzt in Berlin. Und die schreiben sich immer wieder mal. Und die hat es dort wohl mitbekommen. Hast du auch gegen die Roten in Berlin gekämpft? Gegen die Luxemburg und den Liebknecht, die roten Verbrecher und Verräter? Kennst du die Helden, die Deutschland von diesem Ungeziefer erlöst haben?«

»Berlin ist groß«, wich Wieland aus.

»Reden wir über das Hier und Heute«, fuhr Gambrius fort. »Der Krieg ist mehr als ein Jahr vorüber, im Februar kamen die letzten Freikorps aus dem Baltikum zurück. Vielleicht stimmt es, was du sagst. Aber warum kommst du hierher? Früher hast du nichts mit den Leuten im Dorf zu tun gehabt. Wolltest immer weg. Kommst du jetzt wegen deiner Schwester?« Er sah Wieland wieder mit diesem durchbohrenden Blick an. »Wie hast du erfahren, dass der Russe sie umgebracht hat?«

Wieland ließ sich Zeit, trank einen Schluck von seinem Bier. Alle sahen ihm zu. Gerhard, der kleine, untersetzte Mann, räusperte sich.

Gambrius sah zur Theke hinüber, an der die vier Männer träge lehnten. »Geht in den Nebenraum und macht da weiter!«, befahl er ihnen. Sie kamen dem gleich nach.

»Gute Soldaten!«, bemerkte der Wirt, und Wieland meinte, eine gehörige Portion Sarkasmus herauszuhören, und vielleicht sogar eine Spur Verachtung.

»Woher wisst ihr, dass es der Russe war?«, fragte Wieland, als die vier im Nebenraum verschwanden und die Tür hinter sich zuzogen.

»Der Oleg?« Gambrius machte ein nachdenkliches Gesicht, während Helmut finster dreinblickte. »Eigentlich ein netter Kerl. Kam mit allen gut aus, hübsch dazu. Den Mädchen im Ort gefiel er. Aber sie wussten, dass sie mit einem Kriegsgefangenen nichts anfangen durften. War ein guter Arbeiter. Die Bauern haben ihn alle gelobt. Konnte anpacken, wusste, wie man sät, erntet, all das. Nach dem Krieg hätte er zurückkönnen. Aber er wollte nicht. Wegen der Kommunisten. Von denen hielt er gar nichts. Und die Bauern hier hat es gefreut. Die Männer waren ja noch nicht aus dem Feld zurück. Oder tot. Oder verletzt. Dann fing Oleg an, Josepha nachzustellen, lief ihr nach. Sie fand es anfangs auch noch schön. Unterhielt sich mit ihm. Aber er verstand das falsch. Und dann … ja, dann war sie weg.« Er ging zum Tresen und zapfte drei weitere Biere.

»Aber deswegen hat er sie doch noch nicht umgebracht?«, hielt Wieland dagegen.

»Er hat sie belästigt. Dafür gibt es Zeugen. Und wir haben in Josephas Zimmer am Tag nach ihrem Verschwinden eine Kette gefunden. Mit einem orthodoxen Kreuz. Wie es Oleg getragen hat. Im Sommer konnte es jeder auf dem Feld sehen, wenn er bei der Arbeit das Hemd ausgezogen hat. So ein Kreuz trägt hier keiner.«

»Vielleicht lebt Josepha noch?«, wandte Wieland ein.

Gambrius brach in ein Lachen aus, in das auch Helmut einfiel. »Ihr Vater, euer Vater liegt im Sterben, da geht eine Tochter nicht einfach so weg. Sie hat sich gekümmert. Zusammen mit Wolfgang. Nein, der Oleg hat sich über sie hergemacht und umgebracht und sie dann irgendwo im Wald verscharrt. Aber wir werden sie finden.«

»Ist es nicht komisch«, entgegnete Wieland, und es fiel ihm schwer, dies vorzubringen, »dass es genauso wie bei Tadeusz ist? Dass eine Kette gefunden wird.«

Der Wirt kam an den Tisch zurück und stellte die vollen Biergläser ab. Helmut sprang auf, und zwei der Gläser fielen um. Keinen schien das zu stören.

»Was willst du damit sagen?!«, stieß Gambrius wütend hervor.

Er stand auf und holte einen Lappen, mit dem er das Bier auf dem Tisch aufwischte. »Beruhige dich, Helmut!«, beschwichtigte er. »So ist das eben manchmal. Zwei Mörder machen den gleichen Fehler.« Er grinste dabei Wieland an. »Die Else, die der Tadeusz damals erwürgt hat, war doch mal deine Freundin, ich meine, bevor sie mit Wolfgang gegangen ist. Und es gibt ja Leute im Dorf, die behaupten, dass du in der Nähe warst. Als sie …« Er zog die Handkante am Hals vorbei. Zufrieden sah er Wieland an, wartete auf eine Reaktion, fügte dann hinzu: »Als der Tadeusz die Else umgebracht hat. Vielleicht hättest du ja was machen können. Oder … vielleicht war es ja gar nicht der Tadeusz. Hat immer seine Unschuld beteuert. Manche haben gesagt, dass er sich deshalb umgebracht hat. Ich glaub das ja nicht. Aber, wer kann schon in einen Menschen reinschauen …« Wieder ein langer Blick auf Wieland, der sich langsam erhob.

»Wo ist die Toilette?«, fragte er.

»Ein vornehmer Herr«, stichelte Helmut jetzt. »Toilette.« Er sprach es affektiert aus, überbetont.

»Ist ein französisches Wort«, erklärte Gambrius.

»Hören wir nicht so gerne hier«, fügte Helmut an.

»Scheißhaus! Das klingt deutsch und ehrlich. Von mir aus auch Klo. Für zartere Gemüter.«

Der Wirt stand auf, um Wieland an sich vorbeizulassen. »Da lang!« Er wies ihm mit einem Fingerzeig den Weg zur Toilette. Zwischen dem Tresen und der Tür, durch die Gerhard, Paule, Richard und Franz den Raum verlassen hatten, ging es in den Hof, wo sich an der gerade mannshohen Mauer das in Stein gemeißelte Urinal befand.

Während er dort stand, hörte er, wie die Tür zum Schankraum geöffnet wurde.

»Wo sollen die Plakate hin, Helmut?«, hörte er eine Stimme.

»Nicht so laut, du Hohlkopf«, bekam er zur Antwort. »Wo auch die anderen sind.«

Dann war es wieder still.

Als er in den Schankraum zurückkam, sah er, dass die Tür in den Nebenraum nur angelehnt war. Wie zufällig trat er dagegen, sie schwang mit einem leichten Quietschen auf. Die Männer sahen mit erschrockenen Gesichtern zu ihm herüber. Gerhard schob das Plakat, das vor ihnen auf dem Tisch lag, schnell zur Seite, sodass er es nicht mehr sehen konnte.

»Göth, wo willst du hin?«, hörte er hinter sich die aufgebrachte Stimme von Gambrius, der vom Tisch aufgestanden war und auf Wieland zukam.

Er war jetzt in den Nebenraum getreten. »Lasst doch mal sehen, was ihr da macht?«, fragte Wieland unschuldig und blickte den Männern, die um den Tisch herumstanden, über die Schulter. »Hände weg vom Rheinland!«, konnte er auf einem der Plakate noch lesen, dann wurde er von hinten an der Schulter gepackt, mit einem »Was willst du hier, du Hundsfott?« herumgerissen, im nächsten Moment erhielt er einen Schlag auf sein rechtes Auge, er stolperte gegen die Tür, wo ihn zwei starke Arme in Empfang nahmen und ihm einen weiteren Schlag in den Magen verpassten. Auf der Stelle klappte er zusammen, hörte noch, wie jemand »Tretet ihn tot, den Verräter!« schrie. Er zog die Beine an den Oberkörper, aber dann war da eine andere Stimme, die nicht laut werden musste, um gehört zu werden.

»In Ordnung, Männer. Hört auf! Er hat bekommen, was er verdient hat. Jetzt ist genug.«

»Der hat noch lange nicht genug!«, rief Helmut und wollte schon zum nächsten Tritt ausholen.

»Schluss, habe ich gesagt! Und raus jetzt. Ich werde mit ihm in Ruhe reden!«

Langsam bekam Wieland wieder Luft, er hörte Schritte, die sich entfernten, und blickte mit dem unversehrten Auge auf ein Paar Lederschuhe mit Gamaschen.

»Das werden Sie ja wohl verkraften, oder? Stehen Sie auf!«

Es kostete Wieland Mühe, sich zu erheben. Er stöhnte. Beide Schläge waren ungebremst und von Armen ausgeführt worden, die wussten, wie man ordentlich zuschlug.

»Bring mir einen Doppelten und ein nasses Tuch, Edgar!«, forderte die Stimme, dann wurde Wieland am rechten Arm gepackt.

»Geht doch«, sagte die Stimme.

Durch den Schleier vor seinen Augen erkannte Wieland jetzt den Mann im rotbraunen Tweedjackett. Er führte ihn zu einem Tisch und setzte ihn dort auf einen Stuhl.

Nur wenig später kam der Wirt in den Raum, reichte dem Mann ein nasses Tuch und einen doppelten Schnaps. »Das verdient das Schwein nicht«, kommentierte der Wirt, aber der Mann ignorierte ihn und hielt Wieland das Schnapsglas unter die Nase.

»Na los, trinken Sie, ist schon kein Gift.« Dazu lachte er kurz auf.

Wieland musste beim ersten Schluck würgen, doch dann spürte er, wie ihn das scharfe Getränk belebte.

»Noch einen, Edgar. Das ist Medizin.« Dann nahm er das

feuchte Tuch und legte es Wieland auf das zugeschwollene Auge.

Nachdem er auch das zweite Glas geleert hatte, zog der Mann im Tweedjackett einen Stuhl zu sich heran, drehte ihn um, nahm Platz und legte die Arme auf die Lehne. »Martin Breitbach«, stellte er sich vor und streckte seine rechte Hand aus.

Wieland zögerte, ergriff sie schließlich und drückte sie matt. »Wieland …«, presste er hervor, doch Breitbach unterbrach ihn mit einem Lachen.

»Wieland Göth, ich weiß. Sie sind der Mann, der die Nerven hat, den Grafen warten zu lassen. Wie lange sind Sie schon wieder hier? Das hat sich noch keiner getraut. Mutig? Oder todesmutig? Wie würden Sie das nennen?« In Breitbachs Stimme lag nichts Bedrohliches.

Wieland verzog nur den Mund.

»Übertreiben Sie es aber nicht. Noch findet der Graf Gefallen an dem Spiel. Er war ein großer Bewunderer Ihrer Mutter …«

Wieland blickte auf, Breitbach machte mit den Händen eine beschwichtigende Geste. »Nein, nicht wie bei all den anderen Mädchen und den vielen Liebschaften, die man ihm nachsagt. Er bewunderte Ihre Mutter wirklich. Deswegen hilft er auch Ihrem Bruder, gibt ihm Arbeit und eine Aufgabe. Das sehen leider sehr viele Menschen in Deutschland nicht, übrigens auch nicht aufseiten der Entente, dass wir da ein riesiges Heer an größtenteils jungen Menschen haben, denen erst die Jugend und jetzt auch noch die Zukunft genommen wird. Wer gibt einem Krüppel wie Ihrem Bruder denn noch Arbeit? Dem Grafen ist sehr daran gelegen, dass der Mörder Ihrer Schwester gefasst und seinem gerechten Urteil zugeführt wird.«

Wieder war Wieland verwundert, wie sehr alle Menschen davon überzeugt waren, dass seine Schwester tot und der Russe ihr Mörder war. Und damit nicht genug: Jeder schien es sich zur Aufgabe gemacht zu haben, auch ihn davon zu überzeugen.

Er setzte zu einem Einwand an, aber Breitbach ließ den nicht zu.

»Nein, Göth, die Indizien sind eindeutig. Warum sollte jemand aus dem Dorf so etwas machen? Wo sich die Menschen alle kennen.«

Wieland veränderte seine Sitzposition, stöhnte leise auf.

»Geht es?«, fragte Breitbach besorgt. »Wollen Sie noch einen Schnaps?«

Wieland schüttelte den Kopf, eine Bewegung, die ihm leichten Schwindel verursachte.

Breitbach beugte sich vor, nahm Wieland das feuchte Tuch aus der Hand, faltete es auseinander und wieder zusammen und legte es zurück auf sein geschwollenes Auge. »In zwei, drei Tagen ist das wieder in Ordnung. Dann ist die Schwellung zurückgegangen, und Sie können sich auf dem Fest sehen lassen. Sie kommen doch, oder?«

Wieland wusste nichts von einem Fest.

»Die Bürger und der Pfarrer von Rombelsheim haben im Krieg die Kirchenglocke geopfert, um sie für neue Waffen einschmelzen zu lassen. Und jetzt werden sie eine neue bekommen. Gespendet vom Grafen. Sie wird in drei Tagen eintreffen, und aus diesem Anlass wird es ein Fest im Dorf geben. Im Beisein von Honoratioren aus der Stadt. Und vom Grafen. Sie wissen, dass er sich so gut wie nie in der Öffentlichkeit sehen lässt.« Er beobachtete Wielands Reaktion sehr genau.

Der nickte, versuchte, die Schmerzen in Magen und Kopf zu ignorieren. »Der Graf«, begann er langsam, »wie ist er geworden … ich meine, vor dem Krieg hat er sein Gestüt gehabt und Land, aber jetzt hat er so viel Macht und Einfluss.«

»Der Krieg, Göth, der Krieg. Der verändert so einiges. Aber damit wir uns nicht missverstehen: Der Graf ist keiner der schäbigen Kriegsgewinnler, wie es sie überall gibt, denen es nur um ihren Profit geht. Er hat Visionen. Visionen für ein neues und starkes Deutschland. Ein Deutschland, das nicht mehr im

Staub kriechen muss, das besetzt ist, in dem ein Neger jedem Deutschen befehlen kann, was er zu tun und zu lassen hat. Ein Deutschland, in dem Deutsche wieder das Sagen haben. Das denen, die es heute aussaugen, ihren Platz zuweist. Mit einem starken Mann an der Spitze.«

»Und wie will er das machen? Deutschland hat den Krieg verloren. Hat keine Armee mehr.«

»Das erfordert große Weitsicht, viel strategisches Denken, starke Bündnisse. Sie sind aus Berlin gekommen, nicht wahr? Haben Sie die Erhebung der nationalen Offiziere um Lüttwitz und Kapp erlebt? In der Sache richtig, aber völlig falsch angegangen. Wissen Sie, wie viele Parteien, Gruppierungen, Bünde es gibt, die in die gleiche Richtung zielen, die das gleiche Ziel haben? Alldeutscher Verband. Deutsch-völkischer Schutz- und Trutzbund. Freie Bauernschaft. Jungdeutscher Orden. Stahlhelm. Thule-Gesellschaft. Und viele, viele mehr. Aber was tun sie? Verleumden und bekämpfen sich lieber gegenseitig, als gemeinsam ein Ziel zu verfolgen.« Er machte eine Pause. »Und daran arbeitet der Graf. An einem Bündnis aller fortschrittlich-nationalen Kräfte in Deutschland.« Er machte wieder eine Pause und sah Wieland, der inzwischen das Tuch zur Seite gelegt hatte, an. »Und Sie, Wieland Göth, können ein Teil davon werden. Sprechen Sie mit dem Grafen! Lassen Sie sich von ihm überzeugen!«

»Und das da?« Wieland zeigte auf den Tisch mit den Plakaten.

»Das gehört dazu. Wir müssen die Menschen wachrütteln. Ihnen zeigen, mit welchem Gegner sie es zu tun haben, ihnen klarmachen, dass die Deutschland zerstören wollen. Sie arbeiten Hand in Hand mit Juden, Separatisten und Sozialisten. Oder wollen Sie unter französischen Bajonetten leben? Britischen Tanks und Maschinengewehren? Amerikanischem und jüdischem Kapital?«

Er machte eine Pause, stand auf, ging zur Tür, vor der die anderen Männer standen. Breitbach störte sich nicht daran, bestellte für sich und Wieland nochmals Schnaps, der gleich gebracht wurde. »Auf das neue, das starke und geeinte Deutschland, das sich von niemandem mehr etwas sagen lassen muss!« Damit stieß er sein Glas gegen das von Wieland.

»Und Sie«, fragte der, »welche Rolle spielen Sie dabei?«

»Ich? Nur eine bescheidene. Ich bin eine Art Berater. Ich habe einige Jahre in Berlin und in München verbracht und aus der Zeit viele Kontakte, die ich dem Grafen zur Verfügung stelle. Zudem habe ich einige Zeit im Ausland gelebt. Und viel über die Mentalität und das Denken der Menschen dort gelernt.«

Wieland fiel noch etwas anderes ein. »Sagen Sie, der Graf, der hatte eine Tochter?«

»Ja, eine Geschichte, auf die Sie ihn besser nicht ansprechen. Sie ist nun schon über zwanzig Jahre tot, und dennoch leidet er unter ihrem frühen Ableben. Seine beiden Söhne hat er im Krieg für Deutschland gegeben, und auch seine Frau ist früh gestorben. Man sagt, dass er jetzt nur noch für Deutschland lebt.«

»Klingt pathetisch«, kommentierte Wieland.

»Vielleicht«, sagte Breitbach, »aber was wäre schlecht daran? Er hat ein großes Ziel, dem er sich ganz verschrieben hat. Was soll daran schlecht sein?«

»Wissen Sie, wer die Blumen auf das Grab der Tochter legt?« Die Frage schien Breitbach zu überraschen. »Blumen auf das Grab?«

»Der Tochter«, erklärte Wieland, »nicht auf das der Frau.«

»Keine Ahnung. Und jetzt, glaube ich, geht es Ihnen wieder besser. Ich werde Sie zur Tür bringen. Wer weiß, was diese Raufbolde sich in der Zwischenzeit ausgedacht haben.« Er lachte. »Auf, kommen Sie!« Er schob seinen Stuhl beiseite, klopfte Wieland auf die Schulter und ging mit ihm an den anderen vorbei nach draußen.

20

Mami, Mami. Da kommt der Mann!« Aufgeregt lief Gudrun vor der Schmiede auf und ab. Franz, der Hund, betrachtete dies mit einer gewissen Sorge.

Wieland hatte den Steg über den Bach fast erreicht, als Freya aus der Werkstatt trat und ihn erstaunt ansah. Er trug einen kleinen Rucksack auf dem Rücken.

»Das ist ja eine Überraschung«, begrüßte sie den Ankömmling und bat ihn ins Haus.

»Guck mal«, suchte Gudrun seine Aufmerksamkeit. Sie hob ihre rechte Hand, rief »Rolle, rolle!«, woraufhin Franz sich langlegte und um die eigene Achse rollte.

Gudrun klatschte erfreut, Wieland tat es ihr nach, dann folgte er der Schmiedin ins Innere des Hauses, wo sie sich eine Zigarette vom Tisch nahm und anzündete. Mit einer Geste gab sie ihrem Besuch zu verstehen, dass er sich auch eine nehmen könne.

Wieland musste husten, als er den ersten Zug inhalierte.

»Eigener Anbau«, entschuldigte sie sich lapidar. »Im Moment gibt es nichts anderes.«

Wieland kam gleich auf den Grund seines Besuchs zu sprechen und bat Freya um Kerzen und ein paar flache Eisenstücke.

Am Mittag hatte er hinter dem Haus am Brunnen gesessen. Das subversive Treiben der Männer hatte ihm keine Ruhe gelassen, und er beschloss, in der Germania nachzuschauen, was es damit auf sich hatte.

»Wozu brauchst du die Sachen?«, fragte Freya.

Wieland wich aus. »Kann ich dir nicht sagen.«

Sie sah ihn skeptisch an. »Willst du irgendwo einbrechen?«

Er schwieg.

»Tatsächlich.« Sie schüttelte den Kopf, zog an ihrer Zigarette, hielt den Rauch lange in der Lunge, bis sie ihn vernehmlich ausstieß. »Warum willst du es nicht sagen?«, hakte sie weiter nach. Ihren Ärger über sein Misstrauen konnte sie nur schwer verbergen.

»Später«, antwortete Wieland. »Kann ich die Sachen haben?«

Sie schaute ihn stumm an, dann stand sie auf, ging zur Schmiede und kam nach kurzer Zeit zurück. Sie legte drei Kerzen und zwei flache, fingerbreite Metallstücke auf den Tisch und blickte Wieland fragend an.

Der besah sich die Metallstücke, nickte und steckte sie in seinen Rucksack. »Danke!«, sagte er im Aufstehen.

»Du gehst schon?«, fragte Gudrun enttäuscht, die, gefolgt von Franz, der eifrig mit seinem Schwanz wedelte, zum Haus gerannt kam.

»Ich habe es leider eilig«, erklärte er dem Mädchen.

»Gehst du zum Glockenfest?«, fragte sie.

Er sah sie verständnislos an.

»Die Glocke, die neue Glocke. Da gibt es ein großes Fest. Mit Karussell.« Ihre Worte überschlugen sich fast, so aufgeregt war sie.

Wieland erinnerte sich an die Worte Breitbachs in der Germania.

»Du musst mit uns kommen!«

Wieland nickte.

»Mami, Wieland kommt mit uns auf das Fest«, erklärte sie ihrer Mutter, die sie jetzt streng anschaute.

»Das ist schön, Gudrun«, sagte sie mit ernster Stimme, »aber ich möchte beim nächsten Mal, dass du zuerst mich fragst.«

Freya begleitete Wieland über den Steg auf die andere Seite des Baches, nahm seine Hände in ihre, sah ihn ernst an. »Pass auf dich auf!«, sagte sie, bevor sie sich wortlos umdrehte und zurück in die Werkstatt ging.

Gegen Mitternacht stand Wieland vor der Germania. Die Fenster waren dunkel, kein Laut drang nach draußen. Vorsichtig zog er an der Eingangstür, sie war verschlossen. Er ging zur Rückseite des Hauses, wartete, lauschte und zog sich dann auf die Mauer hoch, hinter der sich das Urinal befand.

Langsam ließ er sich auf der anderen Seite hinabgleiten, harrte einige Momente auf dem Boden hockend aus, bis er sicher war, dass ihn niemand bemerkt hatte, dann eilte er zur Tür. Die war, wie er schnell herausfand, nur mit einem Haken von innen verschlossen, den Wieland mit einer flachen Feile lösen konnte. Er entzündete eine seiner Kerzen und schützte die flackernde Flamme mit seiner Hand. Die Tür zu dem Raum, in den die Männer die Kiste geschleppt hatten, war nicht verschlossen. Von der Kiste, den Plakaten und Karten war nichts zu sehen. Wieland wollte gerade in den Schankraum gehen, als er hörte, wie eine Tür aufgeschlossen wurde. Er blies die Kerze aus, wedelte den Rauch zur Decke und versteckte sich unter dem Tisch in der hintersten Ecke des Nebenraums.

Er erkannte die Stimmen von Edgar Gambrius und Martin Breitbach, konnte aber nicht verstehen, was sie sprachen. Offensichtlich suchten sie etwas, das der Wirt vergessen hatte.

Nach ein paar Minuten verschwanden sie wieder. Wieland harrte noch eine Zeit lang in seinem Versteck aus. Dann kletterte er unter dem Tisch hervor, trat dabei mit seiner Sohle gegen die Wand, vor der der Tisch stand. Das hohle Geräusch, das dabei entstand, machte ihn neugierig. Er vergewisserte sich, dass die beiden Männer tatsächlich fort waren, dann krabbelte er wieder unter den Tisch und zündete die Kerze an. In der Steinwand entdeckte er eine Vertiefung, die durch ein Holzbrett abgedichtet war. Er schob die Feile in die schmale Lücke zwischen Wand und Holz und schaffte es nach mehrmaligem Hin- und Herruckeln, das Brett zu lösen, legte es zur Seite und leuchtete mit der Kerze in das Versteck, das etwa dreißig Zentimeter tief war. Dort lagen zusammengerollt die Plakate.

Auf sie waren Parolen gepinselt worden, die zum Widerstand gegen die Franzosen aufforderten und die Besatzungssoldaten als Barbaren bezichtigten, die den deutschen Männern und Frauen Gewalt antaten. Auf zwei Plakaten waren schwarze Soldaten in französischen Uniformen zu sehen, die mit verzerrten und gierigen Fratzen über eine Frau herfielen. Zwei Plakate riefen offen zum Widerstand und zur Sabotage auf. Ganz unten in dem Versteck fand Wieland eine Straßenkarte, die sein besonderes Interesse erregte. Die Karte zeigte die Straßen von Mainz. Eine durchgehende Strecke war mit einem Stift markiert worden, dazu zwei Orte im Zentrum der Stadt. Wieland konnte sich keinen Reim darauf machen. Er versuchte, sich die Markierungen zu merken, dann rollte er die Plakate und die Karte wieder zusammen, schob sie in das Versteck zurück und befestigte die Holzplatte, um dann, nachdem er sich noch einmal vergewissert hatte, dass sich die Kiste nicht mehr in der Gastwirtschaft befand, auf dem Weg, den er gekommen war, wieder zu verschwinden.

21

Wieland verkroch sich die nächsten beiden Tage im Schulhaus, im Hintergrund stets das Jammern und Stöhnen seines Vaters, dem er dreimal am Tag eine Mahlzeit brachte, von der er nur selten etwas oder höchstens einen kleinen Teil zu sich nahm.

Vormittags kam Wolfgang vorbei, machte ihm Vorhaltungen und gab Anweisungen, wie er mit dem Vater umzugehen habe. Dabei brachte er jedes Mal eine Flasche Hochprozentigen mit, die er persönlich nach oben trug und ans Bett des Todkranken stellte. Bei einer der schon üblich gewordenen Streitereien hatte Wolfgang wieder einen Anfall bekommen. Er wand sich auf dem Boden und hatte die Kontrolle über seinen Körper verloren.

»Ist schon gut!«, schnauzte er seinen Bruder an, als der Anfall vorüber war, und verlor dann kein Wort darüber.

Wieland verließ das Gebäude nur am Nachmittag des ersten Tages, um auf die Beerdigung des Bauern Neubert zu gehen. Willi hatte ihn daran erinnert.

Am Rande des Friedhofs bekam Neubert sein Grab, neben dem seiner Frau.

Zur Beerdigung waren weniger Dorfbewohner gekommen, als Wieland vermutet hatte. In der Kirche setzte er sich in eine der hinteren Reihen, folgte dem Trauerzug als Letzter und stellte sich während der Beisetzung an den Rand des Friedhofsgevierts. An diesem Tag war das Blau des Himmels von nur wenigen kleinen, zerrissenen Wolken durchbrochen.

Wieland hatte einen Hut aus dem Schrank seines Vaters genommen, den er jetzt vor der Brust hielt, während der Pfarrer seine Worte sprach. Den Grafen konnte er nicht unter den

Trauergästen erkennen. Dafür aber Helmut, Paule und Gerhard aus der Germania, die ihn feindselig anstarrten, als sie an ihm vorbei zum Grab gingen.

Nach der Beerdigung war Wieland in niedergeschlagener Stimmung. Nicht so sehr, weil er um den Tod eines Menschen trauerte, mit dem er seit früher Jugend freundschaftlich verbunden war, sondern weil er das Gefühl hatte, sich auf der Stelle zu bewegen und keinen Schritt vorangekommen zu sein.

Er beschloss, nicht den kürzesten Weg zurück zum Schulhaus zu nehmen. Er marschierte an den Feldern entlang, wo er einen Bauern sah, der mit der Harke den Boden auflockerte.

Vielleicht war es an der Zeit, überlegte er, nun endlich den Grafen aufzusuchen. Aber würde der ihn so nahe an sich heranlassen, dass er seinen Plan umsetzen konnte? Der Mann zeigte sich nicht in der Öffentlichkeit, und sein Gut war bewacht wie eine Burg. Wenn er jetzt der Einladung folgte, wäre er sicher nicht mit ihm allein. Und dann war da Josepha. Er war überzeugt, dass sie noch lebte. Auch wenn ihn früher nur wenig mit seiner Schwester verbunden hatte, jetzt musste er verhindern, dass sie zu Tode kam. Wenn sie noch lebte. Bevor er die Sache mit dem Grafen anging, musste er herausfinden, warum der Tod seiner Schwester von so vielen im Dorf als Tatsache betrachtet wurde. Wer hatte warum ein Interesse an ihrem Tod? Wusste sie etwas, das sie gefährlich machte?

Wieland war schon eine geraume Zeit lang ohne Ziel gelaufen, als er von Weitem Motorengeräusche hörte, die rasch näher kamen. Er sprang über den schmalen Graben neben dem Weg. Wenig später rollten zwei große dunkle Limousinen an ihm vorüber. Er sah in die Gesichter von Männern, die kurz zu ihm herüberblickten, dann verschwanden die Autos in einer Staubwolke. Er sah ihnen nach, bis sie an der Kreuzung in einen Feldweg abbogen, der zum Gut des Grafen führte.

Wieland lief auf Umwegen zum Schulhaus, um nicht durchs Dorf gehen zu müssen. Der Weg führte ihn an einer großen und hohen Brombeerhecke vorbei. Hierher war er als Junge oft mit seiner Mutter gegangen, um ihr beim Pflücken zu helfen. Mit den vollen Körben waren sie dann nach Hause zurückgekehrt, wo die Mutter aus den Beeren Kompott und Marmeladen machte und sonntags den Kuchen mit ihnen belegte.

Sein Bruder hatte ihn verhöhnt und sein Tun als Weiberarbeit verspottet, wenn er mit der Mutter in der Küche stand und ihr zur Hand ging. Zur Strafe bekam Wolfgang von der Mutter nur ein kleines Stück vom Kuchen ab. Der rächte sich bitter an seinem Bruder. An einem Herbstnachmittag, Wieland war vielleicht zwölf oder dreizehn Jahre alt, hatte die Mutter ihn allein zum Brombeersammeln geschickt. Als er sich mit seinen vollen Körben auf den Heimweg machte, fielen Wolfgang und seine Freunde, die sich hinter der Hecke versteckt hatten, über ihn her. Sie nahmen ihm die Körbe ab, rissen ihm die Kleidung vom Leib und warfen ihn immer wieder mit Schwung in die Brombeerstauden.

Der Mutter hatte er erzählt, dass er sich verlaufen und die Hecke nicht gefunden habe. Aber als er abends im Bett lag, den Körper voller Schrammen, mit schmerzhaften Wunden und aufgeschürfter Haut, schwor er Rache.

Einige Tage später lockte er seinen Bruder unter einem Vorwand in eine abgelegene Scheune des Bauern Neubert. Dort würde das Mädchen aus dem Nachbardorf auf ihn warten, das es gewagt hatte, ihm einen Korb zu geben. Aber statt des Mädchens stand dem liebestrunkenen Wolfgang plötzlich der schärfste aller Hofhunde gegenüber, der Bertram Neubert, Wielands Freund, gehörte und »Tirpitz« hieß nach dem Admiral der kaiserlichen Flotte. Wieland und Bertram beobachteten das Schauspiel aus ihrem Versteck im Boden der Scheune, und sie mussten sich die Hand vor den Mund halten, um nicht laut loszulachen.

Als Wolfgang lange genug um Hilfe gerufen hatte, befreiten die beiden ihn aus seiner misslichen Lage, versäumten dabei aber nicht, ihn auf seine durchnässte Hose hinzuweisen und ihn aufzufordern, sich auf der Stelle bei Wieland zu entschuldigen, sollte die Geschichte im Dorf nicht die Runde machen. Er tat es zähneknirschend und mit unheilvoll drohendem Blick. Wieland wusste, dass Wolfgang sich eines Tages dafür rächen würde. Vergessen würde er den Vorfall nicht.

22

Wieland hatte nicht mehr an das Glockenfest gedacht, als am Morgen des Festtages an die Eingangstür des Schulgebäudes geklopft und er aus dem Schlaf gerissen wurde. Abwechselnd riefen zwei weibliche Stimmen seinen Namen.

»Was ist das für ein verfluchter Lärm?«, schimpfte sein Vater von oben, seine Worte erstickten in einem Hustenanfall.

Müde öffnete Wieland die Tür. Freya und ihre Tochter Gudrun standen vor ihm und lachten ihn an. Von ferne hörte er eine Blaskapelle und einen undefinierbaren Lärm.

»Du musst dich anziehen, wir gehen zum Glockenfest«, forderte Gudrun ihn fröhlich auf.

Er bat die beiden in die Küche und ging nach oben, um sich anzuziehen.

»Ein bisschen feiner darf es schon sein«, ermahnte ihn Freya, als er wieder vor ihnen stand. Sie selbst trug ein grünes Kleid, darüber eine graue wollene Jacke. Ihr dunkles Haar fiel ihr offen auf die Schultern. An ihren Ohren baumelten zwei große silberne Reifen.

Gudrun trug einen blauen Rock, auf den rote Herzen genäht waren. Hinter ihr rechtes Ohr hatte sie eine Papierblume gesteckt. An ihrer Jacke war eines der kleinen Schmuckstücke befestigt.

Wieland sah kurz an sich herunter, verließ die Küche wieder. Freya setzte Wasser auf und bereitete aus dem Rest Bucheckernmehl einen Kaffee, der fertig aufgebrüht war, als Wieland mit dunklem Anzug, weißem Hemd und einer roten Krawatte bekleidet die Küche betrat. Auf dem Kopf hatte er den Hut, den er schon zur Beerdigung des Bauern Neubert getragen hatte.

»So ist gut!«, befand Gudrun, die sich neugierig in der Küche umsah. Wieder hörten sie von oben den alten Göth schimpfen. Gudrun schaute ängstlich zu ihrer Mutter. »Das ist der Papa von Wieland«, erklärte Freya ihrer Tochter, »der ist sehr krank.«

»Muss der sterben?«, fragte sie. Ihre Mutter nickte. »Wie Papa?«

»Nicht ganz.«

Wieland fiel auf, dass Freya mit ihrer Tochter wie mit einem erwachsenen Menschen sprach. »Papa war im Krieg und ist dort gestorben.«

»Wie ist er gestorben?«, fragte die Kleine weiter.

»Das habe ich dir doch schon so oft erzählt«, Freya wollte das Gespräch beenden, aber Gudrun ließ nicht locker.

»Der Wolfgang hat gesagt, dass das ganz böse Menschen waren …«

»Gudrun«, unterbrach die Mutter den Redeschwall der Tochter, »das habe ich dir doch schon erklärt. Das waren keine bösen Menschen. Das war Krieg. Die Männer müssen in den Krieg und auf den Feind schießen. Viele tun das nicht gerne …« Sie sah zu Wieland herüber, der diesen Disput interessiert verfolgte.

»Krieg ist blöd!«, stellte das Mädchen schließlich kategorisch fest. Wieland trank seinen Kaffee aus, dann brachte er seinem Vater das Frühstück.

Während Freya und Gudrun vor der Tür warteten, schnallte er sich die Scheide mit dem Messer an seinen Unterschenkel.

Wieland und Freya hatten Gudrun in ihre Mitte genommen und hielten sie an der Hand. »Es gibt auch ein Karussell. Fährst du mit mir Karussell?« Das Mädchen schaute erwartungsvoll zu Wieland hoch. Je näher sie dem Fest kamen und je mehr der Lärm anschwoll, desto aufgeregter wurde sie. Obwohl schon seit Tagen die Sonne schien, waren die Gehwege immer noch feucht. Deshalb war auf den Straßen und Gassen und dem Platz vor der Kirche Stroh ausgelegt worden.

Vor den Häusern an der Hauptstraße in der Nähe des Kirchplatzes gab es Stände, an denen Süßwaren, Backwaren und Säfte verkauft wurden. Auf einem großen Rost brutzelten bereits Würste, der Duft hing würzig in der Luft, daneben hatte der Wirt der Germania seinen Stand, an dem er Bier vom Fass anbot. Er nickte und schaute dann mit finsterem Blick neugierig zu Wieland herüber, als er mit Freya und Gudrun vorüberging. Das Gedränge war schon sehr groß, und Wieland schaute in viele unbekannte Gesichter. Das Fest war ein Ereignis, das auch die Bewohner aus den Nachbarorten anzog. An manchen Stellen gab es kaum ein Durchkommen, es wurde geschoben, gedrängt und geknufft, aber die Freude über das Fest und die Wiederkehr der Glocke war so groß, dass sich niemand darüber ärgerte.

»Ist das laut!«, beschwerte sich Gudrun und hielt sich demonstrativ für einen kurzen Moment die Ohren zu. Und lachte.

Überall hing das Plakat, auf dem eine Belohnung von dreihundert Reichsmark für die Ergreifung des Russen Oleg ausgelobt wurde. Vor der Kirche war ein Podest errichtet worden, geschmückt mit Flaggen, die das Wappen des Dorfes und die deutschen Farben zeigten. Auch hier war das Plakat zu sehen, als wollte man sicherstellen, dass das verschwundene Mädchen und der dafür verantwortliche Russe nicht in Vergessenheit gerieten. Daneben standen schon die Notenständer für die Kapelle.

Vor dem Podest hatte man mehrere Reihen Stühle aufgestellt, die für Gäste von auswärts reserviert waren. Das Karussell, das auf dem anderen Teil der Hauptstraße stand, war noch nicht in Betrieb, aber Gudrun wollte schon einmal schauen, wo sie später Platz nehmen wollte. An einem großen Spieß, der von zwei Jungs gedreht wurde, hing ein ganzes Schwein. Das habe, erklärte einer der beiden mit vor Anstrengung keuchender Stimme, der Graf spendiert. Drei Winzer aus Heimersheim,

Appenheim und Volxheim hatten an unterschiedlichen Ständen ihre Tische mit Weinflaschen und Gläsern aufgestellt. Viele der Besucher hatten sich schon mit Wein und Bier versorgt und waren in ausgelassener Stimmung.

Wieland spürte, wie die Menschen in dieser entbehrungsreichen Zeit nach Abwechslung und Ablenkung gierten und sich freuten, wenigstens für einen Tag Vergessen finden und sich in die alten Zeiten zurückträumen zu können.

»Eine Limonade, ich möchte eine Limonade!« Gudrun riss Wieland aus seinen Gedanken und zog ihn und Freya zu einem Stand, an dem das Erfrischungsgetränk mit den Geschmacksrichtungen Quitte, Rose und Apfel angeboten wurde.

Wieland wühlte in seiner Hosentasche nach ein paar Münzen und kaufte dem Mädchen eine Rosenlimonade, die sie nah an ihren Körper hielt, damit niemand dagegen stieß und die wertvolle Flüssigkeit verschüttet wurde. Sowie sie ein klein wenig Platz hatte, trank sie einen Schluck.

Im Hintergrund begann die Kapelle, sich einzuspielen.

Karl-August Grün und seine Frau Walburga kamen ihnen im besten Sonntagsstaat entgegen. Entweder hatten sie ihre Verärgerung über Wielands Verhalten bei der Versammlung vergessen oder sich von der allgemeinen guten Stimmung anstecken lassen, sie grüßten ihn und seine beiden Begleiterinnen überaus herzlich und wiesen sie darauf hin, dass in einer guten halben Stunde der Gottesdienst beginnen würde und sie sich bald einen Platz sichern sollten.

Während Freya sich mit einer Bekannten unterhielt und Gudrun fasziniert mit einem Mädchen aus dem Dorf die Puppen bestaunte, die eine alte Frau mit Kopftuch auf einem einachsigen Holzkarren drapiert hatte, war Wieland an der Straße stehen geblieben. Plötzlich wichen die Menschen um ihn herum zur Seite, um zwei Automobilen, die im Schritttempo vorbeifuhren, Platz zu machen. Trotz des Strohs rutschten sie auf dem aufgeweichten Boden mehrmals hin und her, was aufgeregte

Ausrufe zur Folge hatte. Wieland drängte sich durch die Menge, um näher an die beiden Fahrzeuge heranzukommen, in denen drei Bürgermeister, der Regierungspräsident und sogar ein Minister saßen.

Vor der Kirche stand Karl-August Grün und wedelte aufgeregt mit den Armen. »Stroh, bringt Stroh her!«, rief er und wies auf eine Stelle etwas abseits, wo die Fahrzeuge parken sollten. Das Stroh sollte den Insassen einen schmutz- und matschfreien Gang zur Kirche gewährleisten.

»In fünf Minuten beginnt der Gottesdienst«, rief jemand über den Platz.

Freya trat zu Wieland und zog ihn mit sich, Gudrun unterstützte sie dabei. Die Menschen drängten sich vor der Kirchentür, Wieland nahm das Mädchen auf den Arm und hob sie auf seine Schulter. Sie fanden im Seitenschiff einen freien Platz, Freya setzte sich und nahm Gudrun auf den Schoß. Wieland suchte nach einem Stehplatz am Rand, von wo er die erste Reihe, in der der Bürgermeister samt Entourage Platz genommen hatte, gut im Blick hatte. Breitbach hatte sich in die Reihe dahinter gesetzt. »Ist der Graf nicht da?«, fragte er einen älteren Mann, der wohl unter Atemnot litt, so wie er keuchte.

»Der Graf?«, wiederholte der mit Mühe. »Der sitzt normalerweise dort oben.« Er wies auf eine Stelle über dem Schiff auf der anderen Seite, nicht weit vom Altar entfernt. Sie lag im Schatten, sodass Wieland nicht erkennen konnte, ob sich dort jemand befand.

Bald erschien Pfarrer Kramer und bat die Gemeinde, sich zu erheben. Wieland war gespannt, ob er sich zu frankreichfeindlichen Äußerungen hinreißen lassen würde, aber der beschränkte sich dann auf ein paar Spitzen in seiner Predigt, für die ihn aber niemand belangen könnte. Dafür hatte er Jeremia 29 aus dem Alten Testament ausgewählt, in der der Prophet die Exilierten in Babylon aufforderte, ihr Exil mit Blick auf die Zukunft zu gestalten und Häuser zu bauen, Bäume zu pflanzen und zu heiraten, natürlich nur untereinander und keine Babylonier. Jeder in der Kirche verstand die Anspielung.

Die Fürbitten waren unverfänglich. Sie gaben dem Wunsch nach Frieden und Ruhe Ausdruck – was natürlich auch Ruhe vor den Franzosen bedeuten konnte –, und nach dem Ende der Armut und der Aussicht auf Arbeit für die Männer, die den Krieg überlebt hatten. Und schließlich forderte er die Gemeinde auf, für die Seele der armen Josepha zu beten, dem alle mit großer Hingabe nachkamen.

Die Ankündigung befasste sich ganz mit dem Ereignis des Tages. Es wurde Joseph Karl von Damm, von allen »Der Graf« genannt, gedankt, durch dessen Großzügigkeit die Kirche endlich wieder eine Glocke erhielt und der unsägliche Zustand der Amputation damit beendet wurde, nachdem Kirche und Gemeinde das Geläut in großer Eintracht für den Sieg geopfert hatten. Anschließend erklärte Kramer den weiteren Fortgang der Feierlichkeiten, zählte die Redner und ihre Ränge auf. Mit einem »Auf dass es ein frohes und zukunftsweisendes Fest werde« und einem gemeinsamen Lied war der Gottesdienst an sein Ende gekommen.

Durch das Spalier der Gottesdienstbesucher verließen der Bürgermeister und alle Honoratioren die Kirche nach draußen, wo die Kapelle ein getragenes Lied spielte.

Dicht gedrängt standen die Menschen auf dem Platz. Bürgermeister Grün stieg auf das Podest, räusperte sich und zog sein Jackett zurecht. Er gab der Kapelle ein Zeichen, wartete den Applaus ab und dankte in seiner Rede zunächst dem Grafen, dem allein die neue Glocke zu verdanken sei, während noch viele der umliegenden Gemeinden und Dörfer mit einem provisorischen Kirchengeläut auskommen müssten. Dann ging er auf die schwierigen Zeiten ein, in denen sie lebten, und bat die Zuhörerinnen und Zuhörer, nicht die Hoffnung auf eine bessere Zukunft zu verlieren.

Die zwei Vertreter der Landesregierung wurden höchst

unterschiedlich empfangen. Der Erste, ein Mitglied der Deutschen Volkspartei, hatte, wiewohl er sich in seinen Aussagen sehr zügeln musste, den Großteil der Menschen auf seiner Seite. Er beklagte, dass von der inflationären Entwicklung in Deutschland nicht nur Industrie und Handel, sondern auch die Bevölkerung auf das Schwerste betroffen wären, in Rheinhessen noch stärker als im übrigen Reich. Wie dort führe die rasch fortschreitende Preissteigerung dazu, dass die Sicherung der elementarsten Lebensbedürfnisse für weite Teile der Bevölkerung mehr und mehr zu einem existenziellen Problem werde. Die nicht nur in der Provinz Rheinhessen, sondern auch im übrigen Reich erstellten Teuerungszahlen zeigten, welche Geldmittel eine fünfköpfige Familie innerhalb von vier Wochen benötige, um die gewohnte Menge von Nahrungsmitteln erwerben und die anfallenden Kosten für Miete, Heiz- und Leuchtstoffe tragen zu können. Lange anhaltender Applaus am Ende der Ansprache zeigte, dass er bei den Menschen einen Nerv getroffen hatte.

Dahingegen hatte der zweite Abgeordnete, er gehörte der sozialdemokratischen Partei an, einen weit schwereren Stand, immer wieder musste er sich Zwischenrufe gefallen lassen, trotz der ermahnenden Worte des Bürgermeisters. Er wurde mit sehr verhaltenem Applaus verabschiedet.

Ein Mann trat neben den Bürgermeister, flüsterte ihm etwas ins Ohr. Es war unübersehbar, dass er sehr aufgeregt war. Grün bat mit einer Geste seiner Hände neuerlich um Ruhe und erklärte, dass das Fuhrwerk mit der Glocke noch wenige Minuten vom Dorf entfernt sei, der aufgeweichte Boden habe das Vorankommen verzögert.

Ein Raunen ging durch die Menge. Aller Augen blickten in die Richtung, aus der das Fuhrwerk kommen sollte. Bald schon waren die Rufe der Kutscher zu hören. Als endlich die beiden Pferde in Sicht kamen, gab es kein Halten mehr. »Bravo, hurra, die Glocke« wurde gerufen, die Leute umarmten einander und schlugen sich gegenseitig auf die Schulter, einige wagten es, ihre Hüte und Mützen in die Luft zu werfen, von denen nicht wenige zum Bedauern der Besitzer und zur Belustigung der Umstehenden auf dem schlammigen Boden landeten.

Die beiden Kutscher manövrierten das schwere, dreiachsige Fuhrwerk durch das Spalier der dicht beieinanderstehenden Dorfbewohner und Gäste. Majestätisch thronte die Glocke auf der Ladefläche. Der Wind hatte die Tücher, die zum Schutz über die Glocke gelegt worden waren, zur Seite geweht. Immer wieder traten einzelne Personen vor, um die Glocke zu berühren. Manche beteten laut. Vor der Kirche kam das Fuhrwerk zum Stehen.

Nachdem der Bürgermeister um Ruhe gebeten hatte, begann der Priester mit der Segnung der Glocke und forderte zum gemeinsamen Gebet auf. Anschließend dankte er nochmals dem Grafen und vertröstete die Menschenmenge, dass es nun noch einige Zeit dauern werde, bis die Glocke ihren Platz im Kirchturm gefunden hätte. Bis dahin werde sie sicher im Schuppen eines Bauern untergestellt. Damit entließ er alle auf das Fest und gab der Kapelle das Zeichen aufzuspielen. An den Ständen bildeten sich gleich lange Schlangen, einige konnten es sich nicht verkneifen, Spottlieder auf die Franzosen zu singen. Andere beließen es bei »Die Wacht am Rhein«, »Deutschland, Deutschland über alles«, »Heil Dir im Siegerkranz« und »Siegreich wollen wir Frankreich schlagen«. Diese Lieder waren nicht verboten, aber es war bekannt, dass die Franzosen schon den einen oder anderen, der es gewagt hatte, sie in ihrer Nähe anzustimmen, nicht ohne Strafe hatten davonkommen lassen. Das konnte ein paar Tage Arrest bedeuten oder wenigstens einen Stoß mit dem Kolben des Gewehrs. Aber an diesem Tag war man unter sich. Hoffte das zumindest, denn hartnäckig hielt sich das Gerücht, der Franzose habe Spione unter die Besucher geschmuggelt.

Gudrun griff nach Wielands Hand und drängte ihn, mit ihr zum Karussell zu gehen, das von zwei Eseln bewegt wurde, die stoisch ihre Runden drehten. Dort angekommen, setzte sie sich mit einem Lächeln auf den Rücken eines Holzpferdes, das sich in leichten Auf-und-ab-Bewegungen im Kreis drehte. Die »Hüh! Hüh!«-Rufe, mit denen sie das Holzpferd um das Rund dirigierte, drangen in dem Lärm der Menge nur gedämpft bis zu Wieland durch. Zudem hing er seinen Gedanken nach. Er hatte fest damit gerechnet, dass der Graf an diesem Tag zum Fest kam, das ja allein seiner Großzügigkeit zu verdanken war, um ein paar Worte zu den Dorfbewohnern zu sprechen. Jetzt, wo der Höhepunkt der Feierlichkeiten mit der Ankunft der Glocke und dem Gottesdienst vorüber war, rechnete er nicht mehr mit ihm.

Nach drei Runden stand Freya wieder neben Wieland, nahm seine Hand und drückte sie einen Moment lang, dann gingen sie gemeinsam zu den Ständen, um sich mit Wein und Bratwürsten zu versorgen.

Am Stand für Eingemachtes drängte sich Wolfgang zwischen sie. »Na, so vertraut? Alte Liebe rostet nicht, was?« Er klopfte seinem Bruder auf die Schulter. »Und du, meine Kleine«, er beugte sich zu Gudrun herunter, »ist der Wieland nicht wie ein Papa zu dir? Geht mit dir aufs Karussell, das ist ein großer Spaß, nicht? Willst du mit dem Onkel Wolfgang an den Lutscherstand?«

»Was soll das, Wolfgang!« Wieland stellte sich zwischen seinen Bruder und das Mädchen.

»Nicht aufregen, kleiner Bruder, ich will doch nur nett sein. Aber dir kann man es ja nie recht machen. Oder, was meinst du, Freya? Ist schon ein komischer Kerl, der Wieland. Kommt und geht und geht und kommt, wie es ihm gerade gefällt.« Er schaute auf die Töpfe mit dem Kompott. »Schau mal, eingemachte Brombeeren. Da fällt mir doch eine lustige Geschichte ein. Vielleicht kocht Freya ja auch gerne Brombeeren ein.« Er wandte sich dem Mädchen zu. »Weißt du, das hat Wieland früher gerne gemacht. Aber er war ja noch nie der Geschickteste. Ist doch einmal beim Brombeersammeln tatsächlich in einen großen Strauch gefallen. Nackt, das muss man sich mal vorstellen.«

Nun mischte sich Freya ein. »Wolfgang, halt dein ungewaschenes Maul, mach deinen eigenen Kram und lass uns in Ruhe.

Wenn nicht, ich kann dir gerne noch mal die Funktion des Schraubstocks zeigen. Interesse?«

»Das werde ich dir auch noch heimzahlen!«, stieß Wolfgang hervor und rieb sich die Hand. Dann spuckte er vor den dreien aus und humpelte davon.

»Warum hat der gespuckt, Mama?«, fragte Gudrun, der Wieland mit einer sanften Geste kurz über die Wange strich.

»Er ist und bleibt ein Idiot!«, stieß Freya wütend aus und zu Gudrun gewandt: »Deshalb hat der das gemacht.«

»Weil er ein Idiot ist?«, fragte die unsicher nach.

Freya nickte. »Und wir lassen uns von einem Idioten nicht den schönen Tag vermiesen. An dem die Sonne so schön scheint.«

Sie liefen umher, wechselten hier kurz ein paar Sätze, verweilten dort einige Minuten an einem Stand, gerieten in einen leichten Plauderton, bis Freya von einer Bekannten zur Seite gezogen wurde und Wieland alleine weiterlief.

Es war inzwischen Nachmittag, er hatte schon mehrere Gläser Wein getrunken und spürte den Alkohol. Er wollte ein wenig Ruhe und stellte sich abseits des Trubels vor eine Hauswand.

»Willschte dir die Belohnung holen?«, sprach ihn ein Mann an.

Er hatte ein breites Tuch um Nase und Mund geschlungen. Mit einer Kopfbewegung wies er auf das Plakat mit den Gesichtern von Josepha und Oleg hinter Wielands Rücken, das dieser erst jetzt bemerkte.

»Deine Schwester!«

Heinrich Groß, ein Freund seines Bruders, stand vor ihm. Er sprach kaum verständlich, verzischte die Worte. Als er das Tuch ein Stück zur Seite schob, um einen Schluck Bier zu trinken, erkannte Wieland den Grund. Heinrich war ein Teil des Kiefers weggeschossen worden, ein Gueules cassées, eine zerschlagene Fresse, wie die Franzosen sagten.

»Isch finde ihn und bekomme dasch Geld!«, lachte er und führte noch einmal umständlich sein Glas zum Mund.

Heinrich war auch dabei, als sein Bruder und seine Clique ihm an der Brombeerhecke so übel mitspielten. Immerhin hatte er dafür gesorgt, dass man ihm seine Kleider ließ, damit er nicht nackt mit seinen blutenden Wunden durchs Dorf laufen musste.

»Was weißt du über meine Schwester und Oleg?«, fragte er.

Mit erstaunten Augen sah Heinrich ihn an. »Isch habe nichtsch damit zu tun!«, stieß er abgehackt und aufgeregt aus.

Wieland versuchte, ihn zu beruhigen. »Ich meine doch nicht, dass du etwas damit zu tun hast. Ich möchte wissen, ob du etwas weißt. Wie war das Verhältnis zwischen ihnen? Mochte die Josepha den Oleg?«

Heinrich schien das Nachdenken anzustrengen, bis er endlich verzagt nickte. »Manschmal haben sie zuschammengescheschen. Drauschen, an dem Baum, weischt du, hinter dem Schulhausch …« Das Sprechen strengte ihn sehr an, Schweißtropfen bildeten sich auf seiner Stirn.

»Du meinst die alte Eiche, wenn man hinter dem Schulhaus das Feld hochgeht?«

Heinrich nickte eifrig, wobei ihm das Tuch verrutschte, das er hastig wieder richtete. Der Ort war vor dem Krieg ein Treffpunkt für Liebespaare oder solche, die es werden wollten.

»Und was haben die dort gemacht?«

Heinrich zuckte mit der Schulter, dieses Mal achtete er darauf, dass die Bewegung nicht zu heftig war. »Reden«, antwortete er lapidar. »Nur reden.«

»Nicht mehr?«

Wieder wollte er heftig den Kopf schütteln, besann sich aber rechtzeitig. »Nur reden«, bestätigte er. »Schie haben gescheschen und geredet. Aber lange gescheschen und geredet.«

»Sag mal! Hatte die Josepha eine Freundin? Eine gute Freundin?«

Heinrich musste nicht lange nachdenken. »Ne, ne, die war allein. Immer allein.«

Wieland nickte, überlegte kurz, kramte in seiner Tasche und drückte dem verdutzten Heinrich mit einem »Hier, nimm das, das ist ehrlicher als die Belohnung« ein paar Münzen in die Hand und wäre am liebsten nach Hause gegangen, aber damit hätte er Freya enttäuscht. Er lief zwischen den Dorfbewohnern umher, die immer ausgelassener feierten, trank noch ein Bier, vermied es aber, sich auf längere Gespräche einzulassen.

Die Musik, die vom Kirchenvorplatz zu ihm herüberdrang, klang immer schräger, der Alkohol zeigte auch bei der Kapelle seine Wirkung. Wieland sah Willi, der zwischen den Leuten hin und her wuselte und jetzt auf ihn zukam. »Der da war … ein Etappen… schwein, hat sich immer schön … rausgehalten«, dabei blickte er zu einem unscheinbaren Mann von um die vierzig, der lächelte, als er bemerkte, dass er beobachtet wurde. »Die da hatte was mit dem … Metzger«, sagte Willi und deutete auf eine schlanke Frau, in deren verlebtem Gesicht sich Spuren der Verzweiflung zeigten. »Die da, das sind … die Speichellecker des Grafen«, er wies auf eine Gruppe um Paule. Dabei brachte er die Zunge im offenen Mund zum Vibrieren, zeigte dann auf Gerhard und drei weitere Männer. Wieland erstaunte, wie viel Willi mitbekam, dieser Junge, der von allen für nicht voll genommen wurde, den sie für eine Art Dorfdepp hielten.

»Ist was?«, fragte der, als er bemerkte, dass Wieland ihn nachdenklich betrachtete.

»Du bist ein Fuchs«, antwortete Wieland, und Willi erwiderte lächelnd: »Der ist listig. Manchmal hinterlistig.« Er wollte sich davonmachen, drehte sich aber nochmals um und sagte: »Der Graf, … der kommt heute noch.« Bevor Wieland ihn fragen konnte, woher er das wusste, war er schon in einer Menschengruppe, die sich gerade laut zuprostete und zu einem Lied ansetzte, verschwunden.

Die Feierlaune der Dorfbewohner schien unersättlich, als wollten sie an diesem Tag nachholen, was ihnen in den vergangenen Jahren verwehrt geblieben war.

Die Kapelle spielte jetzt Tanzmusik, sehr zum Verdruss der Menschen, die nach patriotischen Liedern riefen. Die Musiker machten sich einen Spaß daraus, die patriotischen Lieder kurz anzuspielen, um sie dann in Tanzmusik zu überführen. Zustimmendes Klatschen und enttäuschte und wütende Zwischenrufe wechselten einander ab.

Wieland schlenderte langsam an den Tanzenden vorbei, sah sich nach Freya und Gudrun um, als er mit einem Mal am Arm gepackt und auf die Tanzfläche gezerrt wurde. Gleich spürte er zwei Hände, die ihn an der Hand und um die Hüfte packten und herumwirbelten.

»Oho!«, ertönte es um ihn herum.

Die dunkelhaarige Frau mit dem seltsamen Namen, die ihn nach der Versammlung im Gemeindehaus angesprochen hatte, führte ihn selbstbewusst übers Parkett. Die dunklen Haare fielen offen und in leichten Wellen über ihre Schultern, wieder trug sie ein schwarzes Kleid, das den Ansatz ihrer Brüste offenbarte, die Taille betonte sie durch einen breiten dunkelgrünen, eng geschnürten Stoffgürtel.

Sie bewegte sich sicher und im Rhythmus der Musik, was Wieland schwerfiel.

»Ein großer Tänzer sind Sie nicht«, stellte sie nachsichtig fest. »Aber dennoch eine Abwechslung in diesem Dorf.« Sie wirbelte ihn so schwungvoll herum, dass sie mit einem anderen Paar zusammenstießen.

»Können Sie nicht aufpassen!«, wurden sie ermahnt, aber die Frau ließ sich davon nicht beeindrucken.

»Jede Lebenslust wollen die einem hier austreiben.« Sie packte seine Hand fester und zog ihn näher an sich heran. »Wissen Sie denn noch, wie ich heiße?« Sie wartete die Antwort nicht ab. »Apollonia.«

Wieland fand langsam Gefallen an dem Tanz, der ihn von seinen trüben Gedanken ablenkte. Die offensive Sinnlichkeit dieser Frau gefiel und schmeichelte ihm.

»Wissen Sie, was der Name bedeutet?« Wieder gab sie selbst die Antwort. »Die weibliche Form des Apolls. Der war bei Griechen und Römern der Gott des Lichts, der Künste und der Weissagung.«

Das Lied klang aus, ein neues, langsameres setzte ein. Apollonia drückte sich noch fester an Wieland, er konnte ihren Busen an seiner Brust spüren, was ihn gegen seinen Willen erregte.

»Ich will nach Berlin«, flüsterte sie, ihr Mund dabei so nahe an seinem Ohr, dass ihr Atem seinen Hals kitzelte. »Sie müssen mir helfen. Ich brauche Kontakte. Zum Film. Schauen Sie mich an. Sehe ich nicht aus wie Pola Negri?« Im Tanz drehte sie ihren Kopf ein wenig zur Seite, damit er sie betrachten konnte. »Sie müssen mich mit den Leuten dort bekannt machen. Wenn Sie mögen, gebe ich Ihnen eine Kostprobe meines Könnens. Mittwochnachmittags ist mein Mann nicht da. Da haben wir Ruhe. Kommen Sie durch die Backstube …« Sie lächelte ihn an, ließ die Spitze ihrer Zunge dabei kurz sehen.

»Marianne, bitte, es reicht!« Und leiser: »Du machst mich zum Gespött der Leute!«

Alfred Landenberger, der Bäcker, war neben sie getreten und hatte seine Frau an der Schulter gepackt. Sie wollte ihn mit einer Armbewegung abschütteln, aber er hielt sie fest im Griff.

»Apollonia, geben Sie nach!«, forderte Wieland sie leise auf.

»Wenn Sie das sagen. Ich freue mich ja so, dass Sie hier sind. Wenigstens ein Mann mit Manieren. Sie glauben ja nicht, was das alles für Grobiane in diesem Dorf sind.«

Die letzten Worte hatte sie ihm noch zugeflüstert, dann schob Wieland sie mit sanftem Druck von sich weg, denn das runde Gesicht des Bäckers hatte sich inzwischen knallrot gefärbt. Wieland konnte sich die Sprüche, die der Mann sich von seinen Stammtischbrüdern und seinen Kunden würde anhören müssen, sehr gut vorstellen. Dabei war es ihm ein Rätsel, wie diese beiden Menschen zusammengekommen waren. Und warum sich eine Frau wie sie auf diesen Bäcker einließ.

»Danke, mein Galan!« Apollonia verneigte sich leicht vor Wieland, bevor sie zur Seite trat und ihrem Mann bis an den Rand des Festplatzes folgte.

Die Auseinandersetzung zwischen den beiden konnte nicht lange gedauert haben, denn schon kurz darauf sah Wieland den Bäcker in einem Disput mit zwei anderen Männern, die sich reichlich angetrunken über ihn lustig machten.

Apollonia stand plötzlich wieder neben ihm und zog ihn ein Stück zur Seite. »Sie müssen mir helfen! Versprechen Sie mir das?«

Wieland blieb nichts anderes übrig, als zu nicken.

»Wollen Sie mich nicht auf ein Glas Wein einladen, Sie haben mich ins Schwitzen gebracht«, bemerkte sie anzüglich.

»Wie sind Sie in dieses Dorf gekommen?«, fragte er sie auf dem Weg zum Weinstand.

»Das ist eine lange Geschichte«, wich sie aus. »Ich werde sie Ihnen ein anderes Mal erzählen. Aber Sie müssen mir unbedingt berichten, wen alles Sie in Berlin kennen. Murnau. Lang. Die kennen Sie doch bestimmt persönlich. Froelich. Dreyer. May. Reinhardt. Piel. Lang. Lubitsch. Wiene. Sie müssen mich ihnen unbedingt vorstellen, wenn wir in Berlin sind.«

Wieland beschloss, die Frau in dem Glauben zu lassen. Sie holten sich am Weinstand zwei Gläser Wein und stießen an.

»Aber jetzt müssen Sie erst mir helfen.«

»Aber natürlich, mein lieber Wieland.« Sie sah ihn kokett an. »Wie kann ich das?«

»Haben Sie meine Schwester kennengelernt?«

»Oh ja«, bestätigte die Frau. »Sie ist ein schönes Mädchen. Fast eine Frau. Eine starke Frau.« Apollonia machte eine Pause, nippte am Wein. »Sie wissen, wie ich das meine. Innerlich stark. Sie weiß, was sie will. Ein bisschen wie Sie. Sie passt nicht in dieses Dorf. Das spürt man.«

»Und Oleg?«

Sie lächelte, trank noch einen Schluck. »Ein hübscher Bursche.

Ein fescher, wie die Wiener sagen. Da haben sich manche der Weiber hier die Augen nach ausgeschaut.«

»Die Leute sagen, dass er der Josepha nachgestiegen ist.«

Wieder glitt ein Lächeln über ihre Lippen. »Neid, nichts als Neid. Die Männer, weil … schauen Sie sich doch die Kerle an. Und die Frauen … schauen Sie sich doch die Frauen an.« Nun hatte ihr Lächeln einen Zug ins Maliziöse. »Die Josepha, die bestimmt selbst, wer ihr nachsteigt.«

Wieland betrachtete die Frau vor sich, die mit gespreizten Fingern ihr Weinglas hielt. Ihm gefiel, dass sie von seiner Schwester im Präsens sprach, sie ging also davon aus, dass sie noch lebte, anders als die anderen Leute im Dorf.

»Glauben Sie, dass Oleg meiner Schwester etwas angetan hat?«

Apollonia riss theatralisch die Augen auf. »Das habe ich doch schon gesagt. Josepha ist eine starke Frau …«

»Ich meine«, unterbrach Göth sie, »ob Josepha und Oleg …«

»Ein Paar sind?«, ergänzte Apollonia belustigt. »Fragen Sie nur freiheraus, mein lieber Wieland.« Sie schaute auf ihr Weinglas, trank einen Schluck. »Ja, ich glaube schon.«

»Aber alle hier …«

»Das sagte ich doch schon. Neid. Eifersucht. Das sind Kleingeister.«

»Warum sind die beiden dann nicht einfach weggegangen?«

Apollonia sah ihn verschwörerisch an. »Vielleicht sind sie das ja. Aber das passt nicht in das Bild der Menschen hier.«

»Und deshalb glaubt jeder, dass Oleg sie getötet hat …?« Die Frage hatte Wieland mehr an sich selbst als an die Frau gerichtet, die nickte und ihr Glas leerte. »Kein anderer Grund …?«

»Nun grübeln Sie nicht so viel, mein lieber Wieland«, forderte sie den Mann auf. »Wenn die beiden gegangen sind, dann sollten wir davon ausgehen, dass sie glücklich sind. Schauen Sie lieber nach Freya. Die ist auch eine Starke. Die bestimmt auch selbst«, fügte sie dann hinzu. »Ich habe gehört, dass Sie und Freya früher …?« Sie lächelte vielsagend.

Wieland ging nicht darauf ein. »Jemand legt auf das Grab meiner Mutter frische Blumen. Haben Sie eine Ahnung, wer das macht?«

»Galant, nicht wahr?«, erwiderte sie. »Eine schöne Geste. Wer das macht, weiß ich nicht. Aber es gibt eine Frau, die Witwe eines Tagelöhners, der man solche Aufgaben überträgt. Sie wohnt am Ende des Dorfes in einem Gartenhaus.«

Apollonia beschrieb ihm das Haus.

»Marianne, Weib, wo treibst du dich schon wieder rum?«, ließ sich Apollonias Mann vernehmen. »Ich muss morgen in der Früh in die Backstube.«

»Ich komme«, flötete sie und lächelte dabei Wieland an. »Sie müssen den Menschen in die Augen schauen. Die verraten alles. Manchmal auf den ersten Blick. Haben Sie sich die Augen der Kleinen angeschaut?«

Wieland sah sie verständnislos an.

Apollonia lächelte hintergründig. »Das Mädchen von Freya. Sie sind ganz schön begriffsstutzig. Ich wünsche Ihnen noch einen schönen Abend. Da ist übrigens Ihre Freundin …« Sie deutete mit dem Kopf die Richtung an.

Freya stand mit Gudrun am Rost für die Würste. Sie winkte ihm zu. Wieland wollte schon zu ihr gehen, da entdeckte er Helmut, der an der Kirche stand und jetzt auf die Gasse zuschlich, in der das Fuhrwerk mit den Kisten gestanden hatte.

Er gab Freya ein Zeichen zu warten, dann folgte er Helmut mit Abstand. Vor der großen Hecke auf der Rückseite des Pfarrhauses blieb dieser stehen, sah sich nach allen Seiten um und war mit einem Mal in der Hecke verschwunden.

Wieland eilte zu der Stelle. Die Hecke sah hier so undurchdringbar aus wie an anderen Stellen auch. Erst auf den zweiten Blick entdeckte er einen feinen, bogenförmigen Schnitt in den Ästen. Wieland drückte vorsichtig gegen die ausgeschnittene

Stelle. Es tat sich nichts. Erst als er den Druck erhöhte, öffnete sich die Hecke an dieser Stelle wie eine Tür nach innen. Er wartete und lauschte, machte dann einen Schritt hinein und sah sich um. Vor ihm lag der Pfarrgarten, darin einige Obstbäume und auf der anderen Seite, nahe dem Pfarrhaus, sah er Grabsteine. Wieland machte ein paar Schritte in den Garten hinein und meinte, ein paar Köpfe zu erkennen. Langsam schlich er weiter. Er hatte sich nicht getäuscht, vor dem Eingang in eine Gruft stand Helmut mit drei anderen Männern. Just in dem Moment, in dem ihm klar wurde, wohin die Männer die Kisten gebracht hatten, spürte er einen heftigen Stoß in den Rücken, der ihn zu Boden stürzen ließ. Geistesgegenwärtig rollte er sich zur Seite und sprang auf.

Im Halbkreis standen Helmut, Paule, Richard und ein ihm fremder Mann um ihn herum. Sie blickten ihn an, als hätten sie ihn erwartet. Wie ein Idiot war er in die Falle getappt. Er nahm eine Abwehrstellung ein, kreuzte die Hände vor der Brust. Alle hatten sie Waffen in der Hand. Paule einen Schlagring, Richard eine Eisenstange und Helmut und der unbekannte Mann ein Messer. Helmut machte einen Schritt auf ihn zu, aber Wieland parierte schnell und schlug ihm mit einem ungewöhnlichen Handkantenschlag das Messer aus der Hand. Auch Paules Schlagring konnte er ausweichen. Schließlich traf ihn die Eisenstange zwischen Nacken und Schultern und ließ ihn in die Knie gehen. Die Männer waren sofort über ihm. Helmut setzte sich auf seine Brust und hob sein Messer.

»Lass das sein, du Narr!«, hörte Wieland eine ihm unbekannte Stimme. Sie strahlte so viel Autorität aus, dass Helmut im Stechen innehielt. »Helft dem Mann auf die Beine! Das ist ja schlimmer hier als im Hamburger Hafen.«

Der Anordnung wurde gleich Folge geleistet, wenn auch recht grob, was sicher nicht unbeabsichtigt war. Helmut verpasste ihm noch einen Schlag gegen die Schulter.

»Los, geht, ihr tumben Schläger, macht Platz!«

Der Mann, der Wieland möglicherweise gerade das Leben gerettet hatte, war nicht groß, höchstens einen Meter siebzig, und von schmaler, fast hagerer Statur. Seine Gesichtszüge hatten etwas Asketisches, die Haut spannte sich fest über die Knochen, wirkte ledern. Er trug Reitkleidung. »Joseph Karl von Damm«, stellte er sich vor. »Die meisten nennen mich ›Der Graf.‹

Wieland schluckte. Die Überraschung war gelungen. Eine Überrumpelung. »Wieland …«, sagte er in Richtung des Grafen.

Der wiegelte mit dem Anflug eines Lächelns ab. »Ich weiß, wer Sie sind. Sie sind der Mann, der die, soll ich es Unverfrorenheit oder soll ich es Chuzpe nennen, besitzt, meiner Einladung keine Folge zu leisten. Herr Göth, das wagen nicht viele, und ich hoffe, dass Sie gute Gründe dafür haben. Ihr Vater ist sehr krank, und die Leiche Ihrer Schwester wurde noch immer nicht gefunden, da kann ich Nachsicht üben. Ja, ich denke, das muss ich in diesem Fall sogar.«

Der Tonfall des Grafen war hochnäsig, arrogant, aber Wieland meinte, auch eine Traurigkeit herauszuhören.

»Ich bin mir nicht sicher, ob meine Schwester tot ist. Solange ihre Leiche …«

»Es ist mir zugetragen worden, dass Sie diesem Irrglauben anhängen. Aber glauben Sie mir, Herr Göth, sie ist tot. Ich bin älter als Sie, ich hatte in meinem Berufsleben viel mit Russen zu tun, war selbst mehrmals im Reich des Zaren. Das sind andere Menschen als wir Deutschen. Ein anderer Charakter. Aber lassen Sie uns nicht von der Vergangenheit sprechen. Was ich da eben gesehen habe«, er imitierte kurz Wielands Handkantenschlag, mit dem dieser Helmut das Messer aus der Hand geschlagen hatte, »das hat mir gefallen. Sehr gefallen. Sehr effektiv. Kämpft man so nicht in Asien? In China? Oder Japan?«

Wieland antwortete nicht.

»Sie wissen, dass ich eine Idee verfolge?« Er blickte Wieland an, der noch immer nicht reagierte, was den Grafen aber nicht zu beeindrucken schien. »Nun, es ist die Idee eines starken

Deutschlands. Geschaffen von den vereinten fortschrittlichen Kräften in diesem Land. Ein starkes Deutschland, das wieder die Stellung in Europa und der Welt erhält, die ihm zusteht, das den Diktatfrieden von Versailles abschüttelt und das die Verräter zur Rechenschaft zieht. Es gibt sie, diese fortschrittlichen Kräfte, es gibt sogar sehr viele Menschen, die sie unterstützen, die den Glauben und den Willen zu einem starken Deutschland in sich fühlen, aber sie kämpfen nebeneinander oder sogar gegeneinander anstatt gemeinsam. Da will ich ansetzen, Herr Göth. All diese fortschrittlichen Kräfte zusammenführen, sie einen zu einer so starken Kraft, dass die Welt erzittert.« Er beobachtete die Wirkung seiner Worte auf sein Gegenüber. »Sie sind ein Mann des Zweifels, Herr Göth. Das kann ich verstehen. Der war ich in meinen jungen Jahren auch. Aber lassen Sie uns miteinander sprechen. Ich würde Sie gerne an meiner Seite wissen. Wir brauchen Männer wie Sie für unsere Sache. Denken Sie darüber nach!« Damit wandte er sich um und ging zur Hecke. Die vier Männer folgten ihm. »Übrigens, Herr Göth, so ein Kampf braucht Männer, die kämpfen können. Nicht nur mit Gewehr und Messer.« Er wandte sich um und imitierte nochmals Wielands Handkantenschlag. »Das war gut. Sehr gut. Und vor allem sehr effektiv. Das wird für den Kampf um die Säle und die Straße ganz wichtig sein. Ich erwarte Sie am ...«, er sprach, als denke er laut nach, »ich muss morgen leider für ein paar Tage verreisen, am Freitag. Ja, am Freitag um elf Uhr bei mir auf dem Gut.«

Helmut öffnete den Durchlass in der Hecke, und der Graf verließ den Garten des Pfarrhauses, ohne sich noch einmal umzudrehen. Vor der Hecke wurde er von Martin Breitbach erwartet. Gemeinsam gingen die beiden Männer davon.

Wieland hätte sich in dem Garten und vor allem in der Gruft gern noch ein wenig umgesehen, aber Helmut machte ihm unmissverständlich klar, dass er den Pfarrgarten zu verlassen habe.

Draußen bemerkte er, dass er am Kinn blutete.

Das Fest neigte sich dem Ende zu. Viele der Stände waren schon abgebaut und nur die hartnäckigen Trinker noch zugange.

»Da ist er!«, hörte er Gudruns Stimme.

»Wo warst du denn?«, fragte ihn Freya, die zu ihm getreten war. »Was ist passiert? Und warum bist du eben weggerannt?« Mit einem Taschentuch wischte sie das Blut von Wielands Kinn. »Wir gehen zu mir!«, stellte sie kategorisch fest, und ein Blick in Gudruns Gesicht zeigte ihm, dass auch sie einverstanden war.

23

Am Morgen kam Gudrun ins Schlafzimmer ihrer Mutter gerannt, hüpfte aufs Bett und drängte sich zwischen Freya und Wieland. »Bleibst du jetzt bei uns?«, fragte sie ihn freudig.

Er zog schnell die Bettdecke über sich, aber das Mädchen hatte noch einen Blick auf die Tätowierung auf seiner Schulter werfen können.

»Was ist das?«, fragte sie neugierig.

»Das nennt man Tätowierung«, erklärte er.

»Das wird mit einer Nadel in die Haut geritzt«, ergänzte Freya.

»Das tut ja bestimmt sehr weh«, meinte Gudrun und verzog das Gesicht. »Und warum hast du das gemacht?«, fragte sie weiter.

»Es gefällt mir. Und es ist auch eine Erinnerung.«

Darüber schien das Mädchen nachdenken zu müssen. »Warum eine Erinnerung?«

Wieland ließ sich Zeit mit der Antwort. Was sollte er ihr sagen? »An eine andere Zeit. An ein anderes Leben«, erklärte er in einem Tonfall, der deutlich machte, dass er das Thema gerne beenden wollte.

Freya hörte interessiert zu. Gudrun ließ nicht locker. »Das sind aber komische Zeichen. Hast du eine komische Erinnerung?«

Wieland blieb ernst, überlegte. »Das sind japanische Schriftzeichen.«

»Japanisch?«

»Das ist ein Land auf der anderen Seite der Erde«, erklärte nun Freya, selbst neugierig geworden.

»Und was bedeuten die …?«

»Das erkläre ich dir ein anderes Mal!«

»Was ist das?« Gudrun ließ nicht locker. Sie pikte mit spitzem Finger auf ein handflächengroßes Tiermotiv unter den Schriftzeichen.

»Das ist ein Tiger.«

»Ein Tiger?«

»Eine große Katze.«

»Wie groß?«

Wieland streckte seine Hand erst aus dem Bett, dann weit nach oben.

»So groß«, staunte Gudrun.

»Was macht der …«, sie überlegte kurz, »Tiger?«

»Er lebt im Urwald. Aber jetzt genug gefragt. Wieland muss noch etwas klären«, ermahnte sie die Mutter.

Er hatte Freya am Abend auf dem Weg zu ihr in knappen Worten von seinem Gespräch mit dem Grafen erzählt. Sie hatte das mit einem »Die Idioten wollen schon wieder Krieg. Als hätte der eine nicht gereicht, als hätten sie nichts dazugelernt« kommentiert.

Gudrun war aus dem Bad zu hören.

»Das mit den japanischen Zeichen musst du mir auch erklären«, sagte Freya. Wieland reagierte nicht darauf.

Wenig später verließ er die Schmiede. Im Dorf kam ihm Willi entgegen, sichtlich aufgeregt. »Schnell!«, rief er ihm zu. »Beeil dich! Dein Va…!« Er war ganz außer Atem.

»Ruhig, Willi!«, versuchte Wieland, ihn zu beruhigen. Ohne Erfolg.

»Wolfgang schreit. Ist böse. Dein Vater …« Willi schnappte nach Luft.

»Was ist mit meinem Vater?«

»Tot. Er ist tot. Wolfgang schreit herum.«

Wieland rannte zum Schulhaus. Sein Bruder erwartete ihn schon unter der Tür und beschimpfte ihn wüst.

»Wo treibst du dich nachts rum? Hurst rum und der Vater verreckt hier.«

Wieland versuchte, ruhig zu bleiben. »Hast du schon den Pfarrer informiert?«, fragte er, was Wolfgangs Zorn nur noch verstärkte.

»Das Bett ist voller Blut. Er hat sich erbrochen. Sollte ich ihn einfach liegen lassen?« Wütend drehte er sich um und hinkte ins Haus. Dabei schlug er mit der Krücke besonders fest auf dem Boden auf. Als hätte er sie seinem Bruder gerade über den Schädel gezogen.

Schweigend richteten sie das Bett her und zogen dem Vater saubere Kleider an. Anschließend lief Wieland zum Pfarrer Kramer, der durch Willi schon in Kenntnis gesetzt worden war.

Kramer war zum Schulhaus gekommen, und sie hatten geregelt, was zu regeln war, der Termin für den Gedenkgottesdienst und die Beerdigung war für Freitag festgelegt worden, der Tag, an dem der Graf Wieland erwartete.

Nach dem Gedenkgottesdienst, den der Pfarrer wieder für seine völkischen und antifranzösischen Tiraden nutzte, gingen die meisten der Anwesenden gemeinsam zum Friedhof. Vier Männer aus dem Ort zogen den Karren, auf dem der Sarg aufgebahrt lag, den Hügel hinauf. Durch das trockene Wetter der letzten Tage war der Boden nun fest. Willi lief eine Weile neben Wieland her und teilte ihm mit, dass er dem Grafen Bescheid gegeben und der Verständnis gezeigt habe.

Fast jeder aus Rombelsheim war beim alten Göth in die Schule gegangen, und drei ehemalige Schülerinnen und Schüler erinnerten in kurzen Rückblicken an ihre Zeit mit dem Mann, dem klassische Bildung so wichtig war und der sich zu Höherem berufen fühlte, um dann als Lehrer sein Dasein in einem Dorf zu fristen, dessen Bewohner nur selten über die Ortsgrenzen hinauskamen.

Auch Wolfgang hatte die Ambitionen seines Vaters nicht

erfüllen können, sodass er sich ganz auf die Bildung seines so andersgearteten zweiten Sohnes Wieland konzentrierte, der seinen Erwartungen zunächst auch gerecht wurde. Er hatte das Gymnasium in der nächstgrößeren Stadt besucht und sich schon für ein Studium in Frankfurt am Main eingeschrieben, war dann aber ein Jahr vor Ausbruch des Großen Krieges einfach abgehauen.

Die Enttäuschung, solche Bauernlümmel, wie der alte Göth sie nannte, dessen Vater immerhin Privatdozent an der Universität in Heidelberg gewesen war, unterrichten zu müssen, ließ er seine Schüler deutlich spüren, was nicht zu seiner Beliebtheit beitrug. Den Ärger über die Aufgaben, Strafen und Schläge, die der Dorfschullehrer reichlich austeilte, ließen die Schüler an Wieland aus.

Die ehemaligen Schüler zeigten wenig Begeisterung in ihrer Rückschau, aber da man einem Toten ja nichts Schlechtes nachsagte, bemühten sie sich und sprachen freundlich von »Schrullen«.

Immerhin attestierte Pfarrer Kramer dem verstorbenen Arbogast Göth in seiner Predigt, dass er ein strenger Christ und vor allem ein guter Deutscher gewesen sei. Und auf diese zwei Tugenden käme es bei einem Mann doch an.

Als Wieland mit seinem Bruder die Beileidsbekundungen der Anwesenden entgegennahm, sah er, dass auf der anderen Seite des Friedhofs ein Mann am Grab der Tochter des Grafen stand. Während Wieland noch überlegte, ob dies der Graf selbst war, sah er außerhalb des Friedhofsgevierts einen weiteren Mann stehen. Er war klein und schmächtig, bekleidet mit einem schmutzigen Arbeitsanzug, wie ihn die Landarbeiter trugen, der weit um seinen Körper schlackerte. Seine Schirmmütze hatte er tief in die Stirn geschoben. Er sah aus, als wäre er direkt vom Feld gekommen. Aus Neugier?

»Mein Beileid!«

Wieland sah kurz auf. Der Bäcker stand vor ihm, drückte ihm die Hand, ging zur Seite. Dann drängte sich Apollonia an ihn heran, umarmte ihn und nutzte die Nähe, ihm inständig und mit Verzweiflung in der Stimme ins Ohr zu flüstern, er möge seine Kontakte in Berlin für sie spielen lassen. Ihr Mann, der Bäcker, habe sie wieder geschlagen, weil sie mit ihm auf dem Fest getanzt hatte. Sie drückte ihn noch einmal, dann folgte sie ihrem Mann.

Inzwischen war die Person mit der Schirmmütze verschwunden.

Wieland blieb nach dem Ende der Zeremonie noch am Grab seines Vaters stehen.

»Mein aufrichtiges Beileid, Herr Göth!«

Er blickte hoch. Vor ihm stand der Graf.

Er streifte den Lederhandschuh von seiner rechten Hand und reichte sie dem Trauernden. »Ich hatte nicht das Vergnügen, von Ihrem Vater unterrichtet worden zu sein, aber ich halte Bildung für eine wichtige Voraussetzung für die Größe einer Nation. Was wir brauchen, sind fähige Ingenieure und Wissenschaftler, die denen anderer Nationen überlegen sind.« Er zog den Handschuh wieder an. »Danke, dass Sie Willi geschickt haben. Was halten Sie von morgen als Ersatztermin? Am späten Nachmittag. Wenn Sie Hilfe im Haus brauchen, lassen Sie es mich wissen. Ich kann Ihnen zwei meiner Männer schicken. Kräftige Kerle, die anpacken können.«

Hinter dem Grafen waren plötzlich zwei Männer aufgetaucht. Sie wirkten in der Tat sehr kräftig.

»Man hat mir zugetragen, Herr Göth«, nahm der Graf das Gespräch wieder auf, »dass der Bürgermeister Sie auf der Versammlung mit Odysseus verglichen hat, der nach langer Irrfahrt in seine Heimat zurückgekehrt ist. Ich war überrascht. So viel Bildung habe ich dem Mann nicht zugetraut. Aber ist die Analogie richtig? Ist er nicht zurückgekommen, um die Freier seiner Frau aus seinem Palast zu vertreiben? In der Gestalt eines Bettlers? Sie kamen zwar in armseliger Aufmachung nach Rombelsheim, Herr Göth, aber weniger aus Gründen der Tarnung.« Er machte eine Pause. »Oder doch?«, fragte er dann. »Sie besitzen weder einen Palast noch eine Frau, um die gefreit wird. Was also ist der Grund für Ihr Kommen? Eine Frage, die mich sehr interessiert. Rache?« Er sah Wieland direkt in die Augen. »Vielleicht sollte ich Ihre Nähe meiden.« Das klang wie eine Drohung.

Als wären die letzten Sätze nicht gesprochen worden, fuhr er nach einer kurzen Pause fort: »Mein Angebot steht, Herr Göth. Lassen Sie uns morgen darüber reden. Und, mein lieber Herr Göth, darf ich ehrlich zu Ihnen sein?«

Wieland sah den Mann überrascht an, dessen Augen zeigten plötzlich eine Härte, die sich auch in seiner Stimme spiegelte.

»Ohne Ihnen nahetreten und ohne das Andenken an Ihren Vater beleidigen zu wollen: Ihre Mutter war eine besondere Frau. Ich hatte das große Vergnügen, sie einige Male zu sprechen. Sie hätte einen anderen Mann verdient.«

Wieland war zu überrascht, um darauf sofort reagieren zu können. Erst auf dem Weg zum Gemeindehaus wurde ihm bewusst, was der Graf ihm hatte sagen wollen. Dass er selbst der richtige Mann für seine Mutter gewesen wäre. Er fragte sich, ob ihr Freitod etwas damit zu tun hatte.

Im Gemeindehaus hatte Freya den Leichenschmaus mit Kaffee und Kuchen organisiert. Nachdem ihr gemeinsamer Besuch auf dem Fest schon Dorfgespräch gewesen und auch nicht verborgen geblieben war, dass sie dieses zusammen verlassen hatten, bot dieser Liebesdienst weiteren Stoff für Spekulationen. Die einen sahen in ihnen ein schönes Paar, andere erregten sich darüber, dass Freyas Mann erst drei Jahre tot war und sie sich noch nicht mit einem anderen einlassen dürfe.

»Jetzt bin ich für die ein Flittchen«, flüsterte sie ihm ins Ohr.

Dessen ungeachtet nahmen sie ganz selbstverständlich nebeneinander Platz, Wieland dankte in einer kurzen Rede den Anwesenden für ihre Anteilnahme und Freya für ihre Unterstützung und den Trost, den sie ihm spendete, eine Mehrdeutigkeit, die er nicht beabsichtigt hatte und die zu vereinzelten Lachern führte.

Wolfgang wollte mit seinem Bruder ein Gespräch darüber beginnen, was nun mit dem Haus und dem Erbe geschehen solle, doch Wieland wiegelte ab und verwies auf Josepha.

»Die ist nicht mehr, versteh das endlich!«, schnauzte ihn sein Bruder an und verließ wütend das Gemeindehaus.

Mit dem Kaffee und dem Kuchen lockerte sich die Stimmung, es wurde geschwatzt und gelacht, nach und nach gingen die Gäste, darunter auch Apollonia und der Bäcker. »Sie will Filmstar werden«, sagte Wieland zu Freya, »was ist das für eine Geschichte?«

»Soviel ich weiß und was die Gerüchteküche im Dorf so hergibt«, erklärte Freya, »ist das eine Geschichte wie aus einem Film, mit ihr in der Hauptrolle. Das Drehbuch könnte etwa so aussehen: Eine Frankfurter Unterweltgröße hat eine Geliebte. Als die sich auf ein Verhältnis mit einem Herrn aus der Wirtschaft einlässt und die Unterweltgröße das mitbekommt, droht der, sie umzubringen und den Liebhaber mit dazu. Da sie weiß, wie ernst der es meint, flieht sie zu unserem Bäcker, den sie auf einer Veranstaltung in der Stadt kennengelernt und der ihr Avancen gemacht hat. Damals natürlich ohne jede Chance. Aber er hat ihr seinen Wohnort genannt, und daran erinnert sie sich nun. So kommt sie zu ihm ins Dorf. Er verspricht ihr, dass sie bleiben kann, wenn sie ihn heiratet. Sie geht darauf ein und bemerkt dann, in welches Gefängnis sie sich begeben hat. Also sucht sie jemanden, der sie wieder aus diesem Gefängnis herausbringt.«

»Eine schöne Geschichte, wirklich filmreif«, kommentierte Wieland, »und ich soll jetzt eine Rolle darin übernehmen, damit es eine Fortsetzung gibt.«

»Ja!«, bestätigte Freya kurz angebunden und stellte eine Flasche Wein und zwei Gläser auf den Tisch. »Das haben wir uns verdient«, sagte sie, schenkte ein, hob ihr Glas und prostete ihm zu. »Was treibt dich in Wahrheit hierher, Wieland Göth?«, fragte sie, mit einem Mal sehr ernst.

Er überlegte, einen Moment zu lange. »Ich komme von hier«, wich er aus. »Aus diesem Dorf.«

»Das weiß ich, aber das ist kein Grund. Nicht für dich«, stellte sie kategorisch fest. »Es sind keine Heimat- oder Familiengefühle. Ist es Rache?«

»Für was?«, entgegnete Göth.

»Ich weiß es nicht. Aber du führst etwas im Schilde, das spüre ich.«

Er schwieg, sie insistierte weiter.

»Dann diese Tätowierung. Man lässt sich so etwas nicht einfach so machen. Du erzählst niemandem, was du im Krieg gemacht hast. Warum?«

Wieland schwieg weiter.

»Man erzählt sich im Dorf hinter vorgehaltener Hand, dass du was mit Elses Tod zu tun hast.« Sie sah Wieland eindringlich an.

Der verzog keine Miene. »Soll ich sie vielleicht umgebracht haben?«

»Nein, natürlich nicht. Aber vielleicht weißt du etwas …«

Zusammen mit Gudrun verließen sie das Gemeindehaus.

Kurz hinter dem Dorf, wo der Weg zur Schmiede abzweigte, erklärte er ihr, dass er an diesem Abend für sich sein wolle.

Freya schaute ihn ernst an. »Du musst mir die Wahrheit sagen, Wieland, bitte!«

24

Der nächste Tag begann mit einem heftigen Streit. Wolfgang war früh am Morgen aufgetaucht und warf dem Bruder vor, den Tod des Vaters verschuldet zu haben. Wäre er in besagter Nacht im Elternhaus gewesen, würde der Vater noch leben. Ein Wort gab das andere, weitere Streitpunkte kamen hinzu. Freya, die Verteilung des Erbes und vor allem Josephas Schicksal. Die fehlende Leiche und die, wie Wieland zugeben musste, vagen Aussagen, dass Oleg und Josepha vielleicht ein Paar waren, wollte der Bruder nicht gelten lassen. Als Wieland ihm schließlich an den Kopf warf, dass er den Eindruck habe, er wünsche der Schwester den Tod, stürzte dieser sich wutentbrannt auf seinen jüngeren Bruder. Nur mit Mühe konnte Wieland ihn sich vom Leib halten.

Schließlich war Wolfgang fluchend aus dem Haus gerannt.

Früh am Nachmittag nahm Wieland sein Messer aus dem Versteck, befestigte es am Unterschenkel und verließ das Schulhaus.

Bevor er sich auf den Weg zum Grafen machte, wollte er die Gartenhütte aufsuchen, in der nach Apollonias Aussage die Frau lebte, die die Blumen auf das Grab seiner Mutter und der Tochter des Grafen legte.

In der engen Gasse mit den windschiefen kleinen Behausungen der Tagelöhner, die man nicht als Haus bezeichnen und in denen ein normal groß gewachsener Mensch kaum aufrecht stehen konnte, musste er nicht lange suchen. Die Witwe hatte nach dem Tod ihres Mannes ihr Haus verlassen müssen, ein anderer Tagelöhner zog ein. Er ließ sie jedoch in der kleinen Laube hinter dem Häuschen wohnen, zum Dank dafür, dass sie das Haus sauber hielt und sich um den kleinen Garten kümmerte.

Der Raum, in dem die alte Frau lebte, bot gerade einmal Platz für ein Bett und einen kleinen Ofen, der ihr auch als Kochstelle diente.

Sie reagierte verstockt, als Wieland sie fragte, in wessen Auftrag sie die Blumen auf die Gräber lege. Schließlich erklärte sie unter Tränen, dass dieser Auftrag ihr das Überleben sichere, ein kleines, aber regelmäßiges Einkommen, von dem ihr Vermieter, der davon Wind bekommen habe, allerdings einen kleinen Teil als Miete einstreiche.

Erst als Wieland ihr mehrfach versicherte, dass er sie nicht verraten würde, erzählte sie ihm, dass eines Tages ein Mann zu ihr gekommen sei und ihr den Auftrag erteilt habe, Blumen auf die Gräber von Wielands Mutter und der Tochter des Grafen zu legen und sie in einer bestimmten Form zu arrangieren. Die Blumen würden frühmorgens an einer bestimmten Stelle vor dem Dorf hinterlegt, zusammen mit ein paar Münzen. Inzwischen wisse sie von dem Arbeiter, der die Blumen dort deponiert, dass der Auftrag direkt vom Grafen komme.

Wieland drückte der Alten zum Dank ein paar Münzen in die Hand.

Das Gut des Grafen lag etwa vier Kilometer westlich des Dorfes. Auf halbem Weg war ein Waldstück, das bis über die Grenze zur Pfalz reichte. Der Weg im Wald war noch feucht und rutschig, die Sonne drang hier kaum bis zum Boden durch.

Er war schon ein Stück weit vorgedrungen, als er ein Geräusch hörte. Er versuchte, es zu orten. Vorsichtig machte er ein paar Schritte in den Wald hinein, schlug sich tiefer ins Unterholz. Die Geräusche wurden lauter, ein metallisches Kratzen war zu vernehmen und dazu ein Stöhnen, als ginge jemand einer anstrengenden Arbeit nach. Er wähnte sich schon am Ziel, als er einen Ast auf dem Boden übersah, der unter seinem Tritt mit einem lauten Knacken in zwei Teile zerbrach. Nicht weit von ihm entfernt sprang eine Person auf und nahm eine kämpferische Haltung an. Sie hatte ihre Mütze so weit ins Gesicht gezogen, dass er das Gesicht nicht erkennen konnte.

»Bleiben Sie!«, rief Wieland. »Ich will …«

Weiter kam er nicht. Die Person wandte sich um und lief in den Wald hinein, sprang geschmeidig wie eine Katze über Baumstämme, Äste und andere Hindernisse.

Wieland folgte ihr einige Meter, doch schon bald war sie zwischen den Bäumen verschwunden. Er kehrte zurück an die Stelle, an der er sie aufgescheucht hatte. Getarnt durch Äste, stand dort eine Falle mit zwei angespannten Klauen, die zusammenklappten, wenn ein Tier in sie hineintrat.

»Wilderer«, schoss es Wieland durch den Kopf. Er besah sich die Falle und fand Spuren von Blut an den scharfzackigen Klauen.

Bisher hatte Wieland das Gut des Grafen nur aus größerer Entfernung gesehen. Nun kam es ihm mit jedem Schritt, den er sich näherte, noch abweisender vor.

Das Tor stand offen, zwei Männer stellten sich ihm in den Weg. Er nannte seinen Namen und wollte weitergehen.

»Durchsuchen!«, sagte der eine zum anderen. Routiniert tastete der ihn ab und sah kurz auf, als er auf das Messer stieß. Kommentarlos nahm er es ihm ab und reichte es dem anderen Mann. »Kriegen Sie zurück, wenn Sie gehen! Der Graf kommt gleich!«, war alles, was er sagte.

Wieland schaute sich um. Zu seiner Rechten befand sich das Wohnhaus, ein großer Bau mit einem Brunnen vor der Treppe, die zum Eingang führte. Das Haus war von einer großen, kurz geschnittenen Rasenfläche umgeben, an deren Rändern Blumenbeete angelegt worden waren. Im hinteren Teil des Gutes, getrennt von mehreren Koppeln, in denen noch mit den Tieren gearbeitet wurde, waren die Stallungen und Boxen für die Pferde zu erkennen. Gegenüber dem Tor befanden sich mehrere kleinere Gebäude, die, so vermutete Wieland, als Wohnraum für die Arbeiter und das Gesinde dienten. In einer anderen Ecke stand ein Gewächshaus. Das Zentrum bildete der Brunnen, aus dem zwei Frauen Wasser schöpften, das die Pferdeknechte zu den Stallungen trugen.

Menschen liefen herum, niemand schien Notiz von ihm zu nehmen.

Dann hörte er ein Rumpeln und sah von den Stallungen einen Einspänner auf sich zukommen, auf dem Bock saß ein Mann mit langem Mantel und einem breitkrempigen Hut auf dem Kopf.

Kurz darauf trat der Graf aus einem der Gebäude und kam auf ihn zu. Er trug eine blutverschmierte Schürze, die fast bis zum Boden reichte. »Entschuldigen Sie bitte meinen Aufzug und dass ich Ihnen nicht die Hand geben kann, mein lieber Herr Göth«, begrüßte er seinen Besucher. »Bis eben war der Veterinär hier«, er blickte dem Einspänner nach, »eine besonders wertvolle Stute hat gefohlt. Ich ziehe mich schnell um und bin dann bei Ihnen.« Er sah sich um, rief »Heinrich!« und winkte einen Mann zu sich. »Zeigen Sie unserem Gast schon mal die Stallungen«, wies er ihn an und eilte mit weit ausholenden Schritten zum Wohnhaus.

Wieland sah hinter ihm her. »Er hat eine unglaubliche Energie, der Graf. Und das in seinem Alter«, bemerkte Heinrich.

Sie gingen quer über den Hof, Heinrich erklärte die Nutzung der einzelnen Gebäude. »Da sind die Jungtiere«, sagte er, als sie schließlich die Boxen erreicht hatten. »Das sind Damian, Dorian und Daria«, führte er weiter aus und zeigte nacheinander auf drei noch junge Pferde, die neugierig aufschauten, als sie in die Box traten.

»Alle Namen beginnen mit ›D‹«, bemerkte Wieland.

»Ja, die D-Linie, die liebste des Herrn von Damm«, erklärte Heinrich.

»Und die beste«, ergänzte der Graf, der in Begleitung eines

kräftigen Kerls hereingekommen war. Aus dessen Hosenbund ragte deutlich sichtbar der Knauf einer Schusswaffe. »Danke, Heinrich!«, sagte er zu seinem Bediensteten, der daraufhin geräuschlos die Box verließ und die Männer alleine zurückließ.

Der Graf sah Wieland ernst an. »Nochmals mein herzliches Beileid, Herr Göth. Der Tod des Vaters ist ein tiefer Einschnitt im Leben eines Mannes. Ganz gleich, wie man zu ihm gestanden hat. Man übernimmt jetzt die Rolle des Oberhauptes in der Familie. Mein Vater ist leider sehr früh verstorben, ich war gerade elf Jahre alt. Ich weiß noch heute, wie wütend ich gewesen war, dass er mich allein gelassen hat. Aber ich habe gelernt, das Positive zu sehen: Ich musste früh meinen Mann stehen, hatte niemanden, der mich beschützte, also musste ich mich selbst beschützen und mir mein Leben aufbauen. In aller Bescheidenheit darf ich sagen, dass mir dies recht gut gelungen ist.«

Sie waren inzwischen aus der Box in den Hof getreten, wo der Graf mit einer ausladenden Armbewegung auf seinen Besitz deutete. »Kommen Sie, ich zeige Ihnen mein Gut!«

Der Mann mit der Waffe folgte ihnen in gebührendem Abstand, aber doch nah genug, um den Grafen jederzeit schützen zu können.

Er führte Wieland in einen größeren Stall, in dem mehrere Pferde untergebracht waren. Zwei Männer und eine Frau waren mit dem Reinigen von Sätteln beschäftigt. An einer Wand hing eine Reihe von Geschirren. Während der Graf von den Vorzügen dieser oder jener Rasse erzählte, von den Aufgaben, die diese besser als jene erfüllte, betrachtete Wieland das Wappen an einem der Geschirre. Es zeigte zwei gekreuzte Klingen und die Buchstaben »JED«, kunstvoll ineinander verschlungen. Das gleiche Wappen hatte er auf dem Geschirr des Pferdes gesehen, das vor der Kirche das Fuhrwerk mit den Kisten gezogen hatte.

»Sie haben ein eigenes Wappen?«

»Ja«, antwortete der Graf kurz angebunden, ohne weitere Erklärung und schob seinen Gast unwirsch weiter. Sie kamen zu einer großen Scheune, aus der laute Hammergeräusche drangen. Mehrere Männer waren hier mit dem Sägen und Polieren von Holz beschäftigt.

Wieland blickte den Grafen fragend an.

»Ich werde auf meinem Gut einen Kongress veranstalten. Dies wird der Tagungsraum. Im Haus ist zu wenig Platz, da ich die Räume dort als Schlafräume benötige. Ich werde Ihnen später davon erzählen. Lassen Sie uns weitergehen. Ich zeige Ihnen das alles, damit Sie sehen, wie ernst es mir mit meinem Anliegen ist.«

Sie kamen an einem weiteren, kleineren Schuppen vorbei. Die Tür stand offen, und Wieland wagte einen Blick hinein. Zuerst fiel ihm das Arbeitswerkzeug auf, das hier gelagert wurde, Äxte, Hämmer, Sägen, Feilen. Dann aber entdeckte er an der Wand drei Fallen wie die, die er im Wald gesehen hatte.

Dem Grafen entging Wielands Interesse nicht. »Interessieren Sie sich für Fallen?«, fragte er.

»Benutzen Sie die?«, erwiderte Wieland und versuchte, nicht allzu interessiert zu klingen.

Der Graf lachte und bekam einen bösartigen Zug um den Mund. »In gewisser Weise ja.« Er lachte wieder. »Ich jage damit Wilderer. Ich weiß wohl, dass die Menschen nichts im Magen haben, aber das Land um das Gut gehört mir und damit auch die Tiere, die dort leben. Und da ich ein Mann bin, der große Stücke auf Recht und Ordnung hält und Besitz respektiert, kann ich nicht dulden, wenn mir jemand nimmt, was mir gehört.«

»Und haben Sie schon …?« Wieland versuchte, sich vorzustellen, wie das Bein eines Menschen aussah, der in so eine Falle geriet. Die Person, die er eben noch im Wald beim Hantieren mit einer solchen Falle überrascht hatte, kam ihm in den Sinn. Sie war weggelaufen, als er auftauchte, war also eher nicht im Auftrag des Grafen unterwegs. Es dürfte sich um einen schlauen Wilderer gehandelt haben.

Der Graf lachte nochmals. »Nein, nein. Glauben Sie mir, ich will keinen der Menschen hier zum Krüppel machen. Davon haben wir nach dem Krieg schon genug. Das hieße nur einen arbeitsfähigen Mann weniger. Nein, ich habe in den Dörfern bekannt gegeben, dass ich im Wald Fallen aufstellen ließ. Allerdings habe ich dabei mit der Zahl ein wenig übertrieben, damit jeder Gedanke an Wilderei schon im Keim erstickt.«

»Wirklich schlau!«, pflichtete ihm Wieland bei.

»Dass es gelingt, liegt wohl eher an der Einfalt der anderen.«

Sie gingen Richtung Wohnhaus, der Graf verlangsamte seine Schritte, und mit ihm sein Begleiter mit der Waffe, der stets in der Nähe blieb.

»Damit wir uns richtig verstehen, lieber Herr Göth, ich bringe Ihnen im Moment sehr großes Vertrauen entgegen. Ich werde Ihnen gleich von ein paar Plänen berichten, die noch nicht für die Öffentlichkeit bestimmt sind und in die nur ein kleiner Kreis ausgewählter Menschen eingeweiht ist.« Er hatte das in feierlichem Ton gesagt. »Ich erwarte, dass Sie sich dieses Vertrauens für würdig erweisen.« Er sah Wieland ernst an. »Tun Sie das nicht, sollten Sie wissen, dass wir gegenüber Verrätern kein Pardon kennen. ›Verräter verfallen der Feme!‹«

Wieland reagierte auf seinen eindringlichen Blick mit verhaltenem Nicken.

Sie standen neben einem Steintisch, auf dem eine junge Frau gerade ein Tablett abstellte, darauf eine Flasche Wein und zwei Gläser.

»Ich hoffe, Sie mögen einen guten Rheingauer?« Er senkte seine Stimme und lächelte, dieses Mal hatte es etwas Verschmitztes. »Sagen Sie das aber niemandem. Der Rheinhesse kann da empfindlich reagieren. Und ich brauche diese Menschen ja noch. Sie wissen ja: ›Verräter verfallen …‹«

Er füllte die Gläser, und sie stießen miteinander an, dann begann der Graf mit seinen Ausführungen.

»Ich hatte Ihnen bereits im Garten der Kirche gesagt, dass die fortschrittlichen Kräfte in Deutschland leider sehr zerstritten sind und deshalb keine Schlagkraft entwickeln.« Er machte eine Pause, nahm einen Schluck. Seine Augen flackerten vor Erregung. Er nahm noch einen Schluck. »Ich habe Vertreter all dieser Klubs und Bünde zu einem Kongress eingeladen, um ihnen meine Idee einer starken, gemeinsamen Bewegung nahezubringen und sie davon zu überzeugen, dass wir nur gemeinsam siegen können. Der Kongress wird hier, auf meinem Gut, stattfinden.«

Wieland nickte anerkennend. »Wann wird das sein?«, fragte er.

»Bald, mein lieber Herr Göth, bald. Und ich möchte, dass Sie dabei sind.«

Die junge Frau kam auf sie zugeeilt, machte einen Knicks, sprach leise mit dem Grafen, der sich dann an seinen Gast wandte. »Das Essen ist angerichtet. Lassen Sie uns nach drinnen gehen.«

»Wir müssen eine gemeinsame Strategie entwickeln«, setzte er seine Ausführungen auf dem Weg zum Haus fort. »Sie glauben gar nicht, wie viele herausragende Personen es gibt, die auf unserer Seite stehen. Sagt Ihnen der Name Werner Best etwas? Nein? Sehr jung, unglaublich, noch Schüler, aber schon Feuer und Flamme für unsere nationale Sache. Ich habe auch ihn eingeladen. Wir müssen alle Deutschen ansprechen. Junge, Alte, Arbeiter, Professoren. Alle Menschen deutschen Bluts.«

Sie hatten das Haus erreicht und stiegen die Stufen nach oben.

Das Mädchen ging ihnen ins Speisezimmer voraus, wo sie sich an einen langen Tisch setzten, der für zwei Personen gedeckt war. Großformatige Gemälde, die Jagdszenen, Reitbilder und kampfbereite Soldaten in Uniformen der Befreiungskriege zeigten, schmückten die Wände. Zwei große Leuchter hingen an der Decke, an der Wand standen Kommoden und offene Regale. Ein Kamin heizte den Raum ordentlich ein. Auch jetzt blieb der bewaffnete Mann in ihrer Nähe.

Das Mädchen trug das Essen auf und hielt dabei einen auffällig großen Abstand zum Grafen, der das mit einem schiefen Lächeln quittierte. Dann kam er auf den von ihm sehr bewunderten italienischen Schriftsteller, Kampfflieger und Kriegshelden Gabriele d'Annunzio zu sprechen, der im Herbst des letzten Jahres in die Hafenstadt Fiume an der adriatischen Küste mit einigen Getreuen einmarschierte und die Republik von Fiume ausrief.

»Und warum?« Der Graf stieß den Zeigefinger seiner rechten Hand steil in die Luft. »Weil man Italien und den Italienern die versprochene Kriegsbeute verweigert hat. D'Annunzio war im Krieg zwar unser Feind, aber was uns eint, ist unsere Haltung, unser Einstehen für unsere nationale Sache.«

Das Mädchen kam wieder herein und schenkte Wein nach.

Der Graf wechselte jetzt das Thema. »Sie stellen viele Fragen im Dorf, Herr Göth. Nach Ihrer Schwester, nach diesem …, nun, wie heißt er, Oleg, nach mir. Sie wollen wissen, wer Blumen auf das Grab Ihrer Mutter legt.«

»Ich war viele Jahre fort, ich hatte keinen Kontakt ins Dorf und stelle jetzt fest, dass sich vieles verändert hat. Ist es da nicht naheliegend, dass ich Fragen stelle?«, erwiderte Wieland.

»Wohl wahr, aber warum kommen Sie mit Ihren Fragen nicht gleich zu mir? Mit bleibt nichts verborgen. Sie würden sich viel Zeit und Mühe sparen. Und nicht den Verdacht aufkommen lassen, dass Sie anderes im Schilde führen.« Er hielt einen Moment inne. »Ich nehme an, dass das Messer, das Sie mit sich führen, nur zu Ihrer Verteidigung dient?«

Der Graf ließ keinen Zweifel daran, dass er genau das Gegenteil glaubte. Warum, fragte sich Wieland, hatte er ihn dann eingeladen? Wollte er ihn von seinen politischen Visionen überzeugen und für seine Sache gewinnen, wie er behauptete? Oder war das alles nur eine Farce? Machte der Mann sich einen Spaß daraus, mit ihm zu spielen, um ihn am Ende umbringen zu lassen?

»Die Flause bezüglich Ihrer Schwester werde ich Ihnen nicht ausreden können, fürchte ich, vielleicht muss man als Bruder so reagieren. Wobei …«, der Graf machte eine Kunstpause, trank einen Schluck Wein, tupfte sich den Mund ab, »… ich habe mich natürlich auch erkundigt. Abgesehen davon, dass Sie viele Jahre fort waren und keinen Kontakt zu Ihrer Schwester hatten, waren Sie ihr doch noch nie sehr verbunden.«

Er blickte Wieland an, der nichts darauf erwiderte.

»Was die Blumen angeht«, sprach der Graf weiter, »Sie werden in meinem Auftrag auf die Gräber gelegt. Ihre Mutter hat eine Zeit lang für mich gearbeitet. Eine äußerst respektable Person. Als ich von ihrem tragischen Tod hörte, dessen Umstände mir leider nicht bekannt sind, war es eine Selbstverständlichkeit für mich, ihr auf diese Weise meine Verehrung zu zeigen.«

Selbstzufrieden griff der Graf zu seinem Glas. Der Zynismus, der in seinen Worten lag, brachte Wieland innerlich auf. Zum Glück kam das Mädchen und brachte das Dessert.

»Ist es nicht ungerecht, dass wir so üppig zu Abend essen, während viele Menschen da draußen in den Dörfern hungern?«, fragte Wieland, nachdem der Tisch abgeräumt war.

Der Graf ließ sich Zeit mit der Antwort. »Die Menschen sind nicht alle gleich«, sagte er schließlich. »Das sollten wir akzeptieren. Es gibt die, die führen, und die, die geführt werden. Oder besser: geführt werden müssen.« Er leerte sein Glas. »Lassen Sie uns ins Raucherzimmer gehen!«

Er stand sogleich auf und verließ den Speisesaal. Sein Wächter folgte ihm und nahm an der Zwischentür Aufstellung. Wieland blieb noch eine Weile am Tisch sitzen, dann folgte er ihnen.

Als er das Raucherzimmer betrat, zündete sich der Graf mit einem Holzspan eine Zigarre an. Auf dem Tisch standen drei gut gefüllte Cognacschwenker, dazwischen eine Schale, in der mehrere Zigarren lagen. »Sie gefallen mir, Herr Göth«, sagte er und blickte auf. »Sie wissen einen guten Wein zu schätzen. Ich hoffe, Sie sind wie ich auch Freund eines guten Cognacs.«

Wieland legte seine Stirn gespielt in Falten. »Wenn ich richtig informiert bin, ist dies ein Getränk aus dem Land unserer Feinde. Deren Truppen im Rheinland stehen.«

»Man sollte das nicht so verbohrt sehen. Stattdessen von allem das Beste nehmen. Und sind Deutsche und Franzosen nicht aus einem Stamm? Karl der Große, ein Franke und ein Deutscher.« Er reichte Wieland ein Glas. »Auf Deutschland!«

»Zum Wohl!«, erwiderte Wieland.

»Nehmen Sie Platz, mein Lieber. Da wären wir ja wieder beim Thema. Die französischen Truppen im Rheinland …« Er wartete, bis sein Gast sich gesetzt hatte. »Die Besatzung an sich ist schon ein unhaltbarer Zustand. Fünfzehn Jahre werden die Truppen des Feindes im Rheinland stehen. Fünfzehn Jahre Unterdrückung und Gewalt. Aber das reicht dem Franzosen nicht. Er schickt Neger ins Rheinland. Negersoldaten, die Deutschen Befehle erteilen dürfen. In Frankfurt haben diese Negersoldaten vor zwei Wochen auf Deutsche geschossen. Es gab viele Tote und Verletzte. Unschuldige Menschen. Zivilisten. ›Hinmordung wehrloser Frauen und Kinder durch schwarze Truppen‹ hat das ein württembergischer Abgeordneter genannt. Klare Worte, mein lieber Herr Göth.« Er ließ sich Zeit mit dem nächsten Schluck Cognac, als müsse er sich erst einmal beruhigen, sah seinen Gast dann ernst an. »Solche klaren Worte …«

Seine Rede wurde durch ein Klopfen an der Tür unterbrochen. Der Mann mit der Waffe, der immer noch an der Zwischentür stand, öffnete. Martin Breitbach trat ein. Wieder schien es Wieland, als seien Ort und Zeitpunkt, eigentlich der ganze Ablauf des Abends, genau inszeniert worden.

»Komm nur herein, Martin!« Breitbach war in der Tür stehen geblieben.

Der Graf und Wieland standen auf.

»Sie haben sich ja bereits kennengelernt. Martin Breitbach ist, nun ja, wie soll ich sagen, mein Berater, der Mann mit den Kontakten, ein Stratege. Also ein Mann, der viel herumgekommen ist, der die Welt gesehen und eine breite Bildung genossen hat.

Und vor allem: ein Mann, der meine Ideen teilt und der weiß, wie man sie zu den Menschen bringt.«

Breitbach war an diesem Tag mit einem brauen Tweedanzug bekleidet, unter dem er ein weißes Hemd und Weste sowie einen leuchtend roten Ascot trug. Wieland schaute ihn verwundert an.

Von Damm war sein Blick nicht entgangen. »Martin hat mehrere Jahre in England gelebt und einige Eigenheiten von dort mitgebracht. Das betrifft ganz offensichtlich seine Kleidung, aber er zeigt auch eine Vorliebe für Tee und Gin. Heute allerdings, Martin, musst du mit Cognac vorliebnehmen.«

Der gab sich gleichermaßen liebenswürdig. »Da ich weiß, mein lieber Joseph«, er sprach den Namen englisch aus, »dass dir nur das Beste gut genug ist, bin ich mir sicher, dass es an der Qualität dieses Cognacs nicht das Geringste zu kritisieren geben wird.« Ohne weitere Aufforderung nahm er sein Glas, prostete den beiden anderen Männern zu. Dann nahmen sie Platz.

Alle schwiegen, schwenkten ihren Cognac, nippten an ihren Gläsern.

»Ich wollte Ihr Gespräch nicht unterbrechen«, sagte Breitbach und blickte von Wieland zum Grafen.

»Wir sprachen über die Besetzung des Rheinlandes und die Negersoldaten, die der Franzose einsetzt, um uns zu demütigen, und über den barbarischen Vorfall in Frankfurt«, erklärte der Hausherr.

»Eine schlimme Sache«, bestätigte Breitbach.

»Sie mögen mich für einen Zyniker halten, Göth, aber die Sache hat auch ihr Gutes: Sie mobilisiert die Menschen. Ein publizistisches Geschenk, mit dem wir nicht nur die Menschen in Deutschland gegen die Besatzung wachrütteln können, sondern in der ganzen Welt. Kennen Sie Edmund Morel?«

Wieland verneinte mit einem angedeuteten Kopfschütteln.

»Ein britischer Journalist. Er hat im *Daily Herald* einen Artikel veröffentlicht, überschrieben mit ›Black Scourge on

Rhine – Sexual Horror let loose by France on Rhine‹. Der Begriff der Schwarzen Schande macht schon die Runde. Vortrefflich und völlig unverfänglich, weil aus britischer Feder. Morel bezeichnet die Besetzung des Rheinlands als Kulturschande und Prostitution. Er berichtet von zahlreichen sexuellen Übergriffen, Vergewaltigungen und Syphilis. Sie wissen, was das bedeutet: die Vernichtung des deutschen Volkes. Indem wir die Wut und den Hass auf die Franzosen hochhalten, ziehen wir die Menschen auf unsere Seite.«

Breitbach sprach kühl und abgeklärt, anders als der Graf, der im Gespräch mit Wieland sehr aufgewühlt über die Besetzung und den Einsatz von Truppen aus Afrika gesprochen hatte.

»Herr Göth«, wechselte Breitbach das Thema, »Ihnen ist sicher bewusst, dass viele hier Sie für einen Spitzel der Franzosen halten. Die Art und Weise, wie Sie die Menschen befragen, irritiert diese.« Er legte bewusst eine Pause ein, »manche nennen es schnüffeln. Der Abend an der Kirche, Ihr Eindringen in den Pfarrgarten während des Festes …«

Wieland nippte an seinem Cognac.

»Haben Ihre … Befragungen, wenn ich es so nennen darf, denn etwas ergeben?«

Wieland blieb weiterhin stumm.

»Frei von der Leber, wie man so sagt«, schaltete sich von Damm ein.

»Nun, es deutet einiges auf antifranzösische Aktivitäten hin. Äußerungen, die ich gehört habe, die aber in Anbetracht der allgemeinen Situation nicht verwunderlich sind.«

Die beiden Männer hörten Wieland konzentriert zu.

»Dann habe ich einen Blick auf Plakate werfen können, die den französischen Besatzern sicher nicht gefallen dürften. Und ich wurde Zeuge einer Aktion in der Dunkelheit.«

Breitbach nickte. »Ich nehme an, dass Sie die erwähnte Aktion vor der Kirche meinen.«

»Ja, es wurden Kisten von einem Wagen verladen, der offensichtlich dem Grafen gehört. Jedenfalls war auf dem Geschirr der Pferde das Wappen des Herrn von Damm zu sehen.«

»Sehr richtig beobachtet, Herr Göth«, bestätigte Breitbach, tauschte schnell einen Blick mit dem Grafen, bevor er weitersprach.

»Nun, wo beginne ich? Sie wissen, dass der Handel mit dem unbesetzten Teil Deutschlands nur in geringem Maße möglich ist. Und die bürokratischen Hürden sind riesig. Das betrifft nicht nur die Einfuhr, sondern auch die Ausfuhr von Waren. Das führt zu Versorgungsproblemen der Bevölkerung, die nach Ende des Krieges schon genug unter den Zwangsreparationen, den verordneten Einquartierungen, der Inflation leidet. Außerdem hat die Wirtschaft mit äußerst starken Belastungen und Einschränkungen zu kämpfen: Wichtige Rohstoffe, Ersatzteile und Maschinen können nicht eingeführt werden, Waren, die rheinhessische Bauern, Handwerker und Industriearbeiter herstellen, können nicht ausgeführt werden. Nehmen Sie zum Beispiel den Wein. Die rheinhessischen Winzer leben vom Export, deren Abnehmer sitzen nicht nur in Deutschland, sondern auf der ganzen Welt. Ohne Exportmöglichkeit müssen sie ihre Betriebe schließen.«

Breitbach nahm sich eine Zigarre aus der Schale, schnitt sie mit einem Cutter an und ging zum Kamin. Dann sprach er weiter. »Es ist unsere menschliche und patriotische Pflicht, den Menschen zu helfen: den Bauern, den Arbeitern. All denen, die um ihr täglich Brot kämpfen.« Er zündete sich mit einem Holzspan aus dem Kamin die Zigarre an. »Sehr gut, Joseph.« Wieder sprach er den Namen englisch aus. »Wir schmuggeln selbst, und wir unterstützen Schmuggler, Herr Göth«, führte Breitbach nun weiter aus. »Wir helfen den Menschen zu überleben. Mit Nahrungsmitteln. Mit den notwendigen Teilen für ihre Maschinen. Dass dies verboten ist, ist uns bewusst, aber Herr von Damm sieht sich in der Verantwortung. Für die Menschen und für die Region.«

Er drehte sich um, sah kurz aus dem Fenster. Wieland folgte seinem Blick. Erwartete er noch jemanden? Dann sprach er weiter.

»Dass in dem besagten Fall ein Geschirr vom Gut des Grafen Verwendung fand, war eine Unvorsichtigkeit, allein den Umständen geschuldet, denn es war im Vorfeld zu unvorhergesehenen Schwierigkeiten gekommen. Zum Glück hatte diese Unvorsichtigkeit keine negativen Folgen. Und Sie werden doch darüber auch schweigen, Herr Göth?«

Wieland nickte leicht und nippte an seinem Cognac.

»Mögen Sie keine Zigarren?«, schaltete sich der Gastgeber ein. »Probieren Sie nur!« Zielsicher griff er in die Schale. »Eine Robustos aus Kuba, versuchen Sie die.«

Dann machte er Wieland mit der Prozedur des Anzündens vertraut. Unsicher zog er an seiner Zigarre, was den beiden anderen Männern ein mildes Lächeln abrang.

»Für jeden von uns ist es das erste Mal gewesen, Herr Göth«, sagte der Graf mit einer Mischung aus Nachsicht und Herablassung.

»Nun, Sie werden verstehen«, nahm Breitbach den Faden des Gesprächs wieder auf, »dass wir es nicht gerne haben, wenn uns jemand nach … spioniert.« Er hatte bewusst eine Pause gesetzt.

»Wir verfolgen eine politische und eine humane Agenda«, ergänzte der Graf.

»Leider haben wir Hitzköpfe in unseren Reihen, Menschen, die wir nicht Tag und Nacht kontrollieren können. Der Tod dieses Separatisten, zum Beispiel. Ich bin überzeugt, dass der Mann diese Strafe verdient hat, aber das ist im Moment nicht opportun. Es führt zu schärferen Gesetzen, Durchsuchungen, mehr Präsenz von französischen Soldaten und Spitzeln und gefährdet unser Hilfsprogramm. Sie haben den Auftritt der französischen Soldaten vor einigen Tagen ja sicher mitbekommen.«

Wieland sah die beiden Männer nacheinander an. »Das ist in der Tat aller Ehren wert: Sie setzen Waffen ein, die direkt in die Herzen der Menschen zielen.« Die Mehrdeutigkeit war von Wieland durchaus beabsichtigt.

»Wenn Sie es so ausdrücken möchten«, kommentierte der Graf. »Unser Angebot steht. Helfen Sie uns, den Menschen zu helfen. Übrigens, diese Kampftechnik, das hat mir imponiert, so etwas brauchen wir.«

Breitbach schaltete sich ein. »Herr von Damm hat mir davon erzählt. Bewundernswert. Soviel ich weiß, wird sie in Asien gelehrt. In China und in … Japan, nicht wahr?«

Wieder diese Pause. Wieland überlegte, was Breitbach über ihn wissen konnte.

»Ich hatte das, wie soll ich es nennen, Vergnügen, auf einem meiner Feldzüge einen Mann kennenzulernen, der viele Jahre in China gelebt und diese Techniken erlernt hat. Er hat mir ein paar Dinge beigebracht.«

»Reisen bildet«, bemerkte der Graf sarkastisch.

»Wie wahr!«, stimmte Breitbach dem Grafen zu.

»Warum machen Sie ein solches Geheimnis daraus, wo Sie im Krieg gekämpft haben? Wo Sie die Zeit danach verbracht haben? Im Dorf erzählt man sich, dass Sie bei den Freikorps waren. Im Baltikum. Waren Sie einer von denen, die man mit Land gelockt hat?«

»Der Krieg ist vorbei«, versuchte Wieland das Thema zu beenden.

»Der Krieg ist nie vorbei«, war die die kategorische Antwort des Grafen. Wieland erinnerte sich, dass sein Bruder genau diesen Satz auch gesagt hatte. »Die Revolution, die wir wollen, ist auch ein Krieg.«

»Ich habe morgen eine lange Reise vor mir und würde mich jetzt gerne verabschieden«, sagte Breitbach. »Es war mir ein Vergnügen, lieber Herr Göth, mich mit Ihnen zu unterhalten, und ich hoffe, dass wir Sie als einen der Unseren bald wiedersehen werden«, sagte er und stand auf. »Joseph!«, er machte eine knappe Verbeugung zum Grafen. »Ich melde mich.«

Damit verließ er das Raucherzimmer, in dem sich der Graf und Wieland noch eine Weile unterhielten. Belanglosigkeiten mit Hintersinn, als hätten sie es darauf abgesehen, den anderen zu einer unbedachten Äußerung zu verleiten.

Wieland fühlte sich nach dem vielen Wein und den Cognacs nicht mehr ganz sicher auf den Beinen.

»Leider kann ich Ihnen kein Bett auf meinem Gut anbieten«, bedauerte der Graf. »Ich werde Gerhard, einen meiner Männer, bitten, Sie mit der Kutsche nach Rombelsheim zu bringen.« Der Graf öffnete eines der tiefen Fenster im Raum und rief über den Hof nach dem Mann.

»Es ist angespannt, Herr von Damm!«, rief der über den Hof zurück, und Wieland vernahm ein leises Wiehern, dann das Schaben der Kutschräder auf dem losen Untergrund des Hofes.

Der Graf geleitete Wieland zur Tür. »Es war mir ein Vergnügen, Herr Göth. Schließen Sie sich uns an!«

Wieland nickte und verabschiedete sich.

»Übrigens, Herr Göth«, rief der Graf ihm nach, als der bereits auf dem Weg zur Kutsche war, »diese Freya ist eine sehr aparte Frau. Leider war das Schicksal nicht gnädig mit ihr. Ihr Mann, Sie wissen das ja sicher. Ich habe ihn fast drei Jahre beschäftigen können, aber irgendwann waren auch mir die Hände gebunden. Ich würde mich freuen, wenn Sie und Freya … Sie wissen … eine Frau braucht einen Mann, sie braucht einen Ort, an den sie gehört.« Dann kam er näher: »Das hätte ich fast vergessen, Herr Göth«, begann er, und dem Angesprochenen war klar, dass dies eine dreiste Lüge war, »ich habe meine Kontakte spielen lassen. Nirgends bei den Freikorps taucht Ihr Name auf. Niemand kennt Sie!«

Gerhard blickte Wieland finster an, als der neben ihm auf dem Kutschbock Platz nahm. Wieland wusste, mit wem er es zu tun hatte. Gerhard war einer von Helmuts Leuten, denen er in der Germania und dann nach dem Glockenfest im Garten der

Kirche begegnet war. Wieland griff prüfend nach dem Messer, das ihm die Wache am Tor zurückgegeben hatte.

»Würde niemand Sie vermissen, wenn ich Sie hier abmurkse«, presste Gerhard hervor, als sie in den Wald fuhren. »Würde dem Grafen sagen, dass Sie während der Fahrt abgesprungen und in den Wald gelaufen sind.« Er stieß ein kurzes asthmatisches Lachen aus. »Ich verstehe nicht, dass der Graf Sie einlädt. Und dann wieder gehen lässt. Riecht man doch fünfzig Meter gegen den Wind, dass Sie faul sind. Faul wie zwanzig Juden.« Er spuckte aus.

Mit jedem Wort schwappte Wieland ein Schwall seines alkoholisierten Atems entgegen. Wäre der Mann nüchtern gewesen, hätte er das als Provokation und ein Spiel abtun können, so war die Situation einfach nur gefährlich. Vielleicht aber öffnete der Alkohol dem Mann den Mund. Vielleicht wollte der Graf ihn auf diesem Weg loswerden.

»Kann ich verstehen«, bemerkte Wieland, nachdem sie in halsbrecherischem Tempo eine Kehre genommen und zwei der Räder die Bodenhaftung verloren hatten. Gerhard fing das schlingernde Fuhrwerk wieder ein. Wieder gab er dieses asthmatische Lachen von sich. »Ich komme von auswärts, war jahrelang nicht hier gewesen. Da sind Zweifel berechtigt.«

»Reden Sie doch nicht so geschwollen daher!« Er knallte zweimal laut mit der Peitsche. Beim Rückholen streifte sie nur knapp an Wielands Kopf vorbei.

»Ich hasse die Franzosen genauso wie Sie. Nur weil ich das nicht bei jeder Gelegenheit von mir gebe, heißt das noch nicht, dass ich mit denen gemeinsame Sache mache.«

»Das ist leicht gesagt. Taten! Taten sind entscheidend. Haben Sie was vorzuweisen?«

Der stark alkoholisierte Gerhard navigierte das Gespann völlig sicher durch die dunkle Nacht. Doch kurz vor Ende des Waldstückes krachte das rechte Rad der Kutsche in eine Vertiefung. Der ruckartige Schlag katapultierte Wieland fast vom Bock. Er konnte sich gerade noch festhalten.

»Verdammte Mistlöcher!«, fluchte Gerhard, begleitet von seinem typischen Lachen. Wieland war sich unsicher, ob er das Loch nicht absichtlich angesteuert hatte.

»Dein Bruder, der hat Mumm … bei dem weiß ich, wo der steht.«

»Mein Bruder? Der?«

»Red nicht so abfällig! Der hat als Krüppel tausendmal mehr Mut als du!«

»Wie das?«

»Wie das? Wie das?«, äffte Gerhard ihn nach. »Der hat was gemacht.«

Wieland sagte nichts.

»Glaubst du nicht, was?« Gerhard schlug mit der Peitsche auf das Pferd ein. »Hat den Separatisten kaltgemacht.« Er lachte.

»Mein Bruder?«

»Ja, dein Bruder. Mit dem Bajonett. Ein Stich …«

»Alle Achtung!«, erwiderte Wieland und versuchte, nicht spöttisch zu klingen.

»Ja, dein Bruder ist ein Held!«

»Darf ich Ihnen etwas sagen?«, fragte Wieland, als sich die Kutsche wieder in ruhigerem Fahrwasser befand und er sicheren Halt gefunden hatte.

»Wenn es sein muss«, war die Antwort.

»Wenn ich, wie Sie, überall erzählen würde, wie sehr ich die Franzosen hasse, was, glauben Sie, würde spätestens dann passieren, wenn ich für einen Auftrag des Grafen das besetzte Gebiet verlassen will?«

Gerhard ließ sich Zeit mit der Antwort. »Arrest«, sagte er schließlich.

»Ja, Arrest«, bestätigte Wieland. »Und wem wäre damit gedient? Ja, alle Welt wüsste, wie sehr ich die Franzosen hasse, und manch einer würde mich zum Helden erklären, aber dem Kampf wäre damit nicht gedient.«

Dass Gerhard nicht gleich antwortete, nahm Wieland als gutes Zeichen. Er spürte, wie es in dem Mann rumorte.

Die Wolken hatten sich inzwischen verzogen, der Mond spendete etwas Licht.

Als Gerhard plötzlich neben sich fasste, zog Wieland unauffällig sein rechtes Hosenbein nach oben, um schneller an sein Messer zu kommen. Doch der hatte nur nach einer Flasche gegriffen, die er nun mit einer Hand entkorkte und ansetzte.

Der scharfe Geruch von Alkohol wehte Wieland an.

»Es braucht ... die und die«, sagte Gerhard plötzlich. Offenbar hatte dieser Schluck das Fass zum Überlaufen gebracht, denn nun hatte er Probleme, seine Worte klar und deutlich zu artikulieren.

»Ja«, stimmte ihm Wieland zu. »Ich bin die, und Sie sind die. Aber wir haben ein Ziel.«

Gerhard nahm noch einen großen Schluck und gab dem Pferd die Peitsche. In der Ferne waren Lichter zu erkennen.

»Der ... Anschlag?«, sagte Gerhard unsicher.

»Der Anschlag«, wiederholte Wieland und wusste, dass er jetzt sehr geschickt sein musste.

»Du bist ...?«

»Nicht den. Ich bin für andere ... Du weißt ...«

»Was weißt du?«

»Ich darf nichts sagen ...«

Gerhard lachte. »Blödsinn.« Er dachte nach. Dann trank er die Flasche aus und warf sie in hohem Bogen auf ein Feld. »Merk dir den ...«, er schien einen Moment nachdenken zu müssen, »... den 23. Mai.«

Wieland tat, als interessiere ihn das nicht besonders.

»23. Mai«, wiederholte er wieder.

Sie hatten den Ortseingang von Rombelsheim erreicht. Die Pferde verlangsamten das Tempo. Trotzdem wäre Gerhard fast vom Bock gekippt.

»Kennst du … den … Marschall …«, er schlug sich auf den Oberschenkel, weil ihm der Name nicht einfiel, »wie heißt der noch mal, »na, der Marschall, der Deutschenschlächter …«

»Pétain?«, riet Wieland.

»Genau der. Du weißt also doch Bescheid. Ich wusste es!« Gerhard intonierte lautmalerisch eine Detonation.

»Ein Anschlag?«

Wieder dieses Lachen. »In Mainz vielleicht. Wie ein Feuerwerk.«

Er kam aus dem Lachen nicht mehr heraus. Wieland fürchtete, dass der Mann erstickte.

Zum Glück hatten sie das Schulgebäude erreicht.

Wieland stieg von der Kutsche. Bis Gerhard sein Fahrzeug gewendet hatte, dauerte es einige Zeit, dann rumpelte er davon. Wieland hörte, wie er die Pferde zur Eile antrieb, und fragte sich, ob der Mann jemals wieder auf dem Gut ankäme.

Aber das war ihm gleichgültig.

Die Information war wichtig.

25

Es war völlig dunkel in der Küche. Wieland saß am Tisch und versuchte zu ergründen, was der Graf von ihm wollte. Warum hatte er ihn eingeladen und in seine Pläne eingeweiht? Glaubte er, ihn für seine Sache gewinnen zu können? Oder spielte er nur? Wie eine Katze, die die Maus noch eine Weile vor sich hertrieb, bevor sie sie tötete und Stück für Stück auseinandernahm.

Dann die Kutschfahrt. Gerhards Äußerungen über einen Anschlag auf den französischen Marschall Pétain. Vielleicht waren das die Gespinste eines vom Alkohol zerfressenen Gehirns, vielleicht die Racheträume eines Mannes, der mit dem Krieg sein Ich und sein Selbstbewusstsein verloren hatte. Aber da waren auch die Reden von Männern wie von Damm, Breitbach oder Gambrius, dazu die Plakate und die Straßenkarte in der Wirtschaft. Es passte alles zusammen. Gerhard hatte, wie schon der Maurer auf dem Fest, zudem behauptet, dass sein Bruder den Mord an dem Separatisten begangen hatte. Für den ihm der Graf ein Alibi beschaffte. Also wusste der Graf davon, hatte den Mord vielleicht sogar in Auftrag gegeben.

Inmitten dieser Grübeleien hörte er ein Geräusch. Leise, von weit her. Ein leichtes Kratzen, dann ein Klirren. Wieland stand auf, schlich zu der Tür, die in den Keller führte. Sie stand einen Spalt weit offen.

War Gerhard zurückgekehrt, um ihm den Hals umzudrehen? Wieland öffnete die Tür einen Spalt weit und presste sich hindurch, dann stieg er Stufe für Stufe die Treppe hinab. Wieder hörte er ein leises Geräusch. Er horchte in die Dunkelheit, versuchte, die Quelle zu orten. Es musste aus dem Teil des

Kellers kommen, in dem die Mutter ihre Vorräte gelagert hatte. Er bückte sich, um sein Messer aus der am Unterschenkel befestigten Scheide zu ziehen. Dabei stieß er gegen die Wand. Der Eindringling war jetzt gewarnt. Er ließ alle Vorsicht fallen, eilte die letzten Stufen hinunter, stolperte in der Dunkelheit, hörte den Krach einer umgeworfenen Kiste, dann war es ruhig bis auf sein eigenes Atmen, das sich langsam beruhigte.

Er stieg wieder nach oben und kam mit einer Lampe zurück. Der Vorratsraum, in dem seine Mutter früher akribisch auf Ordnung geachtet hatte, war ein einziges Durcheinander. Mehrere Gläser mit eingemachtem Obst lagen umgeworfen im Regal, auf dem Boden verstreut Kartoffeln. Er schob sie mit dem Fuß beiseite und ging weiter. Im Schein der Lampe fiel ihm ein glitzernder Gegenstand auf. Ein Stück Metall, das er in die Hosentasche steckte. Ihm fiel auf, dass das kleine Fenster unter der Decke offen stand. Auf dem Boden lagen Glassplitter. Wieland wunderte sich, hatte sich der Eindringling durch dieses schmale Fenster quetschen können?

Während er das Fenster, oder das, was davon noch übrig war, schloss, fiel ihm ein, dass es in den letzten Tagen schon einmal offen gestanden und ein zerbrochenes Glas auf dem Boden gelegen hatte. Also war der Eindringling nicht zum ersten Mal im Keller.

Mit der Lampe suchte Wieland die Umgebung des Hauses ab, vergeblich.

Schlaf fand er kaum in dieser Nacht, und in den wenigen Momenten des Dämmerns war ihm, als säße Else neben ihm am Bett und ermahnte ihn, seinen Auftrag nicht zu vergessen. Beim ersten Tageslicht untersuchte er die Einbruchsstelle. Das Fenster war durch einen Strauch verdeckt. Wer immer in der Nacht hier eingedrungen war, hatte das nicht zufällig getan.

Wieland brühte sich einen Ersatzkaffee auf, setzte sich draußen auf den Brunnenrand und dachte nach. Nicht nur die offensichtliche Ortskenntnis des Täters stellte ihn vor ein Rätsel, noch verwunderlicher war, wie ein Mensch sich durch den schmalen Einlass hatte quetschen können. Allenfalls ein Kind passte da hindurch. Aber er konnte sich nicht vorstellen, dass jemand aus dem Dorf sein Kind auf Diebestour schickte, auch wenn die Not sehr groß war.

»Bist du noch traurig?«

Erschrocken fuhr Wieland herum. Er hatte nicht bemerkt, dass Willi sich ihm von hinten genähert hatte.

»Weil dein Vater tot ist«, erklärte er, als Wieland ihn mit Unverständnis ansah.

»Ein bisschen schon«, wich er aus.

Willis Blick entging ihm nicht.

Er stand auf, lief ins Haus und kam mit einem dampfenden Becher zurück, dankbar griff Willi danach.

Als er sich auf den Brunnenrand setzte, spürte er das Metallstück in seiner Hosentasche. Er nahm es heraus und wog es in seiner Hand.

»Das kenne ich!«, sagte Willi.

Überrascht blickte Wieland ihn an. »Ja?«

»Gudrun hat auch so eines«, behauptete er.

»Gudrun?« Wieland dachte einen Moment nach. »Du hast recht, Willi! Sehr gut«, lobte er ihn. »In der Schmiede habe ich die gesehen. Von Oswald.«

Aber wie kam das Teil in seinen Keller? Dass das Mädchen oder ihre Mutter im Keller gewesen waren, konnte er sich nicht vorstellen, bei Freya wäre es auch rein physisch nicht möglich. Sie war einfach zu groß, um durch das kleine Fenster schlüpfen zu können.

»Willi kann helfen. Ist von Oswald. Freya weiß das.«

Wieland wunderte sich über Willis Ausdrucksweise. Er hatte inzwischen ja schon mitbekommen, dass er auch ganz normal sprechen konnte. Tat er es vielleicht nur in bestimmten Situationen, die er vielleicht noch nicht einmal selbst bestimmen konnte? Oder spielte er nur allen etwas vor?

Wieland wusste keine Antwort darauf.

Er hatte es plötzlich eilig. Er brachte die Kaffeetassen in die Küche zurück, zog die Tür hinter sich zu und machte sich auf den Weg.

»Willi kommt mit. Ich bin dein Freund.«

Damit war alles geklärt und ein Einspruch nicht möglich.

26

Da lang«, sagte Willi und zeigte auf die Dorfstraße. Wieland hätte lieber den Weg ums Dorf herum eingeschlagen, um möglichst niemandem zu begegnen.

Wieland lief los, und Willi wuselte trotz seiner kürzeren Beine ein paar Meter vor Wieland herum, ließ sich etwas zurückfallen, um den Größeren gleich darauf wieder zu überholen. Das wiederholte sich, bis sie auf der Anhöhe über dem Bach nahe der Mühle standen.

Unten spielte Gudrun mit Franz, der laut zu bellen begann, als er die beiden Ankömmlinge auf dem Hügel erkannte. Willi ließ jegliche Vorsicht fahren, stürzte sich den Hang hinunter, raste über den Steg, der über den Bach führte, auf den Hund zu, der sich von Willis Verhalten keineswegs überrascht zeigte. Er bellte weiter und lief davon, Willi ihm hinterher. Der Hund blieb alle paar Meter stehen, wartete, bis sich sein Verfolger genähert hatte, dann begann das Spiel aufs Neue.

Wieland stieg langsam den Hang hinunter. Abermals war er erstaunt, wie behände Willi diesen Weg genommen hatte, furchtlos und sicher, und mit welcher Leichtigkeit er dem Hund nachlief. Wieder war nichts von dem trottenden, ausholenden Gang zu sehen, mit dem er sich vor den Dorfbewohnern sonst bewegte.

Gudrun klatschte mehrmals in die Hände und lief zur Schmiede. Freya war aus der Tür getreten, sie trug ihre schwere Schürze, die Haare hatte sie mit einem Tuch gebändigt.

Mit ernster Miene sah sie zu Wieland hinüber. Willi und den Hund beachtete sie nicht.

»Wieland«, sagte sie zur Begrüßung, und ihm schien, als habe sie ein Fragezeichen hinter seinen Namen gesetzt.

»Guten Tag, Freya«, grüßte er förmlich zurück.

Einige Sekunden standen sie voreinander, ohne ein Wort zu sagen.

Wieland spürte, dass es an ihm war, das Gespräch zu beginnen, aber ihm fehlten die Worte.

»Es tut mir leid«, brachte er schließlich hervor.

»Was?«, erwiderte Freya barsch, sah kurz zu ihrer Tochter hinüber. »Komm mit!«, forderte sie ihn auf, sie machte ein paar Schritte zur Seite und setzte sich auf eine Bank. Dann zog sie das Tuch vom Kopf und wischte sich damit den Schweiß von Stirn und Hals.

»Dass ich einfach so weggegangen bin«, erklärte er, und als sie nichts erwiderte, fügte er »nach der Beerdigung« hinzu.

Sie schwieg noch immer.

»Ich bin zurückgekommen, weil ich den Krieg und alles vergessen will.«

»Das kann man überall«, entgegnete Freya.

»Ich bin hier zu Hause. Hier bin ich weg von der Politik und allem.«

»Du warst hier nie zu Hause«, widersprach sie ihm kühl.

»Dann werde ich es jetzt sein.«

»Glaubst du das wirklich?«

Er nickte, sah sie dabei aber nicht an.

»Wieland?!« Sie wartete, bis er sie anblickte. »Du warst beim Grafen …«

»Woher?«, unterbrach er die Frau.

Sie schüttelte den Kopf. »Hier bleibt nichts verborgen. Du weißt doch, dass sich alle hier fragen, warum du zurückgekommen bist? Wo du warst? Ob das was mit Elses Tod zu tun hat?«

Franz bellte. Sie sahen kurz zu ihm hinüber. Der Hund sprang aufgeregt zwischen Gudrun und Willi hin und her, die sich mit hochgereckten Armen ein Stöckchen hin und her reichten.

Freya ließ sich nicht ablenken. »Dann diese Tätowierung. Was willst du hier?«

Wieland senkte den Kopf. Freya ließ ihm Zeit.

»Ich will wissen, was mit Josepha ist«, sagte er schließlich. »Ob sie tatsächlich tot …«

Freya schaute ihn mit ernster Miene an.

»Erinnerst du dich … damals … Else …?«, begann Wieland.

Freya reagierte nicht.

»Da wurde eine Kette gefunden. Und Tadeusz als Täter überführt. Weil die Kette ihm gehörte. Und jetzt wird wieder eine Kette gefunden, die Oleg gehören soll. Die Leute sagen, dass Josepha tot ist. Dabei wurde noch nicht einmal eine Leiche gefunden. Und Oleg, der angebliche Täter, ist auch verschwunden. Hat jemand vielleicht Interesse daran, dass die beiden nicht mehr auftauchen?«

»Was meinst du damit?«

»Bei mir wurde letzte Nacht eingebrochen. Im Keller, da, wo die Vorräte sind.«

Freya schwieg.

»Das kann nur jemand wissen, der sich im Haus auskennt. Und das Fenster ist klein.«

Freya schwieg noch immer, hörte aber interessiert zu. Sie nahm aus ihrer Schürze eine Zigarette und zündete sie an.

»Das habe ich gefunden.« Er kramte in seiner Tasche und zeigte Freya das Metallstück, das er im Keller entdeckt hatte.

Sie betrachtete es, ohne ein Wort zu sagen.

Schließlich nickte sie.

»Das ist doch eines der Schmuckstücke, die Oswald gemacht hat, oder?«

»Ja«, bestätigte Freya und schaute weiter auf das Schmuckstück. »Das ist von Oswald.«

»Hat er viele davon gemacht?«

»Immer mal wieder. Ein paar hängen noch in der Werkstatt.«

Wieland nickte.

»Ich hab eins. Gudrun auch. Sie passt darauf auf wie auf einen Schatz.«

»Wem noch …?«

Freya überlegte. »Ja, Josepha hat er mal eins geschenkt. Sie hat hier manchmal geholfen. Du weißt ja, dass sie anders als die Mädchen im Dorf war …«, sie stockte, dachte kurz über das Gesagte nach, »ist«, korrigierte sie sich, »Entschuldigung.«

»Josepha?«, wiederholte Wieland.

Freya nickte. »Ja, sie hat es dann immer getragen.«

Wieland dachte nach. »Josepha war im Haus.«

»Was?«, fragte Freya.

»Ich habe diese Brosche im Keller gefunden. In dem Raum, in den eingebrochen wurde.« Er stand auf, ging ein paar Meter in Richtung Bach, starrte ins Wasser.

Nach einer Weile stand sie auf. »Was ist …?«, fragte sie.

Wieland reagierte zunächst nicht.

»Wieland …?«

»Sie lebt«, sagte er endlich und drehte sich um.

»Wer lebt?«

»Josepha lebt. Und ich habe sie gesehen. Und nicht erkannt.«

»Wo hast du sie gesehen?«

Langsam ging Wieland auf Freya zu. Im Hintergrund schrien Gudrun und Willi, weil Franz durch den Bach gelaufen war und sich nun vor den beiden das Wasser aus seinem Fell schüttelte.

»Sie war auf der Beerdigung. Und …«

»Ja?«

Er überlegte, ob er weitersprechen sollte, tat es dann. »Im Wald. Als ich zum Grafen unterwegs war.«

Er erzählte Freya, dass er eine Person überrascht hatte, die an einer der Fallen hantierte, wie der Graf sie auslegte, um Wilderer zu verschrecken.

»Und das war Josepha?« Freya klang nicht überzeugt.

Er dachte wieder einen Moment nach.

»Wie sieht Josepha heute aus?«, fragte Wieland zurück.

Sie sah ihn verwundert an. »Wie früher. Älter natürlich. Aber immer noch das hübsche, freche Gesicht. Die Haare kürzer.«

Wieland schüttelte den Kopf. »Das meine ich nicht. Sie war früher klein. Kleiner als die anderen Mädchen, die so alt waren wie sie. Drahtig. Sehr beweglich …«

»Das ist sie immer noch. Nicht groß. Und sehr drahtig, ja. Und … sie hat Kraft«, erklärte sie. »Sie war im Turnverein. Keine war so gut wie sie. Aber irgendwann wollte sie nicht mehr. Es gab einen Riesenärger. Aber sie ließ nicht mit sich reden. Du kennst sie ja.«

Wieland nickte verständig. »Warum versteckt sie sich?« Er ging ein paar Schritte umher. Gudrun machte gerade einen Handstand, schaffte es, einen knappen Meter auf ihren Händen zu gehen, dann fiel sie um. Franz bellte. Willi wollte es ihr nachtun, fiel aber bei jedem Versuch gleich lang hin.

Wieland sprach weiter, mehr zu sich selbst als zu Freya. »Sie könnte sich melden, sagen, dass es ihr gut geht, dass Oleg ihr nichts getan hat. Keiner hätte dann einen Grund, ihn weiter zu jagen.«

»Vielleicht will man ja genau das?«, warf Freya ein.

Wieland drehte sich zu ihr um. »Wie meinst du das?«

»Vielleicht will man Oleg loswerden? Vielleicht weiß er etwas, was er nicht wissen soll? Vielleicht hat er etwas gesehen, was er nicht hätte sehen sollen? Vielleicht gefällt es jemandem einfach nicht, dass er ein Russe ist. Gibt doch genug Idioten im Dorf, die gegen alles Fremde reden: die Franzosen, die Russen, die Juden. Was weiß ich.«

Wieland nickte. »Seltsam ist es schon.«

»Was willst du machen?«

Er zuckte mit den Schultern. »Ich muss nachdenken«, sagte er schließlich.

»Das kannst du hier tun, wenn du willst.«

Er wandte sich ab. »Ich muss etwas erledigen.«

»Was musst du erledigen?«

Er kniff die Lippen zusammen.

»Was suchst du hier? Ich frage dich noch einmal, Wieland. Was suchst du im Dorf? Warum bist du zurückgekommen?«

»Meine Schwester suchen. Und ich habe sie vielleicht gerade gefunden.«

»Das glaube ich dir nicht. Das habe ich dir schon einmal gesagt. Du willst etwas anderes. Und ich glaube, dass es mit Elses Tod zu tun hat. Du zuckst jedes Mal zusammen, wenn ihr Name fällt. Erzähl mir endlich, Wieland, was damals passiert ist? Warum bist du so plötzlich weg? Als du dich von mir verabschiedet hast, hier, an dem Steg …«, sie zeigte auf die kleine Brücke über den Bach, »da haben wir gestanden. Und du warst verzweifelt. Sehr verzweifelt. Du hast mich umarmt, wie du mich noch nie umarmt hast. Ich war sicher, dich nie mehr wiederzusehen. Was ist passiert? Wo warst du? Und warum bist du zurückgekommen?«

Wieland sah betreten unter sich, ging einen Schritt zur Seite. Freya ließ ihm Zeit.

Schließlich wandte er sich wieder zu ihr. »Ich weiß nicht, wer Else damals umgebracht … also, ich habe es nicht gesehen«, begann er, machte gleich eine Pause. Freya drängte nicht. Gudrun, Willi und Franz waren ein Stück den Bach hochgelaufen. Das Bellen des Hundes drang gedämpft zu ihnen. »Ich war auf der Weide draußen, wo der Bauer Neubert seine Kühe … ich sollte aufpassen … es war schon dunkel … und da habe ich gesehen, wie der Graf die Else … sie hat sich gewehrt. Er hat sie geschlagen und dann …«

Freya blickte düster und nickte.

»Tadeusz war nicht da. Niemand war da. Nur der Graf. Ich war …«, Wieland stockte, »… ich wollte zu ihr, weil ich dachte zuerst, dass Wolfgang … und dann kam der Graf, und ich habe mich versteckt.« Er sprach langsam, suchte seine Worte mit Bedacht. »Der Graf lag auf ihr, hat ihr den Rock hochgeschoben …

und sie … Else hat ihren Kopf zur Seite … und genau zu mir geschaut.«

Beide schwiegen eine Weile, bis Freya fragte: »Und dann?«

»Ich bin weg … und später … habe ich dann gehört, dass sie … tot ist und die Kette von Tadeusz da lag.«

»Tadeusz hat beim Grafen gearbeitet«, stellte Freya kühl fest.

Wieland nickte.

Wieder schwiegen beide.

»Und dann? Was hast du dann gemacht? Wo bist du hin?«

»Dieser Blick … von Else. Der hat mich verfolgt. All die Jahre.« Nach einer kurzen Pause fuhr er fort: »Ich bin nach Darmstadt. Egon, den ich vom Gymnasium kannte, ist da hingezogen. Sein Vater hat eine Apotheke übernommen, und da habe ich angefangen …«

»In einer Apotheke? Dein Vater wollte, dass du Professor wirst«, unterbrach ihn Freya.

Wieland konnte sich ein kurzes Lächeln nicht verkneifen. »Ja«, bestätigte er, ging aber nicht weiter darauf ein. »Aber ich wollte weg. Weit weg. Und dann war eines Tages ein Kunde in der Apotheke, von der großen Medizinfirma in Darmstadt, der sagte, dass sie Leute suchen, die nach China gehen. In die deutsche Kolonie …«

Freya schaute ihn fragend an.

»Nach Tsingtau. Acht Wochen war ich dort. Dann brach der Krieg aus. Englische und japanische Schiffe blockierten den Hafen, die Stadt wurde beschossen. Nach wenigen Wochen kapitulierte die Besatzung. Wir sind dann interniert worden und wurden nach Japan gebracht. Und da bin ich in ein Lager gekommen. Bando.«

»Nach Japan? Daher hast du die Tätowierung?« Es war mehr eine Feststellung als eine Frage.

Wieland nickte. »Länger als der Krieg dauerte, mussten wir dortbleiben. Im Februar bin ich zurückgekommen. Mit dem Schiff, nach Bremerhaven. Da bin ich verletzt worden. Von dort ging ich nach Berlin, wo ich mich behandeln ließ. Und im Krankenhaus war Regina, die Cousine von Else. Sie hat dort im Krieg als Krankenschwester gearbeitet und ist dageblieben. Sie hat mich erkannt und kam eines Tages mit dem Kommissar, der hier den Tod von Else untersucht hat.«

»Ein dicker Mann?«, vergewisserte sich Freya.

»Ja«, sagte Wieland. »Er ist überzeugt, dass Tadeusz nicht ihr Mörder war. Sondern der Graf. Aber als Tadeusz sich in der Haft umgebracht hat, war das für alle der Beweis, dass er sie ermordet hat, und der Kommissar wurde abgezogen.«

»Du glaubst also, dass der Graf die Else umgebracht hat?«

Wieland nickte stumm.

»Und dann haben Regina und der Kommissar mir erzählt, dass Josepha verschwunden ist und dass eine Kette gefunden wurde ... von Oleg ...« Er stockte, dachte nach, sprach dann weiter. »Wir haben dann besprochen, dass ich zurückgehe und dass Regina erzählt, dass ich bei den Freikorps war ...«

»Also war alles geplant. Und du glaubst, dass der Graf ...?«

»Ja.«

»Aber es gibt keine Leiche. Nichts«, wandte Freya ein.

»Und genau das finde ich seltsam. Warum will der Graf glauben machen, dass Josepha tot ist? Getötet von Oleg? Was steckt dahinter?«

»Du glaubst, dass sie lebt?«

Wieland nickte heftig. »Ich habe sie ja gesehen.«

»Und was willst du tun?«

»Ich muss Josepha finden!«

»Und dann?«, insistierte Freya weiter.

Wieland antwortete nicht.

Gudrun und Willi waren in der Zwischenzeit mit dem Hund herangekommen, hatten in der Küche Gläser mit Wasser gefüllt und sich in der Nähe niedergelassen.

»Was willst du machen, Wieland?«, fragte Freya und fasste ihn an der Schulter.

Er sah sie ernst an.

»Du willst ihn töten?«

Er nickte.

»Davon wird niemand mehr lebendig. Du kannst Elses Tod nicht aufrechnen.«

Wieland sah sie wütend an. »Der Graf wird nicht zur Rechenschaft gezogen. Er wird weiter tun und lassen, was er will. Wie ein Gott.«

»Aber du bist nicht Gott, Wieland. Du darfst nicht töten.«

»Dann tötet der Graf immer weiter. Er …« Wieland stockte.

»Ja?!«, hakte Freya nach.

»Er plant Anschläge. In Mainz. Gegen die Franzosen. Ich habe den Plan gesehen. Sie wollen den Marshall Pétain töten. Den Separatisten hat Wolfgang getötet. Und der Graf hat gesagt, dass er bei ihm war. Auf dem Gut. Er will … er sammelt Leute, die alle, die nicht so denken wie er, töten sollen.«

Gudrun und Willi hörten ihnen konzentriert zu.

»Trotzdem!«, widersprach Freya.

Wieland schüttelte den Kopf. »Ich muss zuerst Josepha finden …«

»Kommst du dann zu mir? Lass uns reden. Bitte!« Sie ging nahe an ihn heran, streichelte ihm zart über die Wange, umarmte ihn. Wieland ließ es geschehen, legte nacheinander beide Arme um sie.

Sein Blick ging über ihre Schulter ins Leere.

Willi und Gudrun saßen auf dem Boden, zwischen ihnen lag der Hund und genoss es offensichtlich, dass die beiden ihn abwechselnd streichelten. Ab und zu sah Gudrun zu den beiden Erwachsenen herüber, die sich weiter intensiv unterhielten.

Schließlich machte Wieland einen Schritt zurück, sagte: »Es tut mir leid!«, umarmte Freya noch einmal, drehte sich dann um und stieg die Anhöhe hinauf.

Unten stand Gudrun und winkte.

»Warum gehst du schon?«, fragte Willi, der hinter ihm hergelaufen kam.

»Ich muss nachdenken. Ich …« Wieland überlegte kurz. »Ich muss Josepha finden.«

»Josepha lebt!«, sagte Willi und trottete hinter Wieland her.

27

Der Mittag war schon vorüber, als Wieland das Schulhaus erreichte. Willi hatte ihn vor dem Dorf verlassen, und er war froh, dass er ihn nicht hatte wegschicken müssen. Fast fehlte ihm das Stöhnen und Schreien seines Vaters, die Stille seit seinem Tod gab dem Haus etwas Unwirkliches.

Im Keller, wo er sich noch einmal das Fenster besah, durch das Josepha in den Vorratsraum eingedrungen war, fand er ein paar Kartoffeln und eine Steinvase mit eingelegtem Weißkraut, das er sich wärmte.

Dann nahm er sein Messer aus dem Versteck hinter dem Küchenschrank hervor und schnallte es um seine rechte Wade.

Ein Geräusch ließ ihn aufhorchen.

»Wieland?« Eine Frauenstimme. Sie klang zerbrechlich. Vorsichtig.

Er sah auf. In der Tür stand Apollonia. Ihr Schal verdeckte ihr Gesicht, nur die Augen waren zu sehen.

Sie machte ein paar Schritte auf ihn zu. Kleine Schritte, die ihr schwerfielen, so schien es ihm. Sie starrte auf das Messer an seinem Bein.

Wieland zog die obere Schleife unter dem Knie fest, dann stand er auf, ging der Frau entgegen.

Sie kam ungelegen. Er musste weg, die letzten hellen Stunden des Tages für die Suche nach Josepha nutzen.

»Darf ich?«, fragte Apollonia mit schwacher Stimme und zeigte auf einen der Stühle am Tisch.

Wieland nickte, zog den Stuhl ein Stück zurück und wartete, bis die Frau sich darauf niedergelassen hatte.

Dann füllte Wieland ein Glas mit Wasser und stellte es vor Apollonia auf den Tisch. Mühsam griff sie mit einer Hand danach, mit der anderen zog sie den Schal vom Gesicht.

Wieland erschrak. Die rechte Wange war blau unterlaufen, das rechte Auge unter der Schwellung fast verschwunden.

»Mein Mann … Ich gehe nie wieder zu ihm zurück.«

»Er hat Sie geschlagen?«

Apollonia nickte.

»Weil Sie mit mir getanzt haben?«

Die Frau lachte gequält, was ihr sichtlich Schmerzen bereitete und ihr Gesicht zu einer Fratze verzog. »Nein.« Sie atmete tief durch.

Wieland befeuchtete ein Tuch, das am Spülbecken lag, und reichte es ihr. Sie legte es sich vorsichtig auf die geschwollene Wange.

»Es geht um einen Auftrag … des Grafen … ein großer Auftrag …« Apollonia sprach abgehackt, machte Pausen. »Haben Sie eine Zigarette?«

Wieland nickte, nahm aus einer Schublade die Packung, fingerte eine Zigarette heraus, zündete sie an und reichte sie Apollonia, die sie vorsichtig zwischen ihre Lippen presste und daran zog.

»Der Graf …?«, fragte Wieland. Er war unsicher, was er tun sollte. Er durfte keine Zeit verlieren.

Sie inhalierte tief, ließ den Rauch lange in der Lunge. »Alfred … mein Mann … wollte, dass ich zum Grafen gehe …«, sie lachte kurz auf, gequält, »damit er den Auftrag für das Brot bekommt … für die Konferenz des Grafen …« Sie lachte noch einmal und musste husten. Dabei fiel ihr die Zigarette aus dem Mund.

Wieland hob sie auf, reichte sie ihr.

»Ich sollte mit ihm …«

Wieland schwieg.

»Der Graf hat mich ausgelacht. Was … was konnte mir

Besseres passieren.« Apollonias Lachen ging in ein Weinen über. »Er hat mich verhöhnt … alt genannt … und sich lustig gemacht, dass ich zum Film will. Eine Leiche könnte ich spielen, hat er gesagt. Und gelacht. Eine Wasserleiche vielleicht.« Mit dem Schal wischte sie die Tränen fort.

»Und deshalb …?«

»Nicht zum ersten Mal«, antwortete sie. »Aber dieses Mal hat er nicht mehr aufgehört.« Sie drückte ihr Kreuz durch.

Wieland schwieg einen Moment. Er überlegte, was er mit der Frau machen sollte.

Sie bemerkte seine Unruhe. »Wollen Sie mich rausschmeißen? Bin ich Ihnen egal? Soll ich zu meinem Mann zurück?« Sie blickte ihn mit einem Mal kämpferisch an.

»Ich muss … etwas erledigen. Sie können hierbleiben.«

»Hier? Was, wenn mein Mann kommt? Er bringt mich um«, sagte sie leise. Das Sprechen bereitete ihr Schmerzen. »Ich komme mit Ihnen. Wieland, lassen Sie mich nicht allein.«

Wieland schüttelte den Kopf. »Sie bleiben hier. Ich komme später wieder.« Er wusste nicht, ob er dieses Versprechen halten konnte, aber er wollte endlich los.

»Nehmen Sie mich mit!«, bat Apollonia noch einmal. Fast ein Flehen.

»Nein, ich muss …«

Sie sah ihn auffordernd an.

»Josepha, meine Schwester … sie lebt. Ich muss sie finden.«

Überrascht sah die Frau ihn an. »Sie lebt? Sie ist nicht tot? Wo ist sie?«

»Deshalb muss ich jetzt weg. Sie finden. Bevor der Graf sie findet.«

»Der Graf …«, wiederholte die Frau.

»Kommen Sie!«, forderte Wieland sie auf, der plötzlich auf eine Idee gekommen war.

Er führte sie zu dem Schulzimmer im nächsten Teil des Gebäudes. »Hier sind Sie sicher. Das ist das Bett meiner Mutter.«

Er schob die Nähmaschine ein Stück zur Seite, zog die Vorhänge vor die Fenster.

Sie nickte unsicher und setzte sich auf die Bettkante.

Er ging zur Tür.

»Wieland?«

Er blieb stehen, drehte sich um.

»Finden Sie Ihre Schwester.«

Er nickte ihr zu.

»Und …«

Er sah weiter zu ihr herüber. Sie erwiderte den Blick.

»Töten Sie den Grafen!«

28

Wieland verließ das Schulhaus und machte sich auf den Weg zu dem Waldstück, in dem er Josepha gesehen hatte. Er konnte sich nicht mehr erinnern, wo genau er vor zwei Tagen in den Wald hineingegangen war, als er das Geräusch hörte, und verließ jetzt auf gut Glück den Weg.

Mit einem langen Stecken stach er vor jedem Schritt in den Boden, damit er nicht versehentlich in die Falle trat. Plötzlich vernahm er ein Kratzen und Sägen, ein hoher, gleichmäßiger Ton, und er glaubte, auch eine menschliche Stimme zu hören.

Er setzte seine Suche fort und blieb immer wieder stehen, lauschte. Schließlich fand er die Falle. Sie war aufgebogen und wartete auf ein Opfer, Tier oder Mensch. Er beugte sich über das Gerät und begann, es vorsichtig zu untersuchen, wobei ihm klar wurde, dass es ihm nichts über Josepha und ihren Aufenthaltsort verraten würde. Aber sie war hier gewesen und hatte an dieser Falle hantiert. Das bestätigte einmal mehr, dass sie auf der Suche nach Nahrung war. Aber warum ging sie nicht ins Dorf oder zumindest in eine der nahe gelegenen Städte, nach Alzey, Bad Kreuznach oder Mainz, wo man sie nicht kannte und wo sie, zumindest eine Zeit lang, unerkannt leben könnte. Warum blieb sie hier im Wald? In der Nähe des Dorfes? Und was war mit Oleg?

Wieland wollte sich gerade erheben, um in die Richtung weiterzugehen, in die Josepha vor ihm geflohen war.

»Hoher Besuch im Wald!«

Erschrocken sprang Wieland auf. Helmut stand da, einige Meter entfernt, breitbeinig, und sah ihn mit breitem Grinsen an. In der Hand hielt er eine kurzstielige Axt, die er neben seinem Knie hin- und herschwingen ließ. Er hatte ihn nicht kommen hören.

»Das ist Privatbesitz, Göth. Gehört alles dem Grafen. Sieht so aus, als ob du wildern wolltest.«

Der Mann wirkte jetzt noch größer und kräftiger, als Wieland ihn in Erinnerung hatte. Er blickte sich schnell um, wollte wissen, ob Helmut alleine war.

Das war dem nicht entgangen. »Muffensausen, Göth? Schau dich um, keine Zeugen, nichts.« Er hob die Axt und klatschte die stumpfe Seite in die Innenfläche seiner linken Hand, machte zwei kleine Schritte auf Wieland zu.

Der blieb ruhig stehen, suchte mit den Füßen festen Stand.

»Was suchst du hier?«

»Ich war spazieren.«

»Hier im Wald? Und was ist das da?« Er deutete mit dem Beil zu der Falle.

»Ich wäre beinahe reingetreten.«

»Da hast du ja richtig Glück gehabt, Göth. Man könnte aber auch den Verdacht haben, dass sie von dir ist.« Das Beil lag jetzt ruhig in Helmuts Hand. »Du weißt, was wir mit Wilderern machen?« Helmut ging einen Schritt auf Wieland zu, umfasste den Stiel des Beils fester.

Wieland zog sich wie zum Schutz hinter einen Baum zurück.

»Was willst du im Dorf? Was machst du hier? Du schnüffelst doch für den Franzmann?! Gib es zu!«

Wieland wartete einen Moment mit der Antwort. »Ich suche meine Schwester, das habe ich doch schon gesagt.«

»Und ich habe dir schon gesagt, dass sie tot ist.«

»Das glaube ich erst, wenn ich ihre Leiche sehe.«

»Und ich glaube, dass du ein Schnüffler bist. Ein Franzosenknecht. Du stellst viel zu viele Fragen. Der Kleine …«, Helmut imitierte den etwas unbeholfenen Gang Willis, »erzählt überall, dass du nach deiner Schwester fragst. Warst auch bei der feschen

Schmiedin …« Er lachte dreckig. »Die könnte ich auch mal …« Er machte noch einen Schritt auf Wieland zu. »Der Kleine muss aufpassen, dass ihm nichts passiert.«

»Was hast du mit Willi gemacht?«

Helmut lachte. »Machst du dir Sorgen um den Krüppel? Keine Angst, dem mache ich nichts. Der kriegt eine Abreibung, damit hat es sich. Also: zum letzten Mal. Deine Schwester ist tot. Umgebracht von diesem Russen.«

Damit ließ er wieder das Beil kreisen, kam noch näher, schlug es mit behänder Geschicklichkeit so schnell in den Baumstamm vor Wieland, dass der erschrocken zwei Schritte zurücktaumelte.

Helmut lachte wieder, setzte ihm nach, nutzte dessen Stolpern, stieß ihn zu Boden und war gleich darauf über ihm, drückte ihm das Knie ins Kreuz. »Entscheide dich, wo du stehst, Göth!« Er drückte sein Knie noch fester in Wielands Rücken. Der stöhnte auf. »Bedank dich beim Grafen, dass ich dir nicht den Schädel spalte. Kannst von Glück sagen, dass der aus einem mir unerfindlichen Grund einen Narren an dir gefressen hat.«

»Helmut, was ist los? Wo bist du denn?«

Die Stimme war noch ein Stück entfernt, dennoch erkannte Wieland Gerhard an seinem scheppernden, asthmatischen Atmen.

»Ist da wer, Helmut?«, fragte eine andere Stimme.

»Alles in Ordnung!«, rief der in den Wald zurück. »Ich komme, habe eine Überraschung für euch, ein Riesenspaß heute«, erhob sich, wollte Wieland mit sich hochziehen und stolperte dabei. Wieland riss sich los und raffte hastig sein rechtes Hosenbein, zog sein Messer aus dem Schaft und stürzte auf Helmut zu. Der war von dem Angriff so überrascht, dass er nur stumm den Mund öffnete, da hatte Wieland ihm schon die Klinge ins Herz gestoßen.

Der große Mann sah ihn mit weit aufgerissenen Augen an,

formte seinen Mund zu einem Schrei, stürzte zu Boden, zuckte noch kurz, dann war er tot.

Wie festgewurzelt stand Wieland vor der Leiche. Erst die Stimme von Gerhard, ganz in der Nähe, riss ihn aus seiner Starre.

»Helmut! Komm endlich!! Wir müssen weiter!«

Er drehte sich um, da stand Gerhard, vielleicht zwanzig Meter entfernt, und sah ihn hasserfüllt an.

»Das Schwein hat Helmut umgebracht!«

Er hörte die aufgeregten Stimmen der Männer, die hinter Gerhard auftauchten.

Wieland rannte in den Wald.

29

Sie waren zu viert, und sie kannten sich aus. Und vor allem waren sie wütend. Sie wollten nur eines, seinen Tod. Er lief, ohne auf die Äste zu achten, die ihm gegen Beine, Körper und ins Gesicht schlugen, sprang über umgefallene Bäume, quer liegende Stämme und Vertiefungen und Kaulen im Waldboden. Hinter ihm die Männer, die, die er schon aus der Germania kannte.

Er hörte, wie sie sich verständigten, sie wollten ihm den Weg abschneiden, ihn immer weiter vor sich hertreiben, ihn wie ein Tier müde hetzen, bis es ein Leichtes für sie war, ihn zu stellen und zu töten.

Wieland schaute zurück. Zwei der Männer waren hinter ihm, zwanzig Meter entfernt. Paul hatte ein Messer in der Hand. Wieland verlangsamte seine Schritte, hörte am Keuchen seiner Verfolger, dass sie näher kamen und langsam aufschlossen. Er sprang über einen Baumstamm, sah wieder hinter sich. Seine Verfolger hatten sich ihm bis auf einige Meter genähert.

Ihrem Opfer so greifbar nahe zu sein, mobilisierte noch einmal ihre Kräfte. Sie konzentrierten sich völlig auf das, was gleich geschehen würde, nachdem sie Wieland niedergeworfen hatten. Dabei wurden sie unvorsichtig, und der große und schlaksige Paule lief regelrecht in Wielands Messer, als der sich plötzlich umdrehte und einen Schritt auf den Mann zumachte. Der sah ihn völlig überrascht an, bevor seine Beine nachgaben und er wegknickte.

Wieland zog ihm das Messer aus dem Unterleib und verpasste Richard, der ein kleines Stück hinter ihm folgte, einen Schlag mit dem Ellenbogen, der den Mann zu Fall brachte.

Sofort war Wieland über ihm und schlug ihm mit der Faust gegen die Schläfe.

»Richard?! Paule?!«, hörte er Gerhard rufen.

Er sah sich um, konnte den Mann nirgends sehen, hörte das Geräusch durchbrechender Äste, wandte sich um und wurde im gleichen Moment umgerissen.

Gerhard hielt ihn mit seinem massigen Körper am Boden fest und schlug auf ihn ein. Wieland versuchte, sich mit dem einen Arm gegen Gerhards Schläge zu schützen und mit dem anderen selbst einen Schlag zu landen.

Das misslang, einem ersten Schlag konnte er ausweichen, der zweite traf seine Nase.

»Ich bring dich um!«, zischte Gerhard. »Endlich!«

Er schlug ein weiteres Mal zu, machte sich dann Wielands Benommenheit zunutze und setze sich auf seine Brust. Sofort umfasste er Wielands Hals und drückte zu. Der wand sich, suchte mit seiner rechten Hand den Waldboden nach einem Gegenstand ab, den er über Gerhards Schädel ziehen konnte.

»Nein!«, hörte er eine Stimme, die auch Gerhard irritierte.

Gerhards Druck ließ einen Moment nach, dann verstärkte er seinen Griff um den Hals wieder.

Wie durch einen Schleier sah Wieland Gerhards ebenso siegesgewisses wie mordlüsternes Gesicht über sich. Er krallte seine Fingernägel in Gerhards Unterarme. Doch die drückten unbeeindruckt weiter zu.

»Das wars, Göth!« Gerhard spuckte ihm ins Gesicht und lachte.

»Franz, komm her!«, rief er siegesgewiss in den Wald, dann fiel er mit einem Mal mit seinem massigen Leib der Länge nach auf Wieland. Der Griff um Wielands Hals hatte sich gelockert, doch der schwere, unbewegliche Körper auf ihm nahm ihm die Luft zum Atmen. Mit letzter Kraft versuchte er, sich von dem Gewicht zu befreien, merkte schnell, dass seine Kräfte dafür nicht reichten, als Gerhard plötzlich von ihm weggezogen wurde.

Gierig schnappte er nach Luft. Er sah, dass jemand neben ihm hockte und ihn betrachtete. Es dauerte einen Augenblick, bis er erkannte, wer das war.

Josepha. Ernst und kalt.

Er wollte etwas sagen, bekam aber kein Wort heraus. Aus dem Augenwinkel sah er, dass Gerhard sich bewegte.

Josepha stand auf, hob den dicken Ast, den sie in den Händen hielt, zielte und schlug ihn Gerhard ansatzlos ins Genick.

Dann wandte sie sich wieder ihrem Bruder zu. »Steh auf!«, befahl sie. »Wir müssen hier weg!«

30

Erschöpft ließ sich Wieland auf das Strohlager fallen. Sein Hals schmerzte, das Atmen strengte ihn noch immer an. Sie waren mehrere Kilometer durch den Wald gelaufen. Josepha hatte ihm keine Pause gegönnt. Es wäre nur eine Frage der Zeit, bis Richard, den Wieland niedergestreckt hatte, und Franz, der Einbeinige, der von Josepha außer Gefecht gesetzt worden war, wieder zu Bewusstsein kamen und Unterstützung holen würden.

Den Tod von Helmut, Gerhard und Paule konnten sie nicht ungesühnt lassen.

Josepha hatte ihn zu einer Köhlerhütte gebracht. Sie war schon vor vielen Jahren aufgegeben worden, hatte sie ihm erklärt, wahrscheinlich wussten nur noch die ganz Alten von ihrer Existenz. Sie hatte sie irgendwann bei ihren Streifzügen durch den Wald entdeckt.

Nur einige armdicke Holzstücke glommen in der Feuerstelle in der Mitte der Hütte, sie tauchten den Raum in ein dämmriges Licht. Draußen war es inzwischen dunkel geworden. Über der Feuerstelle hing ein Kessel, in den die junge Frau soeben Kräuter gezupft hatte.

Der Mann, der auf der anderen Seite der Hütte lag, wimmerte. So leise, dass Wieland es nur hören konnte, wenn der Wind, der angezogen hatte, für einen Moment nachließ und nicht um den Rundbau pfiff. Wieland hatte ihn zunächst gar nicht bemerkt, so klein hatte er sich unter der Decke zusammengerollt, die sich kaum von dem dunklen Boden der Hütte unterschied.

»Ja, das ist Oleg!«, bestätigte Josepha Wielands fragenden Blick.

Sie hockte neben ihrem Bruder, bereit, aufzuspringen. Neben ihr lag der Knüppel, mit dem sie im Wald Gerhard erledigt hatte.

»Alle glauben, dass Oleg dich getötet hat.«

»Was hast du mit dem Grafen zu schaffen?«, fragte sie, ohne auf ihn einzugehen. »Warum wirst du von seinen Männern gejagt? Warum wollen sie dich umbringen?«

Wieland sah sie erstaunt an.

»Ich habe dich gesehen. Mit dem Grafen. Auf dem Friedhof. Bei Vaters Beerdigung. Du bist zu ihm gegangen …«

Josepha schien nicht überzeugt, als er ihr erklärte, dass er keine gemeinsame Sache mit dem Grafen mache.

»Hat er dich nicht gerufen?«

Wieland schüttelte leicht den Kopf und massierte seinen Hals. »Hast du Wasser?«, fragte er.

Josepha stand auf und nahm einen kleinen Krug, der auf einem ausgerissenen Baumstumpf in der Ecke stand. Er erkannte zwei der Einmachgläser aus dem Keller seiner Mutter darauf.

Er trank direkt aus dem Krug. Josepha ging zu Oleg hinüber, befühlte seine Stirn und prüfte seinen Puls. Dann beugte sie sich über ihn und flüsterte ihm etwas ins Ohr.

»Was ist passiert?«, fragte Wieland.

Sie setzte sich zu ihm und sah ihn ernst an. »Weißt du, warum ich Josepha heiße?«

»Vater hat …«

»Blödsinn«, unterbrach ihn die junge Frau.

Die Heftigkeit ihrer Reaktion erschreckte Wieland.

»Du hast dich immer nur für dich interessiert«, schnauzte sie ihn an. »Hast nicht gesehen, was um dich herum passiert.«

»Deshalb komme …«

Wieder ließ sie ihn nicht ausreden. »Wenn es nach Vater gegangen wäre, hätten sie mich Bettina, Karoline oder Annette getauft. So wie ihr Wieland und Wolfgang heißt. Geistesgrößen. Berühmte Schriftsteller.«

Josephas Augen funkelten. Wieland setzte sich auf.

»Aber Mutter hat sich durchgesetzt. Sie wollte, dass ich Josepha heiße. Ein ungewöhnlicher Name, nicht wahr?« Sie blickte ihren Bruder kampfeslustig an. »Du hast dir nie Gedanken darüber gemacht, warum ich diesen Namen trage. Und auch nicht Josefine heiße?«

Oleg stöhnte auf. Sogleich sah sie zu ihm hinüber. Sachte bewegte er die Beine unter der Decke.

Josepha wartete, bis er sich beruhigt hatte. Sie sprach nun etwas gefasster. »Der Graf heißt Joseph. Mit ›ph‹. Und damit es kein Missverständnis gibt«, sie lachte kurz gequält auf, »wird mein Name genauso geschrieben.« Sie sah Wieland an, suchte zu ergründen, ob er nun endlich verstanden hatte. »Der Graf ist mein Vater!«, sagte sie schließlich.

Wieland erwiderte noch immer nichts.

»Hat es dir die Sprache verschlagen? Wenn du früher etwas konntest, Wieland, dann reden. Wolfgang konnte schlagen. Du konntest reden.« Sie atmete tief durch, ging zu Oleg hinüber, kniete sich neben ihm nieder, flüsterte ihm wieder etwas zu.

Wieland konnte nicht verstehen, was sie sagte, aber er nahm die Zartheit wahr, mit der sie zu ihm sprach, ganz im Gegensatz zu der Schroffheit, mit der sie ihm ihre Worte entgegenschleuderte.

Mit einem leichten Kopfschütteln kam sie zurück.

»Wieso ist der Graf …? Was hat … Mutter?«

Josepha lachte verächtlich. »Weil er Mutter vergewaltigt hat. Weil sie nicht wollte. Deshalb. Alle sagen, dass er zu ihr anders war. Dass er sie bewundert hat. Dass er sie respektiert hat. Das ist Blödsinn. Als er nicht bekam, was er wollte, hat er es sich genommen. Und ich bin das Ergebnis.«

»Und Vater?«, fragte Wieland.

»Der ist so blind wie du. Geahnt hat er es vielleicht. Aber nichts gesagt. Er hat es hingenommen. Vielleicht … vielleicht hat er deshalb mit dem Trinken angefangen.«

Wieland nahm den Krug, trank einen Schluck, dachte nach. »Wie hast du das erfahren?«, fragte er endlich.

Wieder bekam sie diesen höhnisch verächtlichen Zug um den Mund. »Ich habe es gespürt. Die Blicke. Von Mutter. Vom Grafen. Und als ich älter wurde, eine Frau wurde, da hat er mich angesehen wie die anderen Frauen, wollte, dass ich zu ihm aufs Gut komme …«

»Deshalb will er, dass du tot bist? Weil du nicht aufs Gut wolltest?«

»Nein!« Sie dachte einen Moment nach. »Ich habe ihm gedroht. Ich würde allen erzählen, dass er mein Vater ist.«

»Meinst du nicht, dass ihm das egal wäre?«

Josepha sah zu Oleg herüber, bevor sie antwortete. »Wahrscheinlich. Aber ich habe gesehen, wie Wolfgang den Separatisten umgebracht hat. Und der Graf hat gesagt, dass Wolfgang da bei ihm war.«

»Das wolltest du auch verraten? Hast du das dem Grafen gesagt?«

Sie nickte.

»Und dann?«

»Wollte er mich umbringen. Eigenhändig. Auf seinem Gut. Aber ich kenne einen Weg da raus …«

»Und Oleg?«

Wieder lachte sie kurz auf. »Oleg ist mein Freund. Wir wollten weg. Weil ich weiß, dass der Graf nicht ruhen wird, bis er mich getötet hat. Also hat er überall erzählt, dass Oleg mich vergewaltigt und umgebracht hat. Ich habe die Plakate gesehen. Die hat er überall aufgehängt. Oleg und ich wollten nach Mainz, Oleg hat da einen Freund.«

Josepha hatte schnell und erregt gesprochen. Man hörte wieder Olegs Wimmern.

Sie trat zu ihm, beugte sich über ihn. »Wir müssen was tun! Kannst du helfen?«

»Was ist passiert?«

»Im Wald … Oleg ist in eine der Fallen getreten, die der Graf aufstellt.«

Mühsam erhob sich Wieland, ging zu Oleg hinüber. Sein Gesicht war blass und so weiß, als würde kein Tropfen Blut mehr durch seine Adern fließen.

Er mied den Blick der Schwester, denn er fürchtete, dass er ihr jede Hoffnung nehmen würde, wenn sie sein Gesicht sah.

Wieland zog die Decke von Olegs Beinen. Das rechte Bein war entzündet. Er hatte hohes Fieber, das erkannte er auf den ersten Blick.

»Wir müssen schnell etwas tun«, sagte er. »Ich habe noch ein paar Medikamente im Schulhaus.«

»Ich hole sie«, warf Josepha ein und sprang auf. »Ich kenne mich besser aus und bin schneller.«

Wieland widersprach. »Oleg braucht dich hier. Du musst ihn wach halten. Er darf nicht einschlafen. Ich gehe gleich morgen früh los!«

31

Josepha hatte die Nacht über an Olegs Bett gesessen. Mit einem Kräutersud rieb sie seine Wunde ein, seine Stirn kühlte sie mit einem Tuch, das sie vor der Hütte in einen Trog tauchte. Er wand sich in Fieberkrämpfen und schrie immer wieder auf. Wieland, der versuchte, ein wenig Schlaf zu finden, schreckte jedes Mal hoch. Sowie die ersten Nachtwolken aufrissen, stand er auf.

Josepha erklärte ihm den schnellsten Weg zum Schulhaus. »Beeil dich! Bitte!«, sagte sie zum Abschied.

Alle Bitterkeit war aus ihrer Stimme verschwunden. Angst war an deren Stelle getreten.

Die Haustür stand offen, als Wieland außer Atem das Schulhaus erreichte.

Im ehemaligen Schulraum fand er das Bett zerwühlt, von Apollonia keine Spur. In der Küche lagen zwei Stühle auf dem Boden, daneben, zwischen Blutflecken, Scherben von einem Glas.

Da hörte er von draußen durch die nur angelehnte Hintertür ein Wimmern, leise und von kurzen Schluchzern unterbrochen.

Neben dem Brunnen lag Apollonia zusammengerollt auf dem Boden, die Arme hatte sie wie zum Schutz über den Kopf gelegt.

»Apollonia?«, rief er und berührte die Frau leicht an der Schulter. Sie zuckte und rollte sich noch mehr zusammen.

»Apollonia?«, rief er noch einmal.

Sie bewegte ihren Kopf so weit, dass sie zu ihm aufschauen konnte.

Ihr Gesicht war noch stärker geschwollen, und auf ihrer

linken Wange waren Brandmale, als hätte jemand seine Zigarette dort ausgedrückt.

Wieland lief ins Haus, nahm einen Lappen, befeuchtete ihn am Brunnen und tupfte ihr das Gesicht ab. Apollonia streckte sich. Jetzt erkannte er, dass ihr dunkles Kleid voller Blut war. Sie blickte Wieland angstvoll an.

»Wer war das?«, fragte er.

»Wolfgang«, hauchte die Frau so leise, dass Wieland Mühe hatte, sie zu verstehen.

Er lief zurück ins Haus und kam mit einem Handtuch zurück, das er auf die Wunde an Apollonias Unterleib drückte.

Die stöhnte leise auf. Tränen flossen ihr über die Wange. »Ich … habe …«, das Sprechen fiel ihr schwer, »… verraten …«

Wieland blickte sie fragend an.

»Josepha …« Das auszusprechen, kostete sie so viel Kraft, dass sie zusammensackte.

»Wo ist Wolfgang?«, fragte er Apollonia, deren Atem schwächer wurde.

Sie blickte an ihm vorbei.

»Wo ist er?«, fragte Wieland noch einmal, lauter und eindringlicher jetzt.

»Hier, Bruderherz!«, tönte es vom hinteren Eingang her.

Dort stand Wolfgang, vor ihm Gudrun, die ängstlich zu Wieland herübersah. Wolfgang hatte eine Hand in ihre Haare gekrallt, in der anderen hatte er ein Messer, das er an ihren Hals hielt. Seine Krücke lag neben ihm auf dem Boden.

»Apollonia war so freundlich, mir zu sagen, dass du weißt, dass unsere Schwester lebt und dass du auf der Suche nach ihr bist. Hast du sie gefunden?«

Wieland hatte sich erhoben.

»Bleib, wo du bist, kleiner Bruder! Du willst doch nicht, dass dem Mädchen etwas passiert?!«

»Lass sie los!«, forderte Wieland seinen Bruder auf.

Wolfgang lachte.

»Was hast du mit Freya gemacht?«

Wolfgang lachte wieder. »Machst du dir Sorgen?«

Wieland ging einen Schritt auf seinen Bruder zu.

»Bleib stehen!«, warnte der ihn und drückte die Klinge fester an Gudruns Hals.

»Wo ist Josepha?«, fragte Wolfgang.

»Wie soll ich wissen, dass du Gudrun nicht umbringst, wenn ich dir das sage. Vorausgesetzt, ich wüsste es.«

Hinter sich hörte er das leise Wimmern von Apollonia. Als er sich zu ihr umdrehte, sah sie ihn mit großen Augen an.

Wieder lachte Wolfgang. »Die macht es nicht mehr lange, die Hure.« Düster sprach er weiter. »Du magst der Schlauere von uns beiden sein, aber blöd bin ich nicht. Du musst mir schon vertrauen.«

Wieland schwieg.

»Wo ist Josepha?«

In dem Moment rumpelte etwas in der Küche. Wolfgang wandte sich um, sah, wie Willi mit einem Messer in der Hand auf ihn zulief. Noch im Lauf stieß er Wolfgang die Klinge in den Unterleib. Der war so überrascht, dass er Gudrun losließ.

Wieland schoss vor, zog das Mädchen zu sich, während Wolfgang wie in Zeitlupe langsam nach vorne fiel. Hinter ihm stand Willi und starrte auf den fallenden Mann, das Messer hatte er noch in der Hand.

»Ich habe dich gerettet!«, rief er nach einer Schrecksekunde aus. »Wieland hat Willi gerettet. Jetzt hat Willi Wieland gerettet.«

Der drückte das Mädchen in seinen Armen fest an sich.

32

Kann ich trotzdem noch zum Film?«, fragte Apollonia mit schwacher Stimme.

Wieland antwortete mit einem leisen »Ja«. Apollonia lächelte, dann starb sie.

Gudrun, die hinter ihm stand, hatte sich an ihm festgekrallt. Willi war noch ganz mit sich und seiner Rettungstat beschäftigt, mit der er seine Freundschaft zu Wieland bewiesen hatte und mit der sie beide nun ein ausgeglichenes Konto hatten, was ihre gegenseitige Rettung anging.

Wieland forderte Willi und Gudrun auf, in der Küche zu warten. Dann stieg er in den ersten Stock hoch, setzte sich aufs Bett und schloss die Augen. Alles war ihm aus der Hand geglitten. Er hatte zwei Männer umgebracht. Und nun war auch sein Bruder tot, und Apollonia hatte ihre Träume mit dem Leben bezahlt.

»Wie… laaand?!«, rief Willi von unten.

Er nahm zwei Betttücher und die Tasche mit den Medikamenten aus seinem Schrank und kehrte zu den beiden zurück. Gudrun saß am Küchentisch und blickte ihn ängstlich an. Willis Gesichtsausdruck wechselte zwischen Stolz und Unsicherheit.

Wieland ging nach draußen und breitete die Leintücher über den beiden Toten aus. Willis Messer warf er in den Brunnen. Er schaute auf die Medikamente, auf die Josepha wartete, aber es war ihm klar, sie würden Oleg nicht helfen. Und er musste zu Freya. Es war nicht auszuschließen, dass Wolfgang die Frau, die ihn abgewiesen und verhöhnt hatte, umgebracht hatte.

Er nahm Willi zur Seite, drückte ihm die Tasche mit den Medikamenten in die Hand und erklärte ihm den Weg zur

Köhlerhütte. Willi nickte eifrig, sagte, dass er wisse, wo die Hütte liege, und dass er ganz schnell durch den Wald flitzen werde. Und schon war er losgelaufen.

Dann kümmerte Wieland sich um Gudrun, die am Tisch sitzen geblieben war. Sie hatte zwei Menschen auf die schrecklichste Weise sterben sehen. Zusammen machten sie sich auf den Weg zur Schmiede.

Sie hatten gerade den Hof des Bauern Neubert erreicht, als ihnen Willi entgegengerannt kam und aufgeregt mit den Armen wedelte.

»Brennt … schnell … alles brennt«, rief er ihnen außer Atem zu.

Wieland packte ihn an den Schultern, wollte ihn beruhigen.

»Feuer … alles … Feuer …«, stieß er hervor.

»Wo? Was brennt?«, fragte Wieland und versuchte, ruhig zu bleiben, was ihm schwerfiel. Er machte sich Sorgen um Freya.

»Das Gut … der Graf …« Willi nickte wild mit seinem Kopf. »Alles brennt …«

»Das Gut des Grafen brennt?«, hakte Wieland nach.

Wieder nickte Willi. »Ja … ja …«, stammelte er. An seiner Hand baumelte die Tasche mit den Medikamenten.

Wieland nahm Gudrun an der Hand und lief los, darauf bedacht, dass das Mädchen mit ihm Schritt halten konnte. Willi lief hinter ihnen her.

Das Dorf war bereits in großer Aufregung. Die Leute standen vor den Häusern und sprachen miteinander, andere waren schon auf dem Weg zum Gut des Grafen. Ein Stück ließen die drei sich mittreiben, dann nahmen sie den Weg zum Bach und folgten ihm bis zur Schmiede.

»Warte hier!«, sagte er zu Gudrun, die stumm nickte und ihn ängstlich anschaute. Sie standen auf der anderen Seite des Baches vor dem Steg. »Du bleibst bei Gudrun!«, befahl er Willi, der ebenfalls nickte. Dann ging er über den Steg.

Es war ruhig, selbst die Vögel schienen in diesem Moment ihr Gezwitscher eingestellt zu haben.

Wieland blickte hinter sich, auf der anderen Bachseite standen Gudrun und Willi eng beieinander. Willi hatte einen Arm um die Schulter des Mädchens gelegt. Gebannt schauten sie zu ihm herüber.

»Freya?!«

Er wartete, rief noch einmal ihren Namen, dann bekam er leise Antwort aus der Werkstatt.

Mit schnellen Schritten trat er durch das offene Tor, sah sich um. Aus einer Ecke hörte er ein gedämpftes »Hier«. Dann sah er sie. Sie lag neben dem Amboss auf dem Boden. Ihre Hände und Füße waren in Fesseln. Mit seinem Messer befreite er sie davon.

»Gudrun?«, war ihre erste Frage.

Die stand mit Willi schon an der Tür.

Wieland half Freya, sich aufrecht zu setzen. Mit der nun freien Hand massierte sie sich den Nacken.

»Mama?«, rief das Mädchen mit ängstlicher Stimme.

»Hier, mein Schatz!«, rief sie, worauf das Mädchen gleich zu ihr eilte.

Wieland ging in die Küche und kam mit einem Glas Wasser in die Werkstatt zurück. Freya und Gudrun saßen in enger Umarmung auf dem Boden, hinter ihnen stand Willi, er hatte beiden eine Hand auf den Kopf gelegt. »Alles gut!«, sagte er und blickte Wieland verschwörerisch an.

»Gut gemacht, Willi!«, lobte er. »Aber jetzt musst du zur Köhlerhütte, verstanden!«

Willi nickte.

»Das ist wichtig. Oleg braucht die Medizin!« Er deutete auf die Tasche, die Willi noch in der Hand hielt. »Und dann kommst du zum Gut des Grafen!«

33

Zu dritt eilten sie zum Gut des Grafen. Freya drückte ein feuchtes Tuch auf ihren Hinterkopf, dort, wo sie Wolfgangs Schlag getroffen hatte. Wieland musste sich immer wieder ermahnen, nicht zu schnell zu gehen und Rücksicht auf Gudruns kurze Beine und Freyas Benommenheit zu nehmen.

Freya beharrte darauf zu erfahren, was geschehen war. Dabei sah sie sorgenvoll ihre Tochter an. Mit knappen Worten berichtete ihr Wieland von seiner Suche nach Josepha, dem Kampf mit Helmut und seinen Männern, dass Oleg schwer verletzt war, aber lebte, und dass Wolfgang tot war.

»So viele Tote!«, kommentierte Freya matt. Das Laufen strengte sie an.

Wieland schwieg.

»Kannst du damit leben? Ist es das wert?«, fragte sie.

Er wusste keine Antwort darauf.

Schon von Weitem sahen sie die Rauchwolken in den Himmel steigen, sahen die Flammen aus den Gebäuden züngeln.

Vor dem Tor standen einige Dorfbewohner und beobachteten das Schauspiel.

Ein Knecht führte zwei Pferde an ihnen vorbei zu einer Sammelstelle in der Nähe des Waldes. Sein Gesicht war rußgeschwärzt, sein Atem ging keuchend. Er nahm keine Notiz von ihnen.

Wieland, Freya und Gudrun waren noch etwa zwanzig Meter von der Mauer entfernt, als der Dachstuhl des Herrenhauses mit großem Getöse einstürzte. Ein Hund lief bellend zwischen den Menschen herum.

Durch das weit offen stehende Tor sahen sie die Menschen im Innenbereich des Guts, die damit beschäftigt waren, das Feuer zu löschen und die Tiere, soweit sie überlebt hatten, ins Freie und in Sicherheit zu bringen. Einige standen noch in den brennenden Stallungen. Ihr Angstgeschrei drang bis zu ihnen herüber. Gudrun hielt sich die Ohren zu.

Ein Gespann mit zwei Pferden und einem Fuhrwerk kam ihnen entgegen. Auf der Ladefläche lagen ein Mann und eine Frau. Sie stöhnten, ihre Gesichter wiesen Verbrennungen auf.

»Wartet hier!«, sagte Wieland und eilte zum Tor.

Drinnen war alles in großer Aufregung. Ein Teil der Stallungen im hinteren Bereich war bislang von dem Feuer verschont geblieben, man bemühte sich zu verhindern, dass es dorthin übersprang. Unermüdlich wurde aus dem Brunnen Wasser geschöpft und die Eimer zu den brennenden Gebäuden geschleppt. Es fehlte eine koordinierende Hand. Wieland fragte sich, ob der Graf nicht auf dem Gut war. Er konnte sich nicht vorstellen, dass der Mann der Vernichtung seines Besitzes tatenlos zusah.

Ein Knecht kam ihm entgegengehumpelt. Sein Gesicht war schwarz, er hustete ohne Unterbrechung. Wieland stützte den Mann und führte ihn zum Tor.

Er ging zurück, half beim Wasserschöpfen. Viele der Helfer lagen erschöpft auf dem Boden, sie hatten den Kampf gegen die Flammen aufgegeben.

Wieland hatte gerade einen Eimer nach oben gezogen, als Willi neben ihm auftauchte. Er war völlig außer Atem, beugte sich nach vorne und stützte sich mit den Händen auf seinen Knien ab.

Wieland hielt ihm den halb vollen Eimer hin.

Willi zögerte, dann trank er gierig. »Oleg …«, fing er schließlich an, »… Oleg … ist tot.«

Wieland hatte das befürchtet. »Und Josepha? Wo ist sie?«, fragte er eindringlich.

Willi schüttelte den Kopf. »Sie ist nicht da …«

»Bist du sicher, dass Oleg tot ist?«, hakte er nach.

»Ja!«, antwortete Willi unsicher, als ob er für dessen Tod verantwortlich wäre.

Das Trampeln von Pferdehufen ließ Wieland herumfahren.

Auf einem braunen Hengst saß Martin Breitbach, wie immer akkurat mit Breeches und Tweedjackett bekleidet. Auf seinem Schoß lag ein großer Sack.

»Sie gehen davon?«, fragte Wieland spöttisch.

»Hier ist nichts mehr zu retten«, entgegnete Breitbach. »Die Kleine hat ganze Arbeit geleistet.«

»Die Kleine?«, fragte Wieland zurück.

»Josepha. Sie ist ins Haus eingedrungen und hat den Grafen getötet, nachdem sie ihn beschuldigt hat, für den Tod von Oleg verantwortlich zu sein.«

»Josepha …?« Wieland musste durchatmen. »Wie ist sie hereingekommen?«

Breitbach zuckte mit den Schultern. »Wo ein Wille ist … Sie war schon früher auf dem Gut und kannte wohl einen Nebeneingang, der nicht offiziell …«

Wieland nickte. »Was ist mit ihr?«

Breitbach sah zu einem der brennenden Ställe.

»Verbrannt?«, fragte Wieland.

»Ja. Nachdem sie den Grafen getötet hatte, legte sie erst im Haus und dann in den Ställen Feuer. Einer der Knechte hat sie dort gesehen. Er sagte, dass es aussah, als wollte sie sterben.«

Wieland schaute zu den Ställen hinüber. Ein Teil war schon eingestürzt. Ein Knecht humpelte an ihnen vorbei, in den Armen trug er einen Hund.

»Sie werden sie nicht mehr retten können«, sagte Breitbach, als Wieland sich zu den Ställen aufmachen wollte.

»Da hat der Graf ja erreicht, was er wollte.« Wieland konnte sich den Zynismus nicht verkneifen. »Nun ist sie tot.«

»Keine Sorge, Göth. Über Ihre Schwester wird niemand

schlecht reden. Wir werden sehen, wer den Grafen umgebracht hat. Es könnte ein Separatist gewesen sein. Oder ein Kommunist. Vielleicht ein Jude. Es gibt doch genug Menschen, die einen Idealisten wie den Grafen gerne tot sähen.« Seine Augen blitzten. »Es würde ihm gefallen, auch über den Tod hinaus etwas für Deutschlands Wohl getan zu haben.«

Gudrun war langsam zu Wieland getreten.

»Ihre Tochter?«, fragte Breitbach, ohne jede Anzüglichkeit.

Wieland antwortete nicht. »Und Sie?«, fragte er stattdessen. »Was werden Sie jetzt machen?«, und blickte zu Breitbach hoch, der noch immer auf seinem Ross saß und den Eindruck machte, als würde ihn das alles nichts angehen.

»Ich? Ich habe wohl aufs falsche Pferd gesetzt«, sagte er, grinste, beugte sich vor und tätschelte seinem Pferd den Hals. »Der Graf hatte die richtige Überzeugung und gute Ideen, aber ihm fehlten Charisma und eine Tugend, die Selbstbeherrschung heißt. Und er mochte die Menschen nicht. Das ist an sich nichts Verwerfliches, aber man darf das nicht zeigen. Ein Mensch mit Visionen und Führungsanspruch muss andere mitreißen können, ihnen sagen, was sie hören wollen, selbst wenn sie wissen, dass es nicht wahr ist und es nicht einzulösen ist.«

Wieland nickte. Gudrun drückte sich an ihn. »Was haben Sie jetzt vor?«, fragte er.

Breitbach klopfte auf den Sack auf seinem Schoß. »Ich verlasse diesen Landstrich. Ich werde nach München gehen. Da gibt es eine Partei, hat sich gerade in Nationalsozialistische Deutsche Arbeiterpartei umbenannt und soll einen sehr charismatischen Führer haben. Adolf Hitler. Der Mann der Zukunft. Merken Sie sich den Namen, Göth. Vor allem: Lesen Sie das 25-Punkte-Programm der Partei. Da steht alles drin.«

Das Pferd tänzelte unruhig auf der Stelle. Breitbach beruhigte es, wandte sich dann wieder Wieland zu: »Wie der Graf richtig sagte, Herr Göth: Wir brauchen Männer wie Sie. Kommen Sie nach München!« Damit führte er die Hand zur Stirn und grüßte, gab dem Pferd mit dem Zügel den Befehl, sich umzuwenden, und ritt davon.

Wieland sah ihm nach, bis er im Wald verschwunden war, dann ging er mit Gudrun durch das Tor nach draußen.

Dort standen Freya und Willi und blickten ihnen entgegen.

»Mama hat gesagt, dass du weggehst!«, sagte Gudrun, als sie alle beieinanderstanden.

Er sah zu Freya, die ihn ernst ansah und nickte.

Willi schwieg.

»Ja, ich muss weggehen. Ich …«

»Kommst du wieder?«, fragte das Mädchen.

»Ich glaube nicht«, antwortete Wieland.

Gudrun hatte Tränen in den Augen.

Dann begann sie, an ihrem Kleid zu nesteln, und hielt ihm schließlich die kleine Brosche von Oswald entgegen.

Wieland blickte Freya an, die erneut nickte. Dann nahm er die Brosche und steckte sie an seine Jacke.

»Du darfst sie nicht verlieren, damit du immer an mich denkst«, sagte sie. Sie versuchte, ihre Tränen zu unterdrücken.

Auch Willi schluchzte. »Willi kommt mit!«, sagte er dann und hob den Kopf.

»Nein, Willi! Du bleibst hier. Im Dorf brauchen sie jetzt Männer wie dich. Du musst auf Gudrun und Freya aufpassen. Machst du das?«

Einen Moment schien er zu überlegen, dann stimmte er mit einem eifrigen Nicken seines Kopfes zu.

Wieland trat zu Freya und umarmte sie.

»Du bist nicht für das Dorf geschaffen, Wieland«, flüsterte sie ihm ins Ohr, dann löste er sich von ihr, umarmte Gudrun, drückte sie an sich und sah noch einmal in ihre Augen, die den seinen so ähnlich waren. Willi gab er die Hand, wie man es unter Männern tat.

Dann drehte er sich um und ging davon.

Die Stimme des Mädchens

Den Namen habe ich mir gemerkt. Seit ich ihn das erste Mal aus dem Mund von dem Mann auf dem Pferd vor dem brennenden Gut gehört habe. Wie ein Menetekel hat er sich in meinem Kopf eingebrannt. Obwohl ich damals ein erst sieben Jahre altes Mädchen war, das von Politik nichts verstand. In den Jahren, die seitdem vergangen sind, ist dieser Mann immer mächtiger geworden. Seine laute Stimme macht mir Angst, hat mir von Anfang an Angst gemacht. Wie all die Menschen, die ihm zujubeln und ihn wie einen Gott verehren. Auch in Rombelsheim. Dort schon sehr früh.

Dabei will er nur Tod und Verwüstung, will Macht über die Menschen, will entscheiden, wer leben darf und wer nicht.

Der Graf, das weiß ich heute, war ein Vorläufer, einer, der ähnliche Gedanken hatte und der, wenn er heute die Macht hätte, jeden Menschen, der nicht in sein Weltbild passt, bekämpfen und töten würde. So wie es dieser Hitler macht.

Diesen Roman habe ich für meinen Vater geschrieben. Dies ist das letzte Kapitel. Ich habe es heute, am 3. April 1933, vollendet, an dem Tag, an dem ich meine Koffer gepackt habe, um Deutschland zu verlassen, ziemlich genau dreizehn Jahre, nachdem mein Vater ins Dorf zurückgekehrt ist. Nicht, um zu bleiben.

In meinen Träumen bin ich ihm oft begegnet. Schon bevor er das erste Mal im Dorf auftauchte. Heute ist mir klar, dass ich schon bei unserer ersten Begegnung wusste, dass er mein Vater ist. Als er verloren mit seinem Rucksack vor dem Schulhaus stand. Zumindest gespürt habe ich es. Heute verstehe ich auch, warum mich meine Mutter so abrupt von dort weggezogen hat. Wie er dann über den Steg zur Werkstatt kam, wie er und Mutter sich gegenüberstanden, sich schüchtern begrüßten, nicht wussten, wie sie sich begegnen sollten. So hatte ich meine Mutter bis dahin noch nicht erlebt.

Ob er wirklich mit dem Vorsatz ins Dorf kam, den Grafen zu töten, weiß ich nicht. Die Frage, ob es ihn wirklich interessierte, wer die Blumen auf das Grab seiner Mutter legte und ob seine Schwester Josepha tatsächlich von dem russischen Kriegsgefangenen Oleg getötet worden war, kann ich nicht beantworten. Ihn trieb vor allem an, dass er Else nicht geholfen hatte, als der Graf über sie herfiel und dann umbrachte. Und dass er auch danach nicht nur den Mund hielt, sondern fortging. Weit fort, für sieben Jahre. Aber ich kann ihm daraus keinen Vorwurf machen. Immerhin hat er vieles infrage gestellt, was die Bewohner von Rombelsheim als Wahrheit hingenommen haben. Und es heute wieder tun. Eine neue Ordnung hat er nicht geschaffen. Die alte zementiert, das hat er.

Der Graf ist tot, aber die Menschen im Ort verehren ihn. Der Platz vor der Kirche ist nach ihm benannt, ein Denkmal erinnert an ihn, niemand verliert ein schlechtes Wort über ihn. Über die Familie meines Vaters spricht man nicht, als hätte sie nie existiert. Der Dorflehrer und seine schöne Frau, sein wilder und brutaler Bruder Wolfgang, seine rebellische Schwester Josepha, er selbst.

Für meine Geschichte habe ich mir Freiheiten genommen. Ich weiß nicht, ob alles genau so passiert ist, wie ich es beschreibe. Aber dies ist eine Freiheit, die mir niemand nehmen kann. Deshalb bin ich Schriftstellerin. Oder will es werden.

Freya, meine Mutter, ist vor einem halben Jahr gestorben. Sie hat Wieland geliebt, all die Jahre, und sie hat sich keinen anderen Mann mehr genommen. Sie hat die Schmiede weiterbetrieben, bis ich sechzehn Jahre alt war. In den letzten Wochen ihres Lebens, als sie das Bett schon nicht mehr verlassen konnte und wusste, dass es keine Heilung geben würde, hat sie endlich mit mir gesprochen. Hat mir erzählt, was ich schon wusste, dass Wieland Göth mein Vater ist. Dass sie ihn damals, nach dem Brand auf dem Gut des Grafen, wegschicken musste. Dass sie mit ihm nicht hätte zusammenleben können. Weil er ein Mann des Schweigens und des Verschweigens war. Aber hat sie es bei mir besser gemacht?

Vor einigen Jahren sind wir weggezogen. Nach Frankfurt, in eine große Stadt. Im Dorf war es unerträglich geworden. Meine Mutter hat aus ihrer Abneigung gegen die Hitler-Leute keinen Hehl gemacht, und man hat sie bedroht und beschimpft. Der Hund wurde vergiftet, und es wurde versucht, die Schmiede niederzubrennen. Im Dorf hat sie es nicht mehr ausgehalten. Sie hatte Angst um mich, wollte nicht, dass ich unter diesen Menschen aufwachse. In Frankfurt konnte ich auf die Schule gehen, um später zu studieren.

Da war Willi schon ein paar Jahre tot. Mutter hatte ihn in der Schmiede beschäftigt, er hatte eine kleine Kammer in unserem Haus. Er ist bei einem Unfall ums Leben gekommen. Seine größte Angst in seinen letzten Lebensminuten war, dass man ihn nicht auf dem Friedhof beerdigen würde. Wir haben ihm versprochen, dass er dort ein schönes Grab bekommen würde. Da ist er dann gestorben.

Wohin Wieland gegangen ist? Wo er lebt? Was er macht? Ich weiß es nicht. Weder meine Mutter noch ich haben jemals wieder etwas von ihm gehört. So wie er damals, vor dem Krieg, verschwunden ist und so plötzlich, wie er im Frühjahr 1920 aufgetaucht ist, so ist er nach dem Tod des Grafen und dem Brand auf dem Gut weggegangen und nie mehr wiedergekommen. Er hat seine Familie verloren. Seine Mutter hat sich erhängt, sein Vater hat sich zu Tode getrunken, sein Bruder wurde erstochen, seine Schwester ist verbrannt. Was für eine Familie. Was hat das Schicksal für ihn bestimmt?

Vielleicht ist er nach Japan zurückgekehrt. Mutter erzählte

mir, dass er mit großer Sehnsucht von diesem Land sprach, dass dieses Land, das so weit entfernt von Rombelsheim liegt und dessen Kultur so anders ist, ihn in Bann gezogen hat und dass sie sicher war, dass dort eine Frau auf ihn wartete. Mehrere Jahre hat er in Japan in einem Lager gelebt, das Bando heißt, und er hat das Leben dort als eine Freiheit empfunden, die er bis dahin nicht kannte. Es gab dort Sport- und Kulturveranstaltungen, Musikaufführungen und eine Bibliothek, in der Wieland gearbeitet hat.

Läge nicht eine gewisse Ironie darin, wenn Wieland Deutschland wegen Männern wie dem Grafen oder Hitler verlassen haben sollte, um nun in einem Land zu leben, das einen brutalen Krieg mit seinen Nachbarn führt?

Warum fliehen, wenn einem die Dämonen, die inneren wie die äußeren, überallhin folgen.

Ob sein Plan, den Grafen zu töten, in dem Lazarett in Berlin entstanden ist? Wo ihn Regina, die Cousine von Else, erkannt hat? Sie ist mit dem Kommissar zu ihm gekommen, der damals den Fall der toten Else untersucht hat. Sie haben Wieland berichtet, dass wieder ein Mädchen verschwunden ist, getötet angeblich von einem Ausländer. Wie damals. Es hat ihn an seine eigene Schuld erinnert. Ob die nun abgetragen ist? Kann ein Mensch eine solche Schuld abtragen? Kann man dies durch den Tod anderer Menschen? Was sind die Konsequenzen des eigenen Handelns?

Josepha hat es ihm abgenommen. Ob sie ihren Frieden gefunden hat?

Viele Fragen, auf die ich keine Antworten habe. Davon will ich in meinen Büchern schreiben.

Ich bin mir sicher, dass der nächste Krieg kommt. Das sagt Hitler in jeder seiner Reden. Man muss ihm nur zuhören. Die Menschen in Deutschland, die wollen ihn auch. Dabei haben sie, wie ich als kleines Mädchen, doch die Folgen eines Krieges zu spüren bekommen. Aber sie haben all das Leiden,

den Schmerz und den Hunger vergessen. Viel zu schnell vergessen.

Wieland kam wie ein Gespenst in unser Dorf, wie ein Geist.

Ich lebe in Frankfurt am Main. Heute Abend wird mich ein Zug nach Straßburg bringen, aus diesem Land heraus. Viel Geld habe ich nicht. Ich will Schriftstellerin werden. Ich spreche leidlich gut Französisch. Ob es dafür reicht?

Ich habe einen Traum.

Ich bin allein.

Ich habe Angst.

Nachwort

Wieland Göth kehrt in den ersten Apriltagen des Jahres 1920 in sein Heimatdorf Rombelsheim im Südwesten Deutschlands, genauer im westlichen Rheinhessen, zurück. Das Dorf ist ebenso fiktiv wie die handelnden Personen, nicht jedoch die beschriebenen historischen, politischen, wirtschaftlichen und sozialen Hintergründe.

Göth verlässt Berlin am frühen Morgen des 13. März 1920. An diesem Tag besetzt der ranghöchste General der sogenannten Vorläufigen Reichswehr, Walther von Lüttwitz, an der Spitze der ihm unterstehenden Marinebrigade Ehrhardt das Berliner Regierungsviertel und ernennt den ostpreußischen Generallandschaftsdirektor Wolfgang Kapp zum Reichskanzler, weshalb heute auch vom Kapp-Lüttwitz-Putsch gesprochen wird.

Hintergrund war die Forderung der Alliierten nach Entwaffnung und Auflösung der Freikorps-Verbände. Damit sollte die Übernahme der Regierungsgewalt durch Vertreter der antirepublikanischen Kräfte verhindert werden. Nach anfänglichen Erfolgen brach der Umsturzversuch in dem von der Reichsregierung und den Gewerkschaften initiierten Generalstreik zusammen.

Im Roman ist mehrfach die Rede von der »Schwarzen Schmach«. So hieß eine rassistische Kampagne, die sich ab Anfang der 1920er-Jahre gegen den Einsatz überwiegend aus afrikanischen Kolonien stammender französischer Kolonialtruppen im Rahmen der Alliierten Rheinlandbesatzung wandte.

Nach den Bestimmungen des Versailler Vertrags sollten die deutschen Gebiete westlich des Rheins einschließlich einiger Brückenköpfe um Köln, Koblenz und Mainz auf der rechten Rheinseite für fünfzehn Jahre von alliierten Truppen besetzt werden. Rechtsrheinisch wurde zudem eine fünfzig Kilometer breite entmilitarisierte Zone geschaffen.

Der fiktive Ort Rombelsheim liegt im besetzten linksrheinischen Gebiet und ist allen Auflagen wie Ausgangssperren, Bereitstellung von Quartieren, Handelsbeschränkungen u. v. m. unterworfen. Diese verstärkten die allgemeine Armut, Wohnungsnot, Arbeitslosigkeit und Hunger als Folge des Ersten Weltkrieges.

Anders als die alliierten US-Amerikaner und Belgier setzte Frankreich auch Soldaten aus Nordafrika, Französisch-Westafrika, Madagaskar und Indochina bei der Besetzung des Rheinlands ein.

Schon während des Krieges hatte man es in Deutschland als entwürdigend empfunden, gegen schwarze Soldaten kämpfen zu müssen. Noch demütigender war es nun, diese als Besatzer im Rheinland ertragen zu müssen. Politiker und Publizisten bezeichneten die Anwesenheit dieser Soldaten als »Anschlag auf die deutsche Volksgesundheit«.

Aber nicht nur in Deutschland empfand man das so. Auch die ehemaligen Bundesgenossen Frankreichs im Kampf gegen das Deutsche Reich sprachen sich gegen den Einsatz von Besatzungstruppen aus den Kolonien aus. Eine internationale Kampagne unter Beteiligung britischer, schwedischer und US-amerikanischer Publizisten und Politiker prangerte die »Schwarze Schmach vom Rhein« an und forderte den Abzug der »schwarzen« Soldaten. Die von deutscher Seite und vor allem von rechten und nationalistischen Kreisen nur zu gerne aufgegriffen wurde, um die Besatzung zu diskreditieren und zu beenden. Schnell sprach man von massenhaften Vergewaltigungen deutscher Frauen durch die »tierhaften Neger«. Doch entgegen den Behauptungen der Propaganda wurde das Verhältnis zwischen der Zivilbevölkerung und den schwarzen Soldaten meist als nicht schlechter als zu den anderen Soldaten aus Frankreich beschrieben. Und so kam es statt zu den behaupteten

Vergewaltigungen zu Liebesbeziehungen zwischen deutschen Frauen und den »schwarzen« Soldaten. Die Kinder aus diesen Beziehungen wurden als »Rheinland-Bastarde« verunglimpft. Ihre Zahl schwankt, man schätzt, dass im Besatzungsgebiet der französischen Truppen etwa vierhundert bis sechshundert Kinder aus diesen Verbindungen hervorgingen. Schon früh riefen sie Ängste und Vorurteile hervor. So schrieb z. B. 1920 der Arzt Dr. F. Rosenberger: »Sollen wir schweigend dulden, daß künftig an den Ufern des Rheins statt der hellen Lieder weißer, schöngesichtiger, gutgewachsener, geistig hochstehender, regsamer gesunder Deutscher, die krächzenden Laute grauscheckiger niederstirniger, breitschnauziger, plumper, halbtierischer, syphilitischer Mulatten ertönen?«

Der britische Journalist, Autor und Politiker Edmund Dene Morel (1873–1924) gehörte zu den treibenden publizistischen Kräften hinter der »Schwarze Schmach«-Kampagne. Große Bekanntheit erlangte er, als er, erschüttert von den Grausamkeiten der belgischen Kolonialisten im Kongo, Anfang des 20. Jahrhunderts die erste große Menschenrechtskampagne des Jahrhunderts organisierte. Er veröffentlichte verschiedene Berichte und nutzte u. a. Fotografien von Schwarzen mit abgehackten Händen, um weltweit auf das Ausmaß der Unterdrückung aufmerksam zu machen. Nach der Besetzung des Rheinlands durch alliierte Truppen veröffentlichte Morel mehrere Artikel und Pamphlete, darunter 1920 »Black Horror on the Rhine«, in denen er, teils aus antifranzösischer Motivation, in rassistischer Diktion diese Besetzung durch aus Afrika stammende, vermeintlich »primitive« Truppen als Kulturschande und »Prostitution« des Rheinlandes bezeichnete.

Die im Roman genannten rechtsnationalen Verbände, Vereine, Bünde etc. sind nur einige dieser Gruppen in jenen Jahren, von denen manche schon vor dem Krieg existierten und nach dem Krieg verstärkten Zulauf bekamen. Dazu kam ab 1918 eine

Vielzahl von Neugründungen. Sie einte vor allem ein nationalistisches und antisemitisches Weltbild und Denken. Aus ihren Reihen kamen u. a. die Mörder von Karl Liebknecht und Rosa Luxemburg, der Attentäter auf den Ministerpräsidenten des Freistaates Bayern, Kurt Eisner, Anton Graf von Arco auf Valley, der dem Umfeld der Thule-Gesellschaft angehörte, sowie die aus dem Umfeld der »Organisation Consul« (O.C.) stammenden Mörder des bei den Rechten verhassten Zentrumspolitikers Matthias Erzberger (1921) und des deutschen Außenministers Walther Rathenau (1922).

Wieland Göths Bruder Wolfgang hat einen »Separatisten« ermordet. Die standen für eine Abspaltung des Rheinlandes vom Rest des Reiches. Die alliierte Rheinlandbesetzung führte zu dem Gedanken, aus den linksrheinischen Gebieten einen eigenständigen Staat innerhalb des Deutschen Reiches zu bilden. Da sich die Reichsregierung ablehnend äußerte, wurde schließlich die Gründung eines »Rheinstaates« erwogen. Entsprechende Pläne wurden auch in Gesprächen mit den französischen Besatzungstruppen sondiert. Der Jurist und ehemalige Frontoffizier Hans Adam Dorten rief am 1. Juni 1919 in Wiesbaden eine »selbstständige Rheinische Republik« aus, die auch Gebiete Hessens und der Rheinpfalz einbeziehen sollte. Unterstützt wurde er dabei von französischen Militärs. Bereits in der Nacht zum 1. Juni wurden in Teilen der Region Plakate mit einem Aufruf »An das rheinische Volk« angeschlagen.

Auch in anderen Städten wie Mainz und Speyer gab es Putschversuche, doch dilettantische Organisation und vor allem die Ablehnung in der Bevölkerung ließen sie innerhalb von wenigen Tagen scheitern.

Doch die Idee lebte weiter, und im Oktober des Jahres 1923 konnten Anhänger verschiedener separatistischer Vereinigungen mehrere rheinische Stadt- und Gemeindeverwaltungen, zum Teil mit militärischer Hilfe der Besatzungstruppen, unter ihre

Kontrolle bringen. Nach zahlreichen Protesten der deutschen und der englischen Regierung ließ die belgisch-französische Unterstützung schnell nach. Mithilfe von Schutztruppen suchten die Separatisten ihre Herrschaft aufrechtzuerhalten. Da der Unterhalt dieser Schutztruppen durch »Requirierungen« in der Bevölkerung bestritten werden sollte, eskalierte die Situation an vielen Orten bis hin zu bewaffneten Auseinandersetzungen. Die direkte Herrschaft der Separatisten endete Ende November 1923.

Nach dem Abzug der französischen Truppen aus dem Rheinland im Sommer 1930 wurde an den Separatisten bzw. vermeintlichen Separatisten Rache genommen, ihre Geschäfte zerstört, auch Morde begangen.

Die Spanische Grippe findet im Roman nur kurz Erwähnung, wenn Walburga Grün vom Schicksal eines ihrer beiden Söhne erzählt, der den Krieg überlebt hat, um dann an der Spanischen Grippe zu sterben. Einer von jenen, je nach Schätzung, zwanzig bis hundert Millionen Toten, die dieses Virus in drei Wellen bis 1920 weltweit gefordert hat, mehr als der Erste Weltkrieg. Ihren Ursprung hatte diese Pandemie wahrscheinlich im Frühjahr 1918 in einem Ausbildungscamp der US-Army in Kansas, im Juni wurden Epidemien aus China, Australien, Neuseeland und Indien gemeldet. Mit Truppenschiffen gelangte das Virus nach Europa. Das Miteinander der Soldaten in ihren Unterkünften und den Schützengräben, die Enge und die Armut in den Städten boten dem tödlichen Virus den Nährboden.

Allein im damaligen Deutschen Reich soll die Spanische Grippe rund 426 000 Menschen das Leben gekostet haben.

»Spanische Grippe« wird diese Pandemie in Deutschland genannt, weil die ersten Nachrichten über die Seuche aus Spanien kamen, das im Ersten Weltkrieg neutral war und wo eine relativ liberale Zensur im Unterschied zu anderen betroffenen Ländern Berichte über das Ausmaß der Seuche nicht unterdrückte.

Prominente Opfer der Spanischen Grippe waren der Maler

Egon Schiele, der Soziologe Max Weber, der Schriftsteller Guillaume Apollinaire und der Unternehmer Frederick Trump, Großvater von Donald Trump.

Ein besonderer Tag für die Bürger von Rombelsheim ist das Fest aus Anlass der vom Grafen gespendeten Glocke. Da Deutschland während des Krieges viele, besonders für die Rüstungsindustrie notwendige Rohstoffe importieren musste, waren diese durch die Handelsbeschränkungen und die See-Blockade Mangelware. Deshalb begann man während des Krieges mit dem Sammeln von Rohstoffen und dem Einschmelzen von Gegenständen. Am 1. März 1917 erschien eine amtliche Bekanntmachung, die Einzelheiten zu Beschlagnahmung, Bestandserhebung und Enteignung sowie zur freiwilligen Ablieferung von Glocken aus Bronze enthielt.

Im Laufe des Jahres 1917 begann man, alle Glocken von Kirchen zu erfassen und nach ihrem historischen Wert zu kategorisieren. Insbesondere Glocken des 19. Jahrhunderts wurden vielfach zur Einschmelzung abgeliefert, oftmals auch Zinnpfeifen aus Kirchenorgeln. Eine Entschädigung gab es weder für die beschlagnahmten noch für die tatsächlich eingeschmolzenen Glocken, auch nicht nach Kriegsende. Teilweise gelang es den Kirchengemeinden, noch nicht verwertete Glocken später wieder zurückzuführen.

Ein besonderes Ereignis war es dann, wenn die Gemeinden neue Glocken bekamen, was oftmals mit Umzügen und Festlichkeiten begangen wurde. Allerdings geschah dies nicht so früh wie in dem fiktiven Dorf Rombelsheim.

Der fiktive Lebenslauf von Wieland Göth lässt ihn 1913 sein Heimatdorf Rombelsheim verlassen und bringt ihn nach begonnener Apothekerausbildung in Darmstadt nach China, in die deutsche Kolonie Tschingtau. Im späten 19. Jahrhundert versuchte das Deutsche Kaiserreich, seinen Einfluss in der Welt durch imperialistische Expansion zu erweitern. Nach der Ermordung zweier deutscher Missionare 1897 wurden die Chinesen gezwungen, das Gebiet Kiautschou auf der Shandong-Halbinsel ab 1898 für neunundneunzig Jahre an das Deutsche Kaiserreich zu verpachten. Die Deutschen bauten daraufhin den Hafen von Tsingtau, der zum Hauptstützpunkt des Ostasiengeschwaders der Kaiserlichen Marine wurde.

Tsingtau wurde nach Ausbruch des Ersten Weltkrieges von September bis November 1914 von vereinigten japanischen und britischen Truppen belagert und am 7. November schließlich eingenommen. Die Stadt wurde übergeben und die Soldaten in mehreren Kriegsgefangenenlagern in Japan interniert, von denen das bekannteste Bandō ist. Besondere Beachtung verdient dieses Lager aufgrund seines liberalen Charakters und kreativen Gefangenenlebens. Es gab Ausstellungen und Theateraufführungen – und über hundert Konzerte und musikalische Vortragsabende. Musikalischer Höhepunkt und bleibendes Vermächtnis war die japanische Erstaufführung von Ludwig van Beethovens 9. Sinfonie am 1. Juni 1918, die heute in zahlreichen Städten Japans zu den Neujahrsfeierlichkeiten angestimmt wird. Die meisten Gefangenen wurden im Dezember 1919 und im Januar 1920 entlassen.

Im Roman gibt der Graf gegenüber Wieland Göth seiner Bewunderung für den italienischen Schriftsteller, Flieger und Kriegshelden Gabriele D'Annunzio Ausdruck, der dem späteren faschistischen Diktator Benito Mussolini politisch und persönlich nahestand.

D'Annunzio besetzte im September 1919 mit über zweitausend Anhängern die kleine kroatische Küstenstadt Rijeka und errichtete dort die Republik von Fiume, die er zum Experimentierfeld des Faschismus machte.

Fünfzehn Monate lang hielten der Dichter und seine Gefolgsleute die Stadt besetzt und etablierten einen Führerkult, der vieles von dem vorwegnahm, was Mussolini drei Jahre später mit seinem Marsch auf Rom zur Regierungsform erhob.

Im Folgenden sind einige der vielen Internetseiten aufgelistet, die mir als Grundlage für meine Recherchen und das Nachwort dienten, darunter natürlich das Online-Lexikon Wikipedia:

http://www.rheinische-geschichte.lvr.de
http://www.erster-weltkrieg-rlp.de
http://www.regionalgeschichte.net
http://www.bundesarchiv.de/zwangsarbeit.geschichte/kaiserreich/
http://www.bpb.de
https://www.historisches-lexikon-bayerns.de/Lexikon/Kapp-L%C3%BCttwitz-Putsch,_1920
https://www.dhm.de/lemo/kapitel/weimarer-republik/innenpolitik/luettwitz-kapp-putsch-1920.html
https://historisches-lexikon-bayerns.de/Lexikon/Schwarze Schmach
https://www.welt.de/geschichte/article165735181/Kirchenglocken-wurden-zu-toedlichen-Granaten.html
https://www.dw.com/als-glocken-zu-schützen-wurden

sowie der Aufsatz »Kampf um den Rhein – Französische Besatzung und Separatismus in Mainz 1918–1923/24« von Dr. Frank Teske, erschienen im Band 42 *Kriegsende und französische Besatzung am Oberrhein 1918–1923* der von der Arbeitsgemeinschaft für geschichtliche Landeskunde am Oberrhein herausgegebenen Reihe »Oberrheinische Studien«.

Wichtige Informationen über die Zeit nach dem Ersten Weltkrieg, oder, wie es im angelsächsischen Raum heißt, dem Großen Krieg, lieferten mir eine Reihe von Büchern. Auch hier eine Auswahl:

Robert Gerwarth. *Die Besiegten. Das blutige Erbe des Ersten Weltkrieges.* München 2017.
Robert Gerwarth. *Die größte aller Revolutionen. November 1918 und der Aufbruch in eine neue Zeit.* München 2018.
Sebastian Hafner. *Die deutsche Revolution 1918/19.* Köln 2008.
Philipp Blom. *Die zerrissenen Jahre 1918–1938.* München 2016.
Mark Jones. *Am Anfang war Gewalt. Die deutsche Revolution 1918/19 und der Beginn der Weimarer Republik.* Berlin 2017.
Kersten Knipp. *Im Taumel. 1918 – Ein europäisches Schicksalsjahr.* Darmstadt 2019.
Kersten Knipp. *Die Kommune der Faschisten. Gabriele D'Annunzio, die Republik von Fiume und die Extreme des 20. Jahrhunderts.* Darmstadt 2018.
Laura Spinney. *1918 – Die Welt im Fieber. Wie die Spanische Grippe die Gesellschaft veränderte.* München 2018.
Andreas Platthaus. *Der Krieg nach dem Krieg 1918/19. Deutschland zwischen Revolution und Versailles.* Berlin 2018.
Lars-Broder Keil/Sven Felix Kellerhoff. *Lob der Revolution. Die Geburt der deutschen Demokratie.* Darmstadt 2018.
Eckart Conze. *Die große Illusion. Versailles 1919 und die Neuordnung der Welt.* München 2018.
Martin Süss. *Rheinhessen unter französischer Besatzung. Vom Waffenstillstand im November 1918 bis zum Ende der Separatistenunruhen im Februar 1924.* Wiesbaden 1988.
Markus Würz. *Kampfzeit unter französischen Bajonetten. Die NSDAP in Rheinhessen in der Weimarer Republik* (Hrsg. V. Franz J. Felten. Geschichtliche Landeskunde Bd. 70). Stuttgart 2012.
Iris Wigger. *Die »Schwarze Schmach am Rhein«. Rassistische Diskriminierung zwischen Geschlecht, Klasse, Nation und Rasse.* Münster 2007.
Reiner Pommering. *Sterilisierung der Rheinlandbastarde. Das Schicksal einer farbigen deutschen Minderheit 1918–1937.* Düsseldorf 1979.

Marius Munz. »*Wiesbaden est boche, et la restera*«. *Die alliierte Besetzung Wiesbadens nach dem Ersten Weltkrieg 1918–1930*. Norderstedt 2014.

Gerold Bönnen (Hrsg.). »*Eine furchtbar ernste Zeit …*«. *Worms, die Region und der Grosse Krieg 1914 bis 1918*. Worms 2014.

Gunter Mahlerwein. *Rheinhessen 1816–2016. Die Landschaft – Die Menschen* (Hrsg. von Volker Gallé). Mainz 2015.

Karl Johann Brilmayer. *Rheinhessen in Vergangenheit und Gegenwart. Geschichte der bestehenden und ausgegangenen Städte, Flecken, Dörfer, Weiler und Höfe, Klöster und Burgen der Provinz Rheinhessen nebst einer Einleitung*. Gießen 1907.

Daneben gab mir eine Reihe von Dorfchroniken rheinhessischer Ortschaften Einblicke in das Dorfleben jener Zeit.

Jürgen Heimbach

Danksagung

Ein Roman entsteht nicht im luftleeren Raum, auch nicht im stillen Kämmerlein. Viele Menschen und Institutionen tragen zum Entstehen und Gelingen bei. Einige möchte ich hier nennen, die, die ich vergessen habe, mögen mir das verzeihen.

Danken möchte ich dem Stadtarchiv Mainz und hier im Besonderen Dr. Frank Teske, und dem Archiv der Stadt Worms im Raschi-Haus.

Zum ersten Mal in Kontakt mit der Welt tritt der Roman mit den Erstlesern, deren Kritik und Anregungen mir sehr wichtig sind: Vielen Dank an Frank Grevsmühl, Pepe Bernhard, Lotar Schüler, Tanja Heimbach und Liane Diehl. Pepe Bernhard gilt auch mein ganz besonderer Dank für die Idee zum Titel dieses Romans.

Des Weiteren haben mir mit Informationen und Gesprächen Gérard Scappini, Volker Gallé, Angela Rinn, Angelika Schulz-Parthu, Johannes Steinbronn und Matthias Symann sehr geholfen. Ganz großen Dank an Gitta und Thomas Keßler für ihre nun schon langjährige Unterstützung. Ganz besonders danken möchte ich Anya Schutzbach für die Veröffentlichung meines letzten Romans *Die Rote Hand* im weissbooks Verlag. Was dem dann folgte, wäre ohne sie nicht möglich gewesen.

Danken möchte ich Susanne Gretter für ihr aufmerksames und umsichtiges Lektorat.

Für die vertrauensvolle Zusammenarbeit mit dem Unionsverlag danke ich dem Verleger Lucien Leitess und seinen Mitarbeiterinnen und Mitarbeitern Ulla Steffan, Matthias Graezer, Lea Artmeyer, Nina Tschanen und Simon Härtner.

Und ohne sie ist alles nichts: meine Familie, Tanja und Tizian Heimbach sowie Liane Diehl.

Jürgen Heimbach im Unionsverlag

Die Rote Hand

Arnolt Streich ist nicht gerade ein Menschenfreund. Vom Wirtschaftswunder vergessen, verbringt der ehemalige Fremdenlegionär seine Tage als Wachmann über ein paar schäbige, von zwielichtigen Typen gemietete Garagen in einer zugigen Wohnung, raucht eine Morris nach der anderen und flüchtet sich in die tröstliche Stimme von Édith Piaf.

Beim täglichen Bier um die Ecke erfährt er von einem tödlichen Anschlag mitten in der Stadt. Das Opfer: Georg Puchert, ein Waffenhändler, der die algerische Befreiungsfront FNL im Kampf um die Unabhängigkeit mit Waffen versorgt hat. Gleichzeitig beginnen düstere Gestalten, nach Streich zu fragen. Der kann die Machenschaften hinter den verschlossenen Garagentoren nicht länger ignorieren und stößt auf Vorgänge, die besser im Verborgenen geblieben wären.

»Die Stimmung düster, die Hauptfigur lakonisch, das Setting: die Zeit des deutschen Wirtschaftswunders, eine Zeit, in der alles und nichts möglich schien. Die Zutaten zu diesem Krimi passen so ausgezeichnet zusammen, dass es nicht verwundern kann, wie gut das Ergebnis mundet.« *Bücher Magazin*

»*La Main Rouge* – die Rote Hand – gab es tatsächlich. Die Terrororganisation des französischen Geheimdienstes verübte Attentate auf Waffenhändler, die Algeriens Nationale Befreiungsfront belieferten. *Die Rote Hand* erzählt von kaputten Menschen in einer Zeit, in der die Wohlstandsfassaden wachsen und keiner mehr etwas von der Vergangenheit wissen will. Heimbach hat aus dem Stoff einen phänomenal guten Kriminalroman gemacht. Sein Buch wurde mit dem Glauser-Preis ausgezeichnet, der wichtigsten Ehrung für deutschsprachige Krimis.« *Der Tagesspiegel*